Erich Fried
Die Muse hat Kanten

12.V.97
Wagenbachs Taschenbücherei

Erich Fried
Die Muse hat Kanten
Aufsätze und Reden zur Literatur

Herausgegeben von
Volker Kaukoreit

Für Eva Irblich,

zum Geburtstag
im Mai 1995

in Freundschaft
v. Hrsg.

Volker Kaukoreit

Verlag Klaus Wagenbach Berlin

Wagenbachs Taschenbuch 246
Originalausgabe

Umschlaggestaltung Rainer Groothuis unter Verwendung eines
Fotos von Catherine Fried
Gesetzt aus der Borgis Sabon durch
Mega-Satz-Service, Berlin
Druck und Bindung durch Wagner, Nördlingen
Gedruckt auf chlorfreiem Papier

ISBN 3 8031 2246 5

Inhalt

AUFSÄTZE, REDEN, ENTGEGNUNGEN

ZU EINZELNEN AUTOREN

Sternchen im Text
verweisen auf Erläuterungen in den
Quellen und Anmerkungen ab Seite 213.

AUFSÄTZE, REDEN, ENTGEGNUNGEN

Der Flüchtling und die Furcht vor der Heimkehr

Am 4. August 1938, knapp fünf Monate nach der Vernichtung der Unabhängigkeit Österreichs, verließ ich meine Heimatstadt Wien und kam tags darauf in London an, wo ich seither wohne. Die ersten Jahre lang war es ein Exildasein, dann, einige Jahre nach dem Krieg, begann ich, mehr und mehr Zeit im deutschen Sprachgebiet, hauptsächlich in der Bundesrepublik, aber gelegentlich auch in der Schweiz und in meiner engeren Heimat Österreich, zu verbringen. Jetzt sind es sicher vier bis fünf Monate im Jahr, und von einem Exildasein kann seit langem nur noch sehr bedingt die Rede sein.

Nun zur eigentlichen Exil- oder Flüchtlingszeit der ersten Jahre: Ich sage absichtlich Flüchtlingszeit und nicht Emigrationszeit, weil sich mit dem Begriff Emigrant der Gedanke an relative Freiwilligkeit des Auswanderns verbindet. Ich aber und die meisten meiner Schicksalsgenossen, ob – wie ich – durch den Rassismus des Dritten Reiches oder – wie andere – durch seine politische Intoleranz vertrieben, hätten sonst in den Gaskammern oder KZ-Baracken geendet. Wir waren Flüchtlinge.

Härter als viele andere traf das Flüchtlingsdasein die, deren Lebenssphäre die Sprache war, Schriftsteller, Dichter. So gut wie niemand kann wirklich in einer anderen als der eigenen Muttersprache schreiben. Journalisten vielleicht noch, Schriftsteller kaum je. Sie sind mit ihrer Muttersprache untrennbar verknüpft. Das Mischungsverhältnis von bewußten und unbewußten Faktoren beim Schreiben geht auf frühkindheitliche Erfahrungen, auch Erfahrungen beim Sprechenlernen, zurück. Der Journalist arbeitet mehr unter der Hegemonie der Ratio, ist anpassungsfähiger und weniger abhängig vom Unbewußten und von unwillkürlichen Einfällen.

Freilich wollten das nicht alle ins Exil verschlagenen Schriftsteller wahrhaben. Robert Neumann* z.B., den ich schon in meiner ersten Londoner Zeit kennenlernte, versuchte Englisch zu schreiben, veröffentlichte sogar noch während des Krieges einen englischen Roman, »The Inquest«. Aber während Neumann in deutscher Sprache nicht nur ein guter Erzähler, sondern auch ein bemerkenswerter Stilist war, blieb sein Englisch wenig mehr als ein korrektes Kommunikationsmittel. Gelegentlich machte er sogar Fehler, die verrieten, daß er *deutsch dachte*. Er behauptete zwar, in beiden Sprachen heimisch zu sein, aber als ich ihn fragte, ob er auch auf englische Dichter und Schriftsteller Parodien schreiben könne wie in seinen beiden berühmten Parodiebänden auf deutsche Dichter, »Mit fremden Federn« und »Unter falscher Flagge«, meinte er, ja, wahrscheinlich, wenn er sich Mühe gäbe. Auf die Frage, ob ihm die beiden deutschen Bände Mühe gemacht hatten, lachte er: Nein, die seien ein reines Vergnügen gewesen. – Er hat später kein Buch mehr auf englisch geschrieben.

Von den Lyrikern im englischen Exil hat meines Wissens keiner englische Gedichte zu schreiben versucht, außer in besonderen Notfällen, z. B. wenn sich einer in ein Mädchen verliebte, das nur englisch sprach.

Als ich mit 17 Jahren nach London kam, war ich natürlich noch kein Schriftsteller, antwortete aber im Flüchtlingskomitee* auf die Frage nach meinen Berufsplänen mit großer Entschiedenheit »deutscher Dichter«; die Empörung darüber wurde nur durch Zweifel an meinem Geisteszustand gemildert. – Ich beeile mich aber, hinzuzufügen, daß die englische Öffentlichkeit wesentlich toleranter war als das Flüchtlingskomitee. Während des ganzen Krieges wurden den deutschsprachigen Flüchtlingskleinkunstbühnen*, die mit entsprechenden Plakaten für ihre Veranstaltungen warben, niemals Schwierigkeiten wegen ihrer Sprache gemacht. Es war auch keineswegs gefährlich, auf der Straße deutsch zu sprechen. Höchstens einige besonders anpassungsfähige Flüchtlinge nahmen daran Anstoß.

Das Kulturleben der Flüchtlinge, wenigstens derer, die in den großen Städten lebten, war verhältnismäßig rege, teils weil man viel Zeit und wenig Geld hatte und die Flüchtlingsklubs ihre Kulturabende – darunter viele Dichterlesungen – unentgeltlich oder doch zu sehr niedrigen Eintrittspreisen veranstalteten. Da die deutschsprachigen Flüchtlinge, je nach Herkunftsländern, zum Großteil als »feindliche Ausländer« eingestuft waren und daher im Krieg ihre Rundfunkgeräte abgeben mußten, gingen sie desto lieber in die Klubs. Übrigens gab es zur Zeit der Flüchtlingsinternierung* auch in den Internierungslagern Autorenlesungen, bunte Literaturabende und einzelne Drameninszenierungen. Die Stücke, Skizzen und Lieder für die Kleinkunstbühnen und Lagerveranstaltungen waren zum Teil ältere Literatur, von Wedekind, Karel Čapek* und Zuckmayer bis Brecht und Friedrich Wolf*, zum Teil aber wurden sie von Exil-Autoren für diese Veranstaltungen neu geschrieben. Auch ich schrieb seit 1939 für solche Leseabende und Kleinkunstbühnen.

Während man sonst unter den Flüchtlingen gelegentlich zu hören bekam, alles Deutsche sei anrüchig und man wolle am liebsten kein deutsches Buch mehr lesen, versuchten die Schriftsteller von Anfang an, solchen Ansichten entgegenzutreten und nach Kriegsausbruch auch den Engländern klarzumachen, es sei ein Krieg gegen Hitler und seinen Nationalsozialismus, aber dürfe kein Krieg gegen das ganze deutsche Volk und die ganze deutsche Kultur sein. Hölderlins Gedichte wurden während des Krieges von einem Flüchtling, dem mit neun Jahren nach England gekommenen Michael Hamburger*, übersetzt und erregten Aufsehen. Der am meisten von deutscher Dichtung des 20. Jahrhunderts beeinflußte Engländer aber, Sidney Keyes*, vielleicht der bedeutendste englische Nachwuchsdichter, der auch mit Flüchtlingen Kontakt hatte, fiel selbst im Krieg, am ersten Tag seines Kriegseinsatzes, knapp 21 Jahre alt.

Etwa um die gleiche Zeit brachte der Flüchtlingsschriftsteller Heinrich Fraenkel* sein Buch »The Other Germany« heraus, um den Engländern klarzumachen, daß es in Deutschland auch Widerstandskämpfer und zahllose Menschen gab, die den Nationalsozialismus und seinen Krieg verabscheuten.

Aber auch die Liebe der Flüchtlingsschriftsteller zur deutschen Sprache und Kultur bewahrte sie nicht vor Irrtümern, wie sie vielleicht für eine Exilsituation charakteristisch sind. So waren viele Schriftsteller, linke ebenso wie bürgerlich-liberale, ziemlich fest überzeugt, die letzten zu sein, die gutes Deutsch schrieben, mit denen die richtige, gepflegte deutsche Sprache sozusagen ins Exil gegangen sei, und nahmen sich vor, eines Tages, nach ihrer Rückkehr, den Kampf gegen die von den Nazis verdorbene Sprache aufzunehmen und den Menschen daheim wieder beizubringen, wie man richtiges gutes Deutsch spricht und schreibt. Ich möchte betonen, daß nicht persönliche Eitelkeit und Überheblichkeit diese Exilschriftsteller zu solchen Annahmen veranlaßt haben, sondern vor allem ihr berechtigter Abscheu vor dem Nazideutsch, vor der Zeitungs-, Amts- und sogenannten Literatursprache des Dritten Reiches.

In Wirklichkeit ist es anders gekommen. Zwar haben heimgekehrte Schriftsteller und Journalisten da und dort wirklich geduldig – und manchmal auch ungeduldig! – gegen Unmenschenworte und Ungeist der Nazijournalistik angekämpft, aber die eigentliche Entwicklung der deutschen Sprache und Literatur ist an den meisten jener Exilschriftsteller, die sich für die Hüter der Sprache hielten, vorbeigegangen. Eine Sprache hat größere Regenerationsmöglichkeiten, als viele Flüchtlingsschriftsteller geglaubt hatten. Hohle Phrasen, wie die Worte des Horst-Wessel-Liedes »marschiern im Geist in unsern Reihen mit«, wurden in Deutschland selbst und an den verschiedenen Fronten durch kritischen Witz gegen die Phrasendrescher gekehrt. »›Wo bleibt unsere Fliegerdeckung?‹ fragte ein Landser, als es mit der Macht der Luftwaffe zu Ende ging. ›Marschiert im Geist in unsern Reihen mit‹, antworteten ihm seine Kumpel.« –

So werden Phrasen entkräftet, und so wird zugleich die Sprache – nicht nur durch heimkehrende Flüchtlinge, sondern im Land selbst durch den Witz der Betroffenen – wieder hellhörig, entlarvt die großen Phrasen und rettet sich. Zudem war das Nazideutsch nicht aus dem Nichts entstanden oder allein von Hitler und seinen Getreuen erfunden worden. Seine Wurzeln gehen tief in den wilhelminischen Hurrapatriotismus und ins Amtsdeutsch und in die Journalistenmaschen der Weimarer Republik zurück. Dadurch aber, daß die Hitlerzeit das Übel auf die Spitze trieb, hatten fast alle halbwegs sprachbegabten Menschen es nun endgültig satt! Denen, die Ohren hatten, wurden in den neuesten Sprachsünden plötzlich auch die älteren klar. So ergab es sich, daß die Mehrzahl der heimgekehrten Flüchtlingsschriftsteller, gemessen an den besten in Deutschland herangewachsenen Kollegen, wie etwa Arno Schmidt oder Helmut Heißenbüttel*, ein manchmal fast peinlich halbwilhelminisches Deutsch schrieben, in dem sogar Ausdrücke und Floskeln nicht fehlten, die den besten deutschen Nachkriegsautoren schon fast nazi- oder doch blut-und-bodenverdächtig vorkamen. Dabei hatte auch die Tatsache mitgespielt, daß das Exil eine Sprache sehr leicht verarmen läßt, weil der Nachschub aus Dialekt und Umgangssprache, aus einem Dutzend Fachjargons und aus der Sprache der Halbwüchsigen einfach fehlt. Um solcher Verarmung zu entgehen, wichen viele Schriftsteller in den Stil vergangener Epochen aus.

So sahen sich dann, abgesehen von den besten wie Brecht, Heinrich Mann, Arnold Zweig, viele Exilschriftsteller genötigt, Deutsch eher nachzulernen als zu lehren. Dadurch wurden manche ungerecht und ungeduldig gegen ganz legitime sprachliche Neuerungen, z.B. gegen das Wort »verkraften«. Freilich gibt es auch neue Redewendungen, mit denen sich wirklich nicht leben läßt: Wenn es etwa heißt »Das hab' ich satt bis zur Vergasung« oder statt der altbekannten Wendung »Das lockt keinen Hund hinter dem Ofen hervor – Das lockt keinen Juden aus seinem Gasofen hervor!«, da lohnt sich's, die Ohren offenzuhalten. Auch das Dramaende »Der Schoß ist fruchtbar noch, aus dem das kroch« wurde bekanntlich von einem Flüchtlingsdichter (Bertolt Brecht, Schlußwort des Stückes »Arturo Ui«) im Exil geschrieben.

Für einen jungen Schriftsteller hatte das Exil viele Nachteile und viele Vorteile, und was Vorteil und was Nachteil war, das war nicht immer ganz leicht zu sagen. Zu den Vorteilen gehörte es natürlich, daß in den geretteten Flüchtlingsbibliotheken, aber auch in englischen Leihbibliotheken und Universitätsbibliotheken oder im Britischen Museum alles zugänglich war, was in Deutschland den Bücherverbrennern von 1933 zum Opfer gefallen und oft kaum aufzutreiben war. – Man konnte Kafka und die Expressionisten lesen, Surrealismus, Dadaismus, Brecht, Toller, Tucholsky, Mühsam, Feuchtwanger, Oskar Maria Graf, Gorki, Lorca oder Sigmund Freud, Wilhelm Reich oder Marx, Engels, Lenin, Trotzki, Rosa Luxemburg, kurz alles, was man wollte. Man konnte sich, wenn man Verbindungen hatte, sogar auch Zeitungen und Zeitschriften aus Hitlers Drittem Reich beschaffen und sie sorgsam nach Anzeichen kritischen Denkens oder versteckter Opposition durchforschen.

Der Nachteil bei all dieser Lektüre war, daß sie unter fast *musealen* Bedingungen vor sich ging, einigermaßen entrückt dem Streit und der Kritik und Korrektur durch die *Wirklichkeit* des Alltagslebens.

Flüchtlinge oder Emigranten stehen in ihrem Alltag nicht in funktionellen Zusammenhängen wie die, die im gleichen Betrieb oder meinetwegen im gleichen Amt, im gleichen Verlag, in der gleichen Funk- oder Zeitschriften-Redaktion zusammen arbeiten. Wenn Flüchtlinge sich zerzanken, haben sie keinen gemeinsamen Arbeitsplatz, an dem sie sich wieder treffen müssen, ob sie wollen oder nicht. Es muß nur einer aus dem Klub austreten, fortan vielleicht ein anderes Kaffeehaus besuchen, und er sieht seinen Diskussionsgegner nie mehr wieder. Deshalb und wegen der großen Frustration, wegen des Funktionsverlustes, der auf jeder Exilgeneration lastet, waren *Exil*milieus schon immer Brutstätten rasch aufflackernder und oft kleinlicher Streitigkeiten. Ich schrieb damals im Krieg Jugendgedichte über die selbstgerechten Flüchtlinge, von denen jeder auf sein eigenes weltanschauliches Rezept, auf seine eigene Linie schwört, und verglich sie mit zerstrittenen Goldmachern in der Alchimisten-Küche. Die letzte Strophe dieses Gedichtes, »Goldmacher«, das an die ferne Heimat gerichtet war, lautet:

»Denn du brauchst mehr als Schüler und Adepten,
für die es neun geheime Sprachen gibt.
Sie zanken über Formeln und Rezepten.
Oh die Vertriebenen, Oh die Verschleppten!...
Und jeder glaubt vielleicht, daß er dich liebt.«

Die Heimatliebe nahm manchmal sonderbare Formen an. Daß ein wirklich guter Deutscher, der sah, was vorging, gegen Hitler sein mußte, wurde von den Flüchtlingen und Flüchtlingsschriftstellern allgemein akzeptiert. Das war und ist auch meine Meinung. Als aber unter dem Eindruck der ungeheuerlichen Greueltaten, die der Nationalsozialismus in Rußland verübt hatte, der auch in England berühmte Sowjetschriftsteller Ilja Ehrenburg, der lange ein Freund und Bewunderer deutscher Kultur gewesen war, sich dazu hinreißen ließ, in seinen fast täglich erscheinenden Kriegsberichten wiederholt zu erklären, »Der einzige gute Deutsche ist ein toter Deutscher«, fühlten sich einige deutsche Kommunisten im Freien Deutschen Kulturbund in London gezwungen, dies zu bejahen. »So schwer es uns fällt, Genossen, aber auch wir müssen versuchen, uns diese Auffassung zu eigen zu machen. Was

Genosse Ehrenburg in der Sowjetpresse schreibt, das ist offensichtlich die Meinung, zu der sich die Sowjetunion durchgerungen hat.«

Ich schlug damals vor – es war mitten im Winter –, sie sollten doch einen Kollektivausflug an die Themse machen und sich ins Wasser werfen, denn dies sei die einzige Möglichkeit für einen deutschen Antifaschisten, sich eine Behauptung wie »Der einzige gute Deutsche ist ein toter Deutscher« zu eigen zu machen, wie der Redner gesagt hatte. Zum Glück hielt kurz darauf der unfehlbare und allwissende Stalin selbst eine Rede, in der er sagte, »Die Hitler kommen und gehen, aber das deutsche Volk und ein deutscher Staat bleiben bestehen.«

Also durften auch diese besonders gewissenhaften Genossen, zwei, drei Exilschriftsteller darunter, weiterleben und mußten sich nicht ihren eigenen Tod *zu eigen machen*!

Aber auch meine Schicksalsgenossen aus meiner engeren Heimat Österreich waren von Überspitzungen nicht frei. Viele von ihnen schienen vergessen zu haben, wie viele Österreicher Nazis gewesen waren, ja daß Hitler selbst Österreicher war. Es wurde schick, alle Schuld auf die deutschen Eindringlinge zu schieben, ja, zu behaupten, Österreich habe eine ganz eigenständige Kultur, eine eigene Sprache und Literatur. Das ging mir etwas zu weit und war mir etwas zu einfach. Im Gedichtband »Österreich«, wo auch das Gedicht »Goldmacher« steht, schrieb ich in dem 1944 entstandenen Gedicht »An Österreich«:

»Du sollst einst nicht nur mit dem Finger zeigen:
Den argen Nachbar straft, der mir gebot!
Zu deiner Schuld mußt du dich selbst bekennen
und im Gericht den eignen Namen nennen.«

Natürlich machte ich mich auch damals schon, wie später so oft, politisch unbeliebt und setzte mich zwischen alle Stühle. Weder der Patriotismus meiner österreichischen Freunde noch die Büßerhaltung meiner deutschen Kollegen wollten mir ganz zusagen.

Nur in Mexiko saß eine Gruppe deutscher antifaschistischer Flüchtlinge, um Paul Merker* herum, der später in der DDR als Titoist in Schwierigkeiten geriet. Die hielt sich nicht an die politischen Vorschriften aus Moskau. Von ihr wurden meine beiden

ersten Gedichtbändchen, »Deutschland« und »Österreich«, gerade wegen ihrer kritischen Haltung besonders begrüßt.
Ich möchte hier noch aus meinem 1944 in London erschienenen Band »Deutschland« ein Gedicht zitieren, das ich gegen die Selbstgerechtigkeit geschrieben hatte, mit der viele Flüchtlinge ihre tatsächliche Machtlosigkeit zu kompensieren suchen. Immer wieder mußte ich Flüchtlingsgespräche hören, wie sie nach dem Krieg ein furchtbares Strafgericht halten und überall nach dem Rechten sehen würden. Deshalb schrieb ich damals, 1943 oder Anfang 1944:

Der Richter

Am Tag, an dem ich nicht mehr zweifeln muß
an meinem Glauben, Vorsatz und Beschluß,
an dem mir alles einfach wird und klar,
an dem ich sicher bin und unfehlbar,
an dem ich lächelnd alten Zweifel schlichte
und mich gerecht weiß und voll Strenge richte
den, der nicht meine wahre Lehre ehrt –
an diesem Tag bin ich zu sterben wert.

Inhaltlich stimme ich mit diesen Jugendgedichten* immer noch überein. Die Form allerdings scheint mir heute zu konventionell, zu altmodisch. Aber von den in England lebenden Flüchtlingsschriftstellern läßt sich ziemlich allgemein behaupten, daß sie viele Jahre lang ihren eher herkömmlichen, aus den deutschsprechenden Ländern mitgebrachten Formen treu blieben (oder an ihnen kleben blieben!). Anstöße aus der lebendigen deutschen Umgangssprache fehlten natürlich. Wer etwas auf sich hielt, der versuchte auch das Eindringen englischer Ausdrücke in seine Sprache zu vermeiden und wurde dadurch leicht unversehens ein wenig starr und spröde. Denn es gab ja, zum Beispiel durch den Kriegsalltag, so viele neue Begriffe, für die wir gar kein deutsches Wort wußten. Die meisten von uns erfuhren erst *nach* dem Krieg, daß das deutsche Wort für unser »all-clear-Signal«, das das Ende eines Luftangriffs bedeutete, »Entwarnung« hieß. Es gab zahllose Begriffe und Worte dieser Art. Als wir nach dem Krieg nach Deutschland kamen, wunderten wir uns, daß dort, wo wir müh-

sam ein reines Deutsch zu pflegen versucht hatten, englische Worte in großer Zahl bedenkenlos gebraucht wurden.
Hinzu kam, daß England – etwa zum Unterschied von den Vereinigten Staaten oder manchen lateinamerikanischen Ländern – eigentlich keine assimilative Kultur ist. So dauerte es relativ lang, bis viele Exilschriftsteller wirklich von England beeinflußt wurden*, nicht nur von der englischen Dichtung, sondern von der Art, wie Menschen in England an die Formulierung ihrer Gedanken und Gefühle gehen. Manchmal wirkte sich dieser Einfluß sogar bei jenen Schriftstellern am langsamsten aus, bei denen er dann besonders tief ging. – Und wenige Exilschriftsteller hatten von Anfang an mit englischen Kollegen Verbindung, außerdem ist bei englischen Dichtern das literarische Fachsimpeln nicht gebräuchlich, und schließlich muß man auch berücksichtigen, daß z. B. die englische Lyrik ganz andere Entwicklungsphasen durchlaufen hatte als die deutsche und daß überhaupt Lyrik das letzte ist, was jemand, der eine neue Literatur kennenlernt, wirklich richtig verstehen lernt.
Wenn er aber einmal Zugang zur lebendigen englischen Literatur gefunden hatte, konnten die Anregungen für den Exilschriftsteller ungemein wichtig sein, angefangen von der Vermeidung jeder abgenützten Pathetik bis zu den Ablautreimen Wilfred Owens* und den Sprungrhythmen eines Gerald Manley Hopkins*, den komprimierten, teleskopartig ineinandergeschobenen Bildern und Wortspielen eines Dylan Thomas* oder den selbstkritischen Versen Eliots*. Dazu kam das unendlich fruchtbare Werk eines James Joyce* oder die intime Kulturchronik einer Virginia Woolf*, und zu allem noch das Erlebnis, durch enge Vertrautheit mit einer anderen Literatur vieles, was man bisher in der eigenen Literatur als selbstverständlich akzeptiert hatte, plötzlich durch ganz andere dichterische Bräuche und Ausdrucksmöglichkeiten relativiert zu sehen. Besonders für die jüngeren Exilschriftsteller wurden diese Literaturerlebnisse ein großer Gewinn, der gelegentlich dadurch etwas leichter zugänglich wurde, daß die englische Literaturpraxis weit weniger von ästhetischen Theorien beschwert ist als etwa die deutsche. Nur die schlechte Wirtschaftslage der meisten Exilschriftsteller, von denen viele in Fabriken arbeiten und zu Hungerlöhnen literarisch uninteressante Übersetzungen machen mußten, so daß ihnen nicht genug Freizeit blieb,

verhinderte eine noch viel fruchtbarere und allgemeinere Wirksamkeit dieser literarischen Einflüsse. Sie wirkten aber noch Jahrzehnte nach Kriegsende fort und sind immer noch wirksam, so daß es schon deshalb falsch wäre, die Betrachtung der Exilliteratur etwa mit Mai 1945 zu beenden; ganz abgesehen davon, daß etwa ein Oskar Maria Graf* nach Kriegsende sagte: »Das eigentliche Exil fängt jetzt erst an.«

Aus ähnlichen Gründen wie er bin auch ich nicht heimgekehrt. Mit keiner der politischen Gruppen, die ich aus nächster Nähe kennengelernt hatte, war ich wirklich einverstanden. Die Verbrechen der Stalinära erfüllten mich mit Entsetzen, doch hatte ich auch keine Lust, gegen meine alten Schicksalsgefährten aus der Flüchtlingszeit im Dienste eines deutschen oder österreichischen Antikommunismus zu kämpfen, der seinen Kampfgeist nicht weniger dem alten nationalsozialistischen Antibolschewismus verdankte als den Verbrechen des Stalinismus*.

Einige Exilschriftsteller kehrten im Gefolge der amerikanischen Besatzungsarmee nach Deutschland zurück, als gutbezahlte und bevorrechtete Briefzensoren für deutsche Post. Doch das schien mir mit dem Beruf eines deutschen Dichters oder Schriftstellers nicht wirklich gut vereinbar. Deshalb brachte ich mich noch einige Jahre lang schlecht und recht als Fabrikarbeiter und Übersetzer durch. Ein Angebot, an der Universität in Ost-Berlin deutsche Literatur zu lehren, lehnte ich ab, weil ich den offiziellen sogenannten sozialistischen Realismus verhängnisvoll fand. Es fiel mir nicht leicht, nein zu sagen, denn ich war damals in London gerade Hilfsarbeiter, rackerte mich ab und verdiente nur wenig. Mit der Zeit aber wurde ich als Übersetzer, später auch durch meine eigenen Arbeiten bekannt.

Aber erst, als mich regelmäßige Reisen nach Deutschland brachten, ging mir das Ohr dafür auf, welche Worte und Sprachbilder genau *so* verstanden wurden, wie ich mir das in den Exiljahren zurechtgelegt hatte, und welche Kunstmittel auf Grund der anderen Sprachschicksale der Menschen in Deutschland und Österreich anders aufgefaßt wurden, als ich es beabsichtigte.

Dabei mußten die ästhetischen Theorien und Geschmacksrichtungen in Deutschland – in Österreich herrschten wieder andere – durchaus nicht immer die richtigen sein. Die sogenannte »Kahlschlaglyrik« etwa engte die Möglichkeiten der Dichtung zu sehr ein, während die Gedichte Paul Celans* und Ingeborg Bachmanns*, beide selbst halb und halb Exildichter, neue Horizonte öffneten; aber jedenfalls gab es keinen Ersatz dafür, die Möglichkeiten und Grenzen literarischer Kommunikation wieder aus eigener praktischer Erfahrung im deutschen Sprachgebiet kennenzulernen.

Das literarische Leben in der Bundesrepublik bot viel mehr Möglichkeiten als das meiner engeren Heimat Österreich* und setzte sich – vielleicht dadurch – auch mit Kunst- und Zeitproblemen ernsthafter auseinander. Deshalb kamen viele österreichische Schriftsteller nach Deutschland, das auch für mich Schwerpunkt meiner Wirksamkeit wurde. Da ich aber nie deutscher Staatsbürger war, zögerte ich, London ganz zu verlassen. Mein Freund Reinhard Lettau*, wie ich deutschsprachiger Schriftsteller, wurde mehrmals mit Ausweisung bedroht, weil er einen amerikanischen Paß hatte und als Schriftsteller kritische Töne anschlug. Ich mit meinen vielen Kindern konnte mir ähnliche Bedrohungen nicht leisten, blieb also in England, fahre aber immerzu hin und her.

Wichtiger als die körperliche Heimholung von Exilschriftstellern dürfte die Heimholung ihrer Werke sein. Davon wurde an verschiedenen Stellen in der Bundesrepublik viel gesprochen, aber so recht wollte es nur allzuoft nicht glücken. Thomas Mann war da eher eine Ausnahme: Schon Heinrich Mann und Arnold Zweig konnten nie mehr die Verbreitung finden, die sie vor der Bücherverbrennung hatten. Dasselbe gilt für Lion Feuchtwanger*, Oskar Maria Graf, Walter Mehring und viele andere, obwohl es an Versuchen deutscher Verleger nicht gefehlt hat. Vielleicht ist es schwierig, nach einer so gewaltsamen Unterbrechung heute, im Zeitalter multinationaler Konzerne, den Geist der liberalbürgerlichen Demokratie und ihrer Linksopposition oder ihrer bedeutenden Einzelgänger wieder aufleben zu lassen. Manchmal, mit Verspätung und erst beim zweiten oder dritten Versuch, glückt es, wie im Fall Elias Canetti*; häufiger glückt es nicht. Allgemeinen Regeln und leichtfaßlichen Erklärungen dafür mißtraue ich. Besonders unbefriedigend ist die Lage bei denen, die erst im Exil wirklich als Schriftsteller hervorgetreten sind. Wer kennt heute in der Bundesrepublik die Dichter Jesse Thoor* (er hieß eigentlich Peter Höfler) oder Franz Baermann Steiner*, beide wichtige Lyriker? Wer weiß etwas von den Romanen Anna Sebastians*, um nur drei Namen aus England zu nennen. – Ich selbst bin da eher eine Ausnahme, ich habe Glück gehabt, bin auch nicht so früh gestorben wie manche der Exildichter. – Aber auch ich habe außer den Vorteilen des Exils auch seine Nachteile zu fühlen bekommen: gewaltsam abgebrochenes Studium*, verlorene Jahre, Entwurzelung. Und heute regen sich in Deutschland da und dort Tendenzen, die den mißliebigen Außenseiter in ein zweites Exil verstoßen wollen. Für einen, der im Krieg und in der schweren Zeit nach dem Krieg immer wieder jeder Regung des Deutschenhasses* entgegengetreten ist, der Grausamkeit und Todesstrafe immer gehaßt hat und auch gegen die Hinrichtung Irma Greses*, der Lagerwärterin aus Belsen, protestiert hat, ist es bitter, heute gelegentlich als Deutschlandhasser oder Befürworter des politischen Mordes verleumdet zu werden. Aber die alte Exilerfahrung hat mich, glaube ich, abgehärtet. Auch diese Anfechtungen werden vorübergehen, und ich hoffe inständig, daß es zu einem zweiten Exil nicht kommen wird.

1981

Englische Streiflichter

Leichter könnte man von modernen englischen Dichtern sprechen als von der modernen englischen Dichtung, von der nicht einmal feststeht, ob sie mit Hopkins anfängt, mit Ezra Pound und T. S. Eliot, mit der »Dichtung als sozialer Reportage« der dreißiger Jahre oder mit Ausbruch des Zweiten Weltkriegs.

Gerard Manley Hopkins (1844–89) gab mit seinen, erst Jahrzehnte nach seinem Tode veröffentlichten Gedichten der englischen Lyrik nicht nur eine seit den Tagen der metaphysischen Barockpoeten* unerhörte Sprach- und Bildintensität wieder, sondern revolutionierte auch mit seinem »sprung rhythm«, der nur die betonten Silben, ja oft nur die Hauptakzente einer Verszeile zählt, das Skandieren. Dieser einsame Mensch, der nach seinem Übertritt zum Katholizismus das viktorianische England verließ und als Jesuitenpater in Irland lebte, gilt heute als Vater der modernen englischen Dichtung.

T. S. Eliot*, dessen Gedichte fast gleichzeitig mit denen von Hopkins bekannt wurden, schreibt auch heute noch Lyrik, Theaterstücke und Essays, und war, noch ehe ihm vor einigen Jahren der Nobel-Preis zuerkannt wurde, der einflußreichste zeitgenössische Dichter englischer Sprache. Seine und seines Freundes Ezra Pound* Jünger schufen in den zwanziger Jahren eine äußerst private, oft schwer verständliche und durch ein Übermaß an Anspielungen zuweilen ins Extravagante gesteigerte Dichtung, von der sich kaum etwas lebendig erhielt.

Die Gegenbewegung kam in den dreißiger Jahren, die – sei es auch nur als einleitender Gegensatz – bei einer Übersicht der heutigen englischen Dichtung kaum fehlen dürfen. Die neuen Dichter dieser letzten Epoche vor dem Zweiten Weltkrieg sahen ihre Aufgabe in der »sozialen Reportage« und später in der oft ergreifenden Gestaltung des spürbar heraufziehenden Unheils: Hitler, Spanien, ein neuer Krieg... Die Dichter dieser Epoche, W. H. Auden*, Stephen Spender, Cecil Day Lewis und Louis MacNeice*, um nur die bekanntesten zu nennen, leben und schreiben heute noch, haben aber Stil und Inhalt ihrer Arbeiten und ihrer Ansichten so geändert, daß keiner von ihnen mehr die damals von Louis MacNeice formulierten Forderungen an einen Dichter unterschreiben würde.

Es ist schwer vorstellbar, was etwa Rilke zu derartigen Forderungen gesagt hätte, und es ist auch kein Zufall, daß der Einfluß Rilkes, der heute in England groß ist, ebenso wie der Kafkas*, erst nach dem Ende jener Epoche an Boden gewann. MacNeice selbst hat zwar der Welt seither keineswegs den Rücken gekehrt, aber die Bitternis des Kriegsausbruches brachte ihn dazu, sich mehr und mehr mit den seelischen Werten und Gefahren des einzelnen Menschen zu befassen. Seine Dichtung, die auf dem Wege vom sinnlichen Intellektualismus zur Verinnerlichung auch an Strenge und Schönheit der Form zunahm, ließ ihm noch Zeit, die einzige gute Faustübersetzung zu schaffen, die es im Englischen gibt.

Bei Kriegsausbruch begann schließlich die neueste Phase der modernen englischen Dichtung, die erst jetzt vielleicht ihrem Ende entgegengeht. Der größte Dichter dieser letzten eineinhalb Jahrzehnte war entschieden Dylan Thomas*, wenn auch in diesen Jahren Eliot einige seiner reifsten Gedichte und fast alle seine Dramen schrieb.

Dylan Thomas, der Ende 1953, erst 39 Jahre alt, starb, kam aus Wales, dem Lande mit der ältesten kontinuierlichen Dichtungstradition Europas, und wenn er sich auch nicht der keltischen Wortkunst der Barden des Eisteddfod widmete, sondern englisch schrieb, so findet sich doch ihr Einfluß in seiner unvergleichlichen Wortbeherrschung, die zahllose neue strenge Formen und ineinandergedrängte Bilder wie mühelos verband. Dylan Thomas, wiewohl kein religiöser Dichter im orthodoxen Sinn, tat für die Erneuerung der religiösen Dichtung in England wahrscheinlich mehr als der strenggläubigere, aber intellektuell-eklektischere Eliot. Der Anthologist Kenneth Allott* schreibt von ihm:

> »Wenn die sozialen Dichter (der dreißiger Jahre) Marx mit Freud vermählen wollten, so darf man von Thomas sagen, daß er das Alte Testament mit Freud vermählt hat, aber auch sein Freud ist, mit den Augen eines D.H. Lawrence gesehen, kein Wissenschaftler und Intellektueller mehr, sondern *einer, der mit dem Blut denkt.*«

Die ersten Gedichte von Thomas waren zwar schon 1934 erschienen, aber erst der Kriegsausbruch brachte das Ende der Vorherrschaft der sozialen Lyrik und den Triumph der Dichtung, wie Thomas und seine Nachfolger, die noch 1939 eine Dichterschule, die »Neue Apokalypse«*, begründeten, sie verstanden. Thomas selbst hielt allerdings nichts von Dichterschulen und Literatendiskussionen.

Die Zielsetzung, die während der vierziger Jahre vorherrschend blieb, war auf die Darstellung der eigenen Seeleninhalte und Eindrücke ausgerichtet. Waren sie chaotisch, so vermochte der Surrealismus, dessen wesentlichster Vertreter der junge David Gascoyne war, den entsprechenden Ausdruck beizustellen. Gascoyne, der jahrelang in Frankreich lebte und von dessen literarischem Klima nachhaltig beeinflußt war, minderte später die surrealistischen Elemente seiner Dichtung und schrieb einige der ergreifendsten religiösen Gedichte der modernen englischen Literatur. Bei Dylan Thomas selbst war das urwaldhafte Durcheinander und Ineinander von Eindrücken, Symbolen, Bildern und barocker Wortmagie wohl seit jeher weniger dem Surrealismus zuzuschreiben als der lebendigen Mythen- und Legendentradition seiner Heimat. Die Sehnsucht nach Schönheit und nach Gestaltung der Welt fand bei fast allen Dichtern der vierziger Jahre ihren Ausdruck in der Pflege mehr oder minder ausgeprägter Gedichtformen. Rein surrealistische Gedichte gibt es in der modernen englischen Lyrik so gut wie gar nicht.

Soweit Dylan Thomas und die Dichter der Neuen Apokalypse überhaupt »politisch« waren, standen sie dem Anarchismus nahe, zu dessen intellektuellen Wortführern zwei bekannte Dichter gehören: Herbert Read*, Professor für Kunstgeschichte an der Universität Edinburgh und einer der einflußreichsten Kunstkritiker, und der sehr viel jüngere Arzt und Forscher Alex Comfort. Für totalitäre politische Heilslehren von rechts und links hatte diese Dichtergeneration ebensowenig übrig wie für Kriegspatriotismus und Chauvinismus. Bei ihrem rebellischen Radikalismus war ihr religiöses Suchen, das den Wert ihrer Dichtung wesentlich erhöhte, geradezu erstaunlich. Die Zahl der ausgesprochen religiösen Dichter in den letzten fünfzehn Jahren ist groß. Neben Eliot, Thomas und Gascoyne muß man mindestens Ann Ridler* und Kathleen Raine nennen, die bedeutendste jüngere Dichterin, bei der – wie überhaupt in der Lyrik der letzten Jahre – Freud als Führer in die Geheimnisse der Seele mehr und mehr von Jung verdrängt wird. Hierher gehören auch so verschiedenartige Dichter wie Vernon Watkins*, Henry Treece*, Laurie Lee*, Norman Nicholson*, Norman Cameron*, der nach langen Gewissenskonflikten kurz vor seinem Tod (vor etwas mehr als einem Jahr) Katholik wurde, und C. Busby-Smith*, einer der begabtesten unter den Jungen.

Hatten die Illusionen von der propagandistischen Sendung des Dichters die Lyriker der dreißiger Jahre veranlaßt, sich an die Umgangssprache zu halten und Verständlichkeit fast schon zu überschätzen, so erliegt der, der den Weg »ins Innere der eignen Seelenlandschaft« antritt, gar zu leicht der Versuchung, das Festhalten dessen, was er dort findet, schon an sich für künstlerische Leistung zu halten, besonders wenn es ihm auf seiner gefährlichen Fahrt an Bezugssystem und Wertmaßstab fehlt. Die überlebenden Theoretiker der dreißiger Jahre, vor allem der kluge und logisch geschulte, manchmal aber etwas pedantische Geoffrey Grigson*, bezeichneten diese neuen Dichter der Seele, denen Jung und die Legenden der Vorzeit, die Bibel und die Reden Buddhas, Rilkes »Duineser Elegien« und die Wahnsinnsdichtungen Hölderlins wieder etwas galten, verächtlich als Neo-Romantiker und weissagten eine Gegenbewegung.

Diese Gegenbewegung ist in ihren Anfängen heute zu erkennen. Allerdings richtet sie sich weniger gegen die Inhalte und Werte der Neoromantiker als gegen die Form. Die jungen Nachkriegsdichter wollen ihre Welt wieder ins Gleis bringen und streben nach einer klaren, verständlichen, sei es auch konventionelleren Form der Aussage. Die Bewußtseinsströmung, der innere Monolog, weicht wieder der regelmäßigen Strophe. Der Reim ist im Vormarsch. Allerdings hat diese neueste Strömung noch nicht viel Wesentliches hervorgebracht. Das mag zum Teil daran liegen, daß einige ihrer Begabungen nach kurzem lyrischen Debüt zum guten Journalismus abwanderten, was vielleicht kein Zufall ist. Mindestens ein Dichter aber, der den Anfang dieser Bewegung darstellt, Sidney Keyes*, ist schon 1943, noch nicht ganz 21 Jahre alt, in Nordafrika gefallen. Wie Dylan Thomas die Neue Apokalypse und die Dichtung der vierziger Jahre vorwegnahm, so nahm Keyes die Dichtung vorweg, die jetzt etwa in Charles Causley ihren Vertreter gefunden zu haben glaubt. Das Werk von Keyes, der besonders von der deutschen Dichtung beeinflußt war, sollte

Erich Fried und Michael Hamburger

gerade im deutschen Sprachgebiet einiges von dem Interesse finden, das Dylan Thomas seit seinem Tod gefunden hat. Ob Causeley und die anderen Nachkriegsdichter in den nächsten Jahren eine Dichtung schaffen werden, die eine Synthese der guten Eigenschaften der Vorkriegs- und Kriegsdichtung darstellt, oder eine Dichtung, die sich von beiden unterscheidet, oder ob der »Neo-Romantik« noch längere Frist beschieden ist, das läßt sich jetzt, besonders da sich – abgesehen vielleicht von dem Hölderlin- und Trakl-Übersetzer Michael Hamburger* – noch kein wirklich großes Talent unter den Jungen gezeigt hat, noch nicht sagen. Mittlerweile setzen einige der besten englischen Dichter, die sich nie in eine dieser Strömungen einreihen ließen, wie Robert Graves* und der hervorragende Kafkaübersetzer Edwin Muir*, ihre Arbeit fort, getreu dem, was sie für das eigentliche Wesen der Dichtung durch alle Zeiten hindurch halten.

Aus Raummangel wurde hier die Lyrik, in der sich alles konzentrierter, schärfer umrissen ereignet, zur Skizzierung einer Entwicklung gewählt, die über die Gesamtliteratur hinausgeht und die Entwicklungsphasen einer Kultur überhaupt betrifft. Doch soll damit die Entwicklung der Prosa und des Dramas nicht geringgeschätzt sein.

Die bedeutendste Prosadichtung der hier berücksichtigten Epoche ist zweifellos »Finnegans Wake« (1939), das letzte Monumentalwerk des 1941 gestorbenen Iren James Joyce*. »Finnegans Wake«, der Traum des Herrn H. C. E., der, tiefer und tiefer schöpfend, von persönlichen Tagesresten ausgehend schließlich die ganze Schöpfung umfaßt, steht in mancher Hinsicht zwischen Eliot und Dylan Thomas, die beide die Werke von James Joyce höher stellten als ihre eigenen Dichtungen und beide von Joyce lernten. Vielleicht aber kann man Joyces Spätwerk gar nicht als Prosa bezeichnen, stellt es doch eine Synthese von Roman, lyrischer Dichtung und Philosophie dar. Nicht nur die Form, auch seine Sprache, die assoziativ alle Grenzen der Grammatik sprengt, ist schlechterdings mit nichts vergleichbar, es sei denn mit einem »großen Traum«.

Die meisten englischen Schriftsteller wissen sehr wohl, daß sich dem Werk von James Joyce nichts Gleichwertiges an die Seite stellen läßt. Eine der bedeutendsten Romanschriftstellerinnen, Virginia Woolf, die in seinem Todesjahr 1941 Selbstmord beging, lernte von Joyce die »Bewußtseinsströmung« und auch die Anpassung des Stils an ihr jeweiliges Thema. In dieser letzten Eigenschaft wird sie von dem ungeheuer vielseitigen, vitalen Joyce Cary* noch übertroffen. Die Erörterung eines George Orwell, der eigentlich zur sozialen Dichtung der dreißiger Jahre gehört, sowie der Romane und Reisebeschreibungen Graham Greenes oder der erbarmungslosen Satiren Evelyn Waughs* kann sich diese Betrachtung ersparen, da diese Arbeiten auch im deutschen Sprachgebiet längst bekannt sind. Doch sei hier Charles Williams*, ein 1945 gestorbener Freund Eliots, erwähnt, Dichter, Philosoph, Dramatiker und Verfasser einiger Romane, vielleicht der einzige englische Mystiker unseres Jahrhunderts und nach Ansicht mancher ein technisch weniger vollkommener, aber bedeutenderer religiöser Autor als Greene und Waugh zusammen.

Was geschieht, wenn der logische Rationalismus der dreißiger Jahre sein Fundament verliert und auf Reisen geht, als zöge ein Haus auf Don-Quixote-Abenteuer aus, zeigt sich im höchst eigenartigen Werk Rex Warners*, den die englische Kritik ebenso wie William Sansom* für einen Schüler Kafkas hielt, was aber nur darauf beruht, daß die betreffenden Kritiker – und Sansom – Kafka mißverstanden. Wirklich Schülerin eines deutschen Autors, des in England sehr angesehenen Elias Canetti, war die jung verstorbene Romanschriftstellerin Anna Sebastian*.

Zu den Frühverstorbenen gehört auch Denton Welch*, der ebenso wie L.P. Hartley* und der ältere Forrest Reid* erschütternd aufrichtige Romane über Kinder schrieb. Zu den besten Kurzgeschichten – einer in England nicht ganz nach Gebühr gewürdigten Literaturgattung – gehören die Arbeiten des Lyrikers William Plomer* und des auch als Kritiker und Essayisten bedeutenden V.S. Pritchett*. Aldous Huxley, der eigentlich noch der Dichtung der zwanziger Jahre entstammt, hat sich einem eklektischen und manchmal etwas bizarren Mystizismus zugewandt.

Das englische Theater leidet immer noch an der Überkommerzialisierung, ja fast Monopolwirtschaft des Londoner Westend, und an dem Mangel guter National- oder Stadttheater mit festem Ensemble und größerem Repertoire. So ist es eigentlich erstaunlich, daß überhaupt – auch abgesehen von den erfolgreichen Unterhaltungsstücken eines Terence Rattigan oder Noel Coward* – wirkliche Theaterwerke entstanden.

Viele hoffen, daß Christopher Frys* geistreiche und theatertechnisch meisterhafte Versdramen den Anfang einer neuen Epoche des englischen Kunsttheaters bedeuten. Doch ist bei aller Sprachschönheit und Eleganz, die leider bei den bisherigen deutschen Übersetzungen oft verlorengeht, noch ein Rest von Sprödigkeit, Kälte und Intellektuellenkunst nicht überwunden. Fry, der sich viele Jahre nicht durchzusetzen vermochte, gehört vielleicht zur Wendezeit zwischen den dreißiger und vierziger Jahren und verdankt zum Teil eben diesem Umstand seinen Erfolg in einer Zeit, die die Synthese aus beiden sucht.

Wesentlich ist Eliots Bemühung um das Drama. Die Vollkommenheit seiner reifsten Gedichte, der »Vier Quartette«, hat er allerdings in keinem seiner Bühnenwerke erreicht. Dennoch ist nach Ansicht mancher sowohl der »Mord in der Kathedrale« wie auch »Family Reunion« an Rang den Werken Frys mindestens ebenbürtig. Die »Cocktail Party« kommt der Absicht Eliots, ein Gesellschaftsstück mit religiöser Bedeutung zu schreiben, vielleicht am nächsten. Sein letztes Stück, »Der Privatsekretär«, ist weniger geglückt. Schließlich seien noch zwei Dramatiker genannt, der ältere Ire, Seán O'Casey*, dessen Sozialdramen trotz aller Politik etwas von der Kraft eines Synge haben, und der ganz junge Schauspieler und Schriftsteller John Whiting*, der vielleicht der größte Dramatiker des nächsten Jahrzehnts werden muß. Er muß die Synthese aus Gesellschaftskritik und Traum, aus religiöser Not und Erschließung der Seele nicht erst suchen. Er selbst ist diese Synthese, wenn auch seine Dramen bisher mehr Ruhm als Kassenerfolg bei einem englischen Publikum fanden, das allzu sehr zum guten Unterhaltungsstück erzogen ist.

1954/55

Zur Form des modernen Romans

Kann es einen modernen Roman überhaupt geben? Nach Ansicht mancher ernster Kritiker wäre das entscheidende Anzeichen des modernen Romans, daß er aufhört, Roman zu sein. Nach Kafkas Expedition in die Inhalte des eigenen Unbewußten, nach Joyce, ja selbst nach der parodistischen Sehweise eines Thomas Mann, scheint es keinen Weg für den modernen Roman mehr zu geben, vorausgesetzt, daß der Verfasser sensitiv und aufgeschlossen genug ist, um ein Gefühl für die Probleme zu haben, die Kafka, Joyce und Thomas Mann zu dem gemacht haben, was sie sind.

Und doch besteht der Roman weiter, nicht nur, weil die Form variabel ist und dem Schriftsteller einen Rahmen anbietet. Aber er besteht eigentlich nicht mehr in derselben Form wie früher. Die alte Hülle ist von einem neuen, innerlich anders strukturierten Gebilde erfüllt worden.

Zunächst fällt die *Ungeduld mit der Fabel* auf. Es ist nicht das *Unvermögen*, eine spannende Handlung zu ersinnen. Ähnlich wie Picasso ein vollendeter Spätimpressionist war, ehe er neue Wege ging, haben die großen Schriftsteller und Dichter unserer Zeit ihr Erzählertalent, ihre Fähigkeit, ein Garn zu spinnen, bewiesen, ehe sie von anderen Aufgaben gebannt wurden. James Joyce hat in »Dubliners«, seinem ersten Buch, richtige, gut und tief gesehene und geschilderte Geschichten erzählt. Später war es ihm um anderes zu tun. Dylan Thomas* hat sein Hörspiel »Unter dem Milchwald« ohne Handlung geschrieben. Aber ursprünglich sollte es heißen: »Die Stadt, die verrückt war«, und eine ergötzliche Fabel war fix und fertig: die Stadt Llareggub wurde von all ihren Nachbarorten beschuldigt, ein einziges großes Narrenhaus zu sein. Die freundlichen Nachbarn wollten die Einwohner des Küstenstädtchens als gemeingefährliche Narren durch Stacheldraht von der übrigen Welt abriegeln. Aber die Stadt Llareggub wählte den ausgedienten Kapitän Cat zu ihrem Sprecher und gewann vor dem obersten Gerichtshof ihren Prozeß, indem sie nachwies, daß nicht die gute Stadt Llareggub verrückt sei, sondern die ganze übrige Welt. Das Urteil des Gerichtes lautete schließlich, daß Llareggub durch einen Stacheldrahtzaun und Wachen vor der gemeingefährlichen Umwelt zu schützen sei. Je länger Thomas aber an diesem Stück arbeitete, desto gewollter schien ihm die Fabel. Ein guter Einfall könne den Zuhörer zwar auf kurze Zeit amüsieren, vielleicht sogar bezaubern. Aber bald werde er doch die Achseln zukken und dem Werk *entrinnen*, einfach durch den Hinweis, es handle sich ja nur um etwas gut Erfundenes.

Der Wahlspruch einer früheren Literaturepoche war: »Und ist's nicht wahr, so ist's doch gut erfunden.« Der Wahlspruch der neuesten Dichtung könnte lauten: »Und ist's nicht gut erfunden, so ist's doch wahr.«

Freilich ist diese Wahrheit nicht unbedingt durch sklavisches Festhalten an der Wirklichkeit der Augenzeugen-Beobachtungen und Zeitungsberichte zu erreichen. Schon oft ist beobachtet worden, daß Wirklichkeit uns besonders dann ergreift, wenn sie zufällig mit irgend etwas übereinstimmt, was schon in uns vorbereitet zu sein scheint. Ob man dabei von großen Symbolen, von Archetypen, von frühkindheitlichen Erlebnissen oder Generationsgedächtnis spricht, ist vielleicht nicht so wichtig.

Ein weiteres Problem des modernen Romans ergibt sich aus der Weigerung jedes ehrlichen Künstlers, Überzeugungen und sichere Werte vorzugeben, die ihm in Wirklichkeit verlorengegangen sind oder doch sehr fragwürdig erscheinen. Die *Auslese* in einer Schilderung, die Führung einer Handlung, die Andeutungen allgemeingültiger Gedanken müssen natürlich durch das Schwanken solcher Werte und Überzeugungen wesentlich beeinflußt werden. In Frankreich wurden Romane* geschrieben, in denen die Haupthandlung nur mit dürren Worten skizziert wird, scheinbar unwesentliche Nebenumstände aber, die die Handlung weder fördern, noch in einem kontrapunktischen Verhältnis zu ihr stehen, genau und ausführlich geschildert werden. Aber natürlich, wenn mit dem Zweifelhaftwerden der Werte und Sinngebungen der Begriff der Haupthandlung hinfällig wird, dann kann man auch nicht mehr von handlungsfördernden Faktoren oder von Kunstpausen sprechen.

Mir selbst war es beim Schreiben meines Buches »Ein Soldat und ein Mädchen« vor allem darum zu tun, möglichst wenig willkürlich Erfundenes bestehen zu lassen. Phantastische Gedankengänge sind als Gedankenexperimente vielleicht noch dort zulässig, wo sie als Verwicklungen einer Handlung unmöglich wären. Auch der Romancier des neunzehnten Jahrhunderts hat unweigerlich ein Eigenleben seiner eigenen Gestalten entdeckt. Dieses Eigenleben macht einem das Bewältigen einer theoretisch unmöglichen Aufgabe gerade noch möglich: die Wahrhaftigkeit von Gedanken und Gefühlen, die nicht Beobachtungen in der Außenwelt entsprechen, kann dem Schreibenden nicht anders als so verbürgt werden. Ich leugne nicht, daß ich nach Abschluß der Niederschrift für jede Bestätigung dankbar war, die mir durch zahlreiche Berichte von ähnlichen Fällen, die sich wirklich abgespielt haben, geboten wurde.

Der Gedanke endlich, einer Romangestalt Geschichten, die man selbst zuvor geschrieben hat oder nachträglich schreibt, zuzuordnen*, verliert etwas von seiner Willkür durch die Überlegung, daß die Gestalt und ihre angeblichen »Geschichten« aus den Seeleninhalten des gleichen Wesens erwachsen, des Verfassers.

1960

Protestgedichte gegen Protestgedichte

Mit mehreren, ihm offenbar besonders wichtigen, politischen Gedichten seines neuen Bandes »Ausgefragt«* hatte Günter Grass bei einigen Kritikern wenig Glück.
Marcel Reich-Ranicki*, der den Band sonst lobt, vermutet, Grass habe gedacht, in solchen Versen sei die Politik wichtiger als die Kunst; außerdem zweifelt er an der Zweckmäßigkeit des Gedichtes »Irgendwas machen« und wendet ein fragwürdiges Grass-Wort von den »geringen Herstellungskosten« politischer Dichtung gegen den Autor selbst.
Noch schärfer kritisierte Peter Härtling* im »Spiegel« diese politischen Gedichte.
Nun meine ich zwar, daß bei Grass gerade diese »Protestgedichte gegen Protestgedichte« entscheidende, gefährliche und zum Teil für bundesrepublikanisches Denken symptomatische Irrtümer enthalten. Aber daß einige Rezensenten sie abtun, ohne auf die darin aufgeworfenen Fragen einzugehen, ist ein Unrecht, nicht nur Grass, sondern auch der Thematik dieser Verse gegenüber.
Namentlich Peter Härtling ging mit seinem Lob so fehl wie mit seinem Tadel. Er behauptete von den politischen Grass-Gedichten: »Sie reagieren genau, sagen Bescheid, aber das Wissen widersetzt sich dem gebundenen Wort. Das macht sie brüchig, anfechtbar.« Und vom Gedicht »In Ohnmacht gefallen« sagte er: »Was das Gedicht will, ist richtig. Es geißelt das Sekundärerlebnis, weigert sich, mit Wohlstands-Protestanten das Maul aufzureißen und in aller Bescheidenheit den Mord mit Napalm nicht zu verhindern...« Aber gleich darauf – und ohne Beweise – behauptet Härtling von diesem Thema: »Ins Gedicht will es nicht hinein.«
Hinter solchen Abfertigungsversuchen verbirgt sich ein Vorurteil gegen das politische Gedicht überhaupt. Aber abgesehen davon, daß zum Beispiel gerade »In Ohnmacht gefallen« trotz seiner Gedankenfehler ein sehr wirksames Gedicht ist, könnte selbst das Mißlingen aller »Protestgedichte gegen Protestgedichte« bei Grass die Möglichkeit des politischen Gedichtes nicht widerlegen. Dazu kommt, daß andere Protestgedichte wie »Der Neubau«, durchaus geglückt sind.

Das wirklich Fehlerhafte an den »Protestgedichten gegen Protestgedichte« aber ist gerade das, was Härtling an ihnen lobt, etwa die (mißglückte) »Geißelung des Sekundärerlebnisses« – als könne man Vorgänge nur dann kennen und gegen sie Stellung nehmen, wenn man sie an Ort und Stelle miterlebt hat! Allerdings macht sich der Kritiker Härtling dieser unsinnigen Informationstheorie – die fast allen heute lebenden Deutschen jede Stellungnahme gegen die Gaskammern unmöglich machen würde – hier und anderwärts weit schuldiger als Grass, bei dem sie sich nur angedeutet findet; freilich bei Grass immer noch gefährlicher, weil einprägsamer formuliert. Auch Härtlings Worte von den maulaufreißenden Wohlstands-Protestanten ebenso wie sein Versuch, dem Grass-Kritiker Peter Rühmkorf moralische Mitschuld am Warenhausbrand in Brüssel* in die Schuhe zu schieben, sind so abwegig, daß man Grass gegen solche Verteidiger verteidigen möchte oder aber untersuchen muß, ob Grass sich derartige Zustimmung nicht durch wirkliche Schwächen seiner Gedankengänge zuzieht.

Wenn Grass »gegen ohnmächtige Proteste protestiert«, so tut er das – zum Unterschied von manchen, die sich über seine Proteste freuen – nicht bewußt, um den Machthabern zu helfen. In seinem großartigen Essay »Repressive Toleranz« sagt Herbert Marcuse: »Die Ausübung politischer Rechte (wie das der Wahl, das Schreiben von Briefen an die Presse, an Senatoren und so weiter, Protestdemonstrationen, die von vornherein auf Gegengewalt verzichten) in einer Gesellschaft totaler Verwaltung dient dazu, diese Verwaltung zu stärken, indem sie das Vorhandensein demokratischer Freiheiten bezeugt, die in Wirklichkeit schon längst ihren Inhalt geändert und ihre Wirksamkeit verloren haben. In einem solchen Falle wird die Freiheit... zu einem Instrument, die Knechtschaft freizusprechen.« Genau das meint offenbar auch Günter Grass, wenn er den »ohnmächtigen Protestanten« entgegenhält: »Aber feinmaschig und gelassen wirkt sich draußen die Macht aus.«

Herbert Marcuse legt Zusammenhänge bloß, um deren Aufhellung sich Grass, tappend, verzweifelt und in seiner Verzweiflung manchmal ungerecht, bemüht; eine Bemühung, die manchen Kritikern so unheimlich ist, daß sie lieber auf die politischen Gedichte von Grass überhaupt verzichten und höchstens zwei, drei Stellen zum Zweck der Vernebelung zitieren. Hätte Grass Marcuse gelesen, so wüßte er, daß Marcuse bei der Desillusionierung nicht stehenbleibt, sondern sie überwindet, indem er von dieser bedenklichen Freiheit der ohnmächtigen Proteste weiterhin sagt: »Und doch bleiben das Vorhandensein und die Ausübung dieser Freiheiten eine Vorbedingung für das Wiederherstellen ihrer ursprünglichen oppositionellen Funktion, vorausgesetzt, daß die Anstrengung, ihre (oft selbstauferlegten) Beschränkungen zu überschreiten, intensiviert wird.«

Etwas, was diesem auswegweisenden Gedanken entspräche, hat Grass leider nicht zuwege gebracht. Deshalb verfällt er gelegentlich dem Irrtum, die Begrenzung der Möglichkeiten des Politikers müsse auch für die Möglichkeiten des Dichters gelten. Von da ist es nicht weit zur Annahme, daß politische Ohnmacht den Dichter auch veranlassen soll, sich selber Schweigen zu gebieten.

Machthaber wären eines solchen Verhaltens der Dichter froh: die Geschichte der Weltliteratur aber widerlegt diese Auffassung, durch die Grass nicht nur seinen Kollegen, sondern auch sich selbst in den Rücken fällt.

Jene, die solchen Gedanken Beifall zollen, sind nicht die, an deren Beifall dem Dichter Günter Grass auf die Dauer gelegen sein dürfte.

1967

Gedichte über das Dichten

Die Gedichte, die hier als Beispiele dienen sollen, habe ich Ende 1977 und Anfang 1978 geschrieben. Es geht in ihnen um Fragen des Dichtens, um Worte, um Kunstformen, um Sinn oder Sinnlosigkeit der Dichtung, und auch um die Verfassung, in der man dichtet.

In unserer Zeit ist Dichtung mindestens quantitativ von der Sekundärliteratur, vom Schreiben über Dichtung, überwuchert. Friedrich Schlegel schrieb in seinen Notizbüchern für Poesie kurz p, für Poesie über Poesie p^2, und für Poesie über Poesie über Poesie p^3. Nun, Poesie über Poesie, also p^2, scheint durch so eine Abkürzung schon ein wenig fragwürdig; aber es hat vielleicht doch etwas für sich, wenn einer, der Gedichte schreibt, darüber nicht nur in Tagebuchnotizen oder in Essays reflektiert, sondern – viel unmittelbarer und konzentrierter – auch in seinen Versen selbst. Wenn diese Fragen einen Dichter nicht wirklich bewegen, dann wären möglicherweise auch seine Essays darüber nicht so wichtig. Wenn sie ihm aber in Fleisch und Blut übergegangen sind, dann schreibt er manchmal auch Gedichte darüber. Die haben dann vielleicht den Vorteil, kürzer zu sein als ein Aufsatz, rascher zum Wesentlichen zu kommen: Weil die Auseinandersetzung selbst zum Gedicht geworden ist, stehen sie dem Thema Dichtung irgendwie näher als die meisten Essays und können so – wenn man Glück hat – einleuchtender und einprägsamer wirken.

Hier zwei kurze Gedichte zum Thema »Kunst um der Kunst willen«. Zuerst:

Recht auf Irrtum

Kunst
um der Kunst willen
ist ein Irrtum
den man
gegen die Irrtümer
in deren Namen
er angegriffen wird

immer wieder
verteidigen muß
um der Freiheit willen
und um der Wahrheit willen
und um der Kunst willen

Ein Essay würde viel mehr Zeit brauchen, um etwa zu erklären, warum zwar die absolute Forderung »Kunst um der Kunst willen« ein Irrtum ist, aber welche wichtige Rolle sie gespielt hat, um der Kunst einen Freiraum gegen den allumfassenden, alles integrieren wollenden Zweckoptimismus und Fortschrittsglauben der Gründerzeit zu sichern. Und auch heute kann das wichtig sein. Nichts gegen Dichtung, die für etwas eintreten will: Ich selbst bin geradezu berüchtigt als Verfasser vieler sogenannter »engagierter« Gedichte. Eine fragwürdige Bezeichnung, übrigens, denn unpolitische Gedichte können sich genau so engagieren wie die, die gewöhnlich engagiert genannt werden. Wenn aber jemand von der Dichtung – oder von irgendeiner anderen Kunst – fordert, sie solle nur die Helferin, die dienende Magd einer besonderen politischen Bewegung oder Zielsetzung sein, so wird das gefährlich: Die Dichtung wird enger und auf die Dauer meist schlechter, ja selbst die betreffende Bewegung, so gut und ehrlich sie es meinen mag, wird schlechter dadurch, daß sie sich Künstler (oder Wissenschaftler) dienstbar machen will, statt mit ihnen in freien Austausch von Anregungen und Gedanken zu treten. Und Gedanken und Kunstwerke müssen immer auch ketzerisch sein dürfen; sie dürfen sich nicht gleichschalten lassen. Aber einer, dessen Anspruch selbst schon starr wird, der selbst schon seine eigene Institution zu werden beginnt, etwa einer, der nur seinen alleinseligmachenden Glauben predigt, oder ein Revolutionär, der die Revolution so großschreibt, daß er nichts mehr außer ihr sieht, wird immer auch Feind jeder künstlerischen Autonomie sein. – Deshalb diese Verse:

Der linke Elfenbeinturm

Kunst
um der Kunst willen
wird am schärfsten
von dem

verurteilt
der die Revolution
um der Revolution willen
will

Ich habe das in einem Kreis linksstehender Menschen als Warnung vor einem Fehler bei Linken geschrieben. Aber Ähnliches gibt es natürlich auch auf der Rechten; wir brauchen da nur an die Ansprüche zu denken, die seinerzeit die sogenannte nationale Erneuerung an die Dichtung stellte. Nicht nur »vaterländisch« und »bodenständig«; nein, immer wenn zuviel »Kerngesundes«, »Aufbauendes«, »Unverdorbenes« ausdrücklich gefordert wird, darf man – oder soll man vielleicht – mißtrauisch werden. Das heißt natürlich nicht, daß die einfache Bewegung in entgegengesetzter Richtung schon die Lösung ist. – Dazu dieser Text:

Nicht umkehrbar

Die Tatsache
daß
ein Dichter
der unbekümmert
um alle Tatsachen
ein Revolutionär sein will
ein Reaktionär ist

beweist noch nicht
daß ein Dichter
der unbekümmert
um alle Tatsachen
kein Revolutionär sein will
kein Reaktionär ist

Diese Verse waren nicht nur Warnung vor der einfachen Gegenbewegung als Patentlösung. Sogar ein kurzes aphoristisches Gedicht enthält mehr als nur eine warnende Feststellung. Zum Beispiel wird hier ja auch von Tatsachen gesprochen, von der Wirklichkeit, um die man sich kümmern muß, die man nicht aus den Augen verlieren darf, was gerade vermeintliche Revolutionäre

manchmal leicht tun. Und das Wort Revolutionär ist hier – ebenso wie Reaktionär – nicht nur eng politisch gemeint, sondern bezeichnet auch einen, der die Kunst umwälzen, erneuern will, ebenso wie der »Reaktionär« eine Erneuerung durch die Wiederherstellung vermeintlich guter alter Werte bewirken will. Aber auch wo Altes wirklich gut war, führt der Weg zurück ja nicht wirklich zu ihm hin.
Bei solchen Überlegungen wird der schreibende Mensch leicht skeptisch. Skeptisch gegenüber Zeitungsmeldungen, Mahnungen von Regierungs- und Oppositionspolitikern, aber auch gegenüber allzu großen und lauten Worten. So ist dieses Gedicht entstanden:

Sehnsucht nach Worten

Kommt
ihr guten
ihr wenig brauchbaren Worte

Ihr taugt zu keiner Losung
ihr schillert in keinen Farben
zu denen man sich bekennt

Ihr eignet euch für kein Kampflied
Ihr laßt euch auf keine
Fahnen schreiben

Auch nicht auf Fahnen
gegen Fahnen
von Feinden

Sehnsucht nach Worten also, die nicht durch Mißbrauch unmöglich gemacht worden sind und die nicht zum Mißbrauch verleiten... Mißtrauen gegen schillernde Losungen und Fahnenschwenken, gegen fertiggelieferte Zielrichtungen und Bewegungen, in die man sich nur einreihen muß, als guter Kämpfer, als guter Untertan, als guter Kamerad... Das heißt aber nicht, daß man nie Farbe bekennen soll (es müssen ja keine vorgeschriebenen, keine bereits in der richtigen Schattierung gemischten Farben sein). Im Gegenteil: Dort, wo es gefährlich wird, Zeugnis abzulegen oder heikle Fragen zu stellen, dort fordern Gedichttexte, gerade kraft ihrer Skepsis, auch zum Genaunehmen auf:

Ein Zeuge

Wer den Mut hat
zu sagen
daß er nicht mehr
den Mut hat
zu sagen
was er sagen *will*
der hat
vielleicht
noch den Mut
es zu sagen

Oder – zum selben Thema – vielleicht in Erwartung noch ungünstigerer Bedingungen:

Kleines Gebet

Wenn ich
nichts mehr
sagen darf
dann soll
dieses Nichts
doch sagen
wie es
nichtswürdig
alles verschweigt
was ich
verschweigen
muß

Oder, wenn ein Thema so gefährlich wird, daß eine Zeitlang das Totschweigen zu gelingen scheint, dann kann ein Gedicht eine Art Warnung werden. Hier dieses hieß zuerst »Verspätung«; dann nannte ich es:

*Gefährliches Thema**

Was keiner
geglaubt haben wird

was keiner
gewußt haben konnte

was keiner
geahnt haben durfte

das wird dann wieder
das gewesen sein

was keiner
gewollt haben wollte

Ich hoffe, wir erleben nicht wieder eine Zeit, in der dieses Gedicht nur *zu* leicht verständlich wird. Aber Anlaß zur Angst vor solchen Möglichkeiten gibt offenbar auch unsere Zivilisation. Sonst wäre dieses Gedicht ja nicht entstanden.
Mit dem Genaunehmen der Worte im Gedicht »Sehnsucht nach Worten« wollte ich aber auch nicht für irgendeine Selbstgenügsamkeit der richtiggewählten Worte sprechen. – Auch wo Worte falsch gebraucht werden, sind es noch Worte von Menschen. Deshalb hier ein Gedicht, das »Kitsch« heißt:

Kitsch

»Er entleibte sich
und fiel
entseelt
zu Boden«

Lies
und lache
aber lache
nicht lange

Auch solche Worte
beschreiben
Verzweiflung
und Tod

Überhaupt ist es nicht nur wichtig, daß man die richtigen Worte und Gedanken spricht und denkt, sondern auch, daß man auf der Suche nach ihnen nicht zu selbstgerecht wird. In einem Brief an zwei Menschen, die eine Gruppe anderer an sich ganz gerecht, aber meines Erachtens ziemlich unmenschlich erbarmungslos kritisiert hatten, schrieb ich folgende Verse:

Zusätzliche Bedingung

Wichtig
ist nicht nur
daß ein Mensch
das Richtige
denkt

sondern auch
daß der
der das Richtige
denkt
ein Mensch ist

Dazu gehört vielleicht, daß man sich auch in Andersdenkende, ja auch in Figuren, die einem als Figuren hassenswerter Unholde angeboten werden, einfühlen können muß. – Es ist sehr gefährlich, wenn schon das Verstehenwollen von Gegnern, das Verständnis ihrer Entwicklung, als verdächtig gilt. Ich meine, ein Schriftsteller oder Dichter kann sich an solche Tabus nicht halten. Obwohl ich Flüchtling vor dem Hitlerregime war und ein Teil meiner Familie in den Gaskammern umgebracht wurde, habe ich nach dem Krieg den Unwillen mancher Kritiker dadurch erregt, daß ich mich auch in eine zum Tod verurteilte KZ-Wärterin* einzufühlen versuchte. – Nun, diesmal wähle ich eine sehr weit zurückliegende Figur als Beispiel, nämlich Holofernes, den furchtbaren Feldherrn Nebukadnezars, der sich schließlich von Judith betören ließ, die zur Volksheldin wurde, indem sie ihn tötete und ihm den Kopf abschnitt. – In Johann Nestroys parodistischem Drama fragt Holofernes – natürlich kein historischer Holofernes, sondern die grotesk verzerrte Schießbudenfigur – auf der Höhe seines Machtrausches, wer wohl stärker sei, er selbst oder er selbst.* Daran knüpft das Gedicht an:

Nestroys Holofernes

Armer Holofernes
du sollst gesagt haben
du willst wissen
wer stärker ist
du oder du

Und als man dich
das sagen ließ
auf der Bühne
lachte das Publikum
und hielt es für lustig

Aber wer sich das fragt
der kann sich nur vor sich retten
indem er sich den Kopf
der es fragt
abschneiden läßt

Und irgendeine
verheißene
und verheißende Judith
feiert man dann als Heldin
für deinen Sieg über dich

Also – wenigstens für eine kurze Zeit – auch noch den wahnsinnigen Hochmut, die Hybris des Gewaltmenschen Holofernes, des Mitleids und des Nachdenkens wert finden. – Und verstoße ich damit wirklich ganz und gar gegen Nestroys Absichten? Ich weiß nicht, ich vermute fast, der bissige Dramatiker Nestroy hätte das gut verstanden. Das wäre nun wieder ein Beispiel dafür, daß man sich nicht so leicht verbieten lassen darf, was und in welchem Sinn man schreibt. Darüber hatte ich schon einige Monate zuvor ein Gedicht geschrieben, das mir sehr wichtig ist und das ich deshalb hier zitiere:

Guter Vorsatz

Ich habe es satt
ich habe zuviel geschrieben
Ich will nur noch schreiben
was man nicht schreiben darf

Aber es ist nicht genug
wenn mir die Herrschenden sagen
man darf das nicht schreiben
denn die sagen zu oft man darf nicht

Nein ich muß auch
meine Genossen fragen
diese und jene
die miteinander gar nicht mehr sprechen

Erst wenn auch die mir sagen
man darf das nicht schreiben
kann ich beginnen zu wissen
daß ich es schreiben muß

Später schrieb ich dann ein kurzes, eher aphoristisches Gedicht »Aktive Ästhetik«, gegen die Einschränkung der Dichtung und ihrer Selbstbetrachtung, aber diesmal klang es, als wäre die Einschränkung der Selbstbetrachtung irgendwie doch ein Vorteil:

Aktive Ästhetik

Wenn man
der Dichtung
den Kopf
abbeißt
schützt man sie

vor der
Versuchung
sich immer wieder
in den eigenen
Schwanz
zu beißen

Nun ja, das ist natürlich vor allem ironisch gemeint –, aber doch nicht *nur* ironisch. Dieses sich in den eigenen Schwanz beißen der Dichtung, also wenn man will, die Selbstreflexion, Poesie hoch zwei darf man natürlich nicht verbieten oder verhindern wollen. Aber es muß, ebenso wie alles andere, hinterfragt und angezweifelt werden dürfen. Sonst entsteht eine Art alexandrinische Selbstgefälligkeit der Poesie über Poesie: Sie muß auch selbst*un*gefällig werden können, ausbrechen können. Als Beispiel dafür hier:

Realistischer Realismus

Die ewigen
Wahrheiten
meiner
Gedichte
langweilen mich

Wann
kommen endlich
ihre Irrtümer
Träume
und Lügen

Mit »ewige Wahrheiten« sind hier weniger die angeblich zeitlosen »ewigen« Wahrheiten gemeint. Ich dachte vor allem an das nichtendenwollende Verzapfen angeblicher Wahrheiten, eine Gefahr jeder Dichtung, der es um Erkenntnisse geht.
In Wirklichkeit schützen sich Dichter vor der Selbstgefälligkeit unter anderem natürlich dadurch, daß sie außer der poetischen Selbstreflexion noch sehr viele andere Themen haben. Hier aber, da unser Thema poetische Reflexion *in* Gedichten *selbst* ist, sollen weitere Faktoren gezeigt werden, die in solchen reflektieren-

den Gedichten der Selbstgefälligkeit entgegenwirken. Dazu gehört zum Beispiel das Eingeständnis, wenn man sich auf einem toten Punkt fühlt; hier in Gestalt der Aussage, daß man fühlt, man habe nichts zu sagen:

Weg zur Unsterblichkeit:
Vorletzte Station

Ich bin so gewohnt
etwas zu sagen zu haben
daß ich jetzt
wenn ich finde
ich habe nichts mehr zu sagen
sofort daran gehe
das zu sagen
so gut ich kann

Und weil ich gewohnt bin
was ich sagen will
sagen zu können
gelingt es mir zu sagen
daß ich jetzt nichts mehr
zu sagen habe

Und es tröstet mich
daß ich das kann
denn das ist fast noch
als *hätte* ich
etwas zu sagen

Also eine ziemlich mitleidlose Schilderung nicht nur der eigenen Hilflosigkeit, sondern, noch peinlicher, eine Schilderung des Versuches, ihr mittels literarischer Übung auszuweichen. – Schon etwas weniger selbstvernichtend ist der Versuch, mit ein wenig Ironie und Fabulieren einen tragikomischen Dialog zwischen Gedicht und Dichter zu konstruieren.

Entfremdung

»Du wirst mich aber
nicht schreiben«
sagt das Gedicht
und ich sage:
»Auf diese Provokation
falle ich nicht
herein«

Also
behält das Gedicht
recht
und bleibt
ungeschrieben

bis auf das da
das
wie fast alle Gedichte
kein Ersatz
sein kann
für ein eigentliches
Gedicht

Eine andere Methode, die Selbstreflexion der Dichtung von der Egozentrik des Dichters abzubringen, nicht verspielt wie das Zwiegespräch des Dichters mit seinem Gedicht, sondern viel ernster, liegt eigentlich sehr nahe: Es ist die Konfrontation eines Gedichtes, oder des Gedichteschreibens überhaupt, mit unserer Zeit und mit ihren drohenden Fragen.

Neuer Anfang

Versammelt die Wasserstoff- und Neutronenbomben
und das Treibgas, das aus Sprühdosen steigt und anfängt
zu zersetzen die Schutzhülle aus Ozon.

Holt auch die Kluft her zwischen dem reichen Norden
und dem hungernden Süden mit seinem Geburtenzuwachs,

und ruft den Raubbau an Rohstoffen und die Vernichtung
der Fische im Meer und des Gleichgewichts der Natur,
und ladet die Arbeitslosigkeit vor und die Großmachtkonflikte
und jede noch immer wachsende Bürokratie
mit ihren Datenspeichern und neuen Gesetzen und Schnüfflern

Aber damit wir keine Angst haben müssen
verweist uns auf Frauenbewegung und Bürgerinitiativen
und auf eine Anzahl von Gewerkschaften und Demokraten
und auf die Große Verweigerung und nicht zuletzt
auf die aufklärende und veredelnde Kraft der Dichtung
und falls es
noch etwas anderes gibt
auch auf das

Dann bauen wir frei und froh
das Kunstwerk unserer Zukunft

Die drohenden Faktoren, die hier zitiert werden, sind um soviel stärker als die »Hoffnungen«, die das Gedicht nennt, einschließlich der Hoffnung auf die Kraft der Dichtung, daß das Ergebnis bitter sein muß. Die Aussicht, daß unsere Zukunft frei und froh und ein Kunstwerk sein wird, scheint hier nicht groß. Es ist kein im engeren Sinn »politisches« Gedicht.
Um das Schreiben mit dem Leben zu konfrontieren, ist es aber nicht unbedingt nötig, zeitgeschichtliche oder politische Einzelheiten ausdrücklich ins Gedicht einzubeziehen. Der folgende Text knüpft nur an Rilkes Worte an, angesichts eines Kunstwerks, in diesem Fall des archaischen Torsos Apollos*, müsse man sein Leben ändern. Gilt das nicht auch angesichts eines Gedichtes, namentlich für den, der es schreibt?

Literatur

Worte schreiben
nach denen man
nicht mehr weiter
leben kann wie bisher

und dann doch weiterleben
fast wie bisher
Ist das Mut
oder waren das Lügen?

Worte schreiben
an denen man
stirbt
und an ihnen

doch nicht sterben
oder doch nicht sofort
Ist das Lebenskraft
oder ist das Schwäche?

Nichts als Leben und Sterben
Nichts als Worte
Nichts als Schreiben
Nichts weiter als immer weiter?

Auch hier sind nur untröstliche Fragen gestellt worden. Resignation oder Verzweiflung werden mindestens verständlich. Das gilt auch für eine kurze aphoristische Betrachtung:

Widerspiegelung

Wenn die Gedichte
einfacher werden
so zeigt das
nicht immer an
daß das Leben
einfach
geworden ist

Wenn man in dieser Lage nicht wie in diesem Epigramm bei der bloßen Feststellung bleibt, sondern der Phantasie und dem Fabulieren Spielraum läßt, kann ein Gedicht etwas wie ein Verzweiflungsschrei werden. Der Puppenarzt (im Text, der hier folgt) steht unter anderem für den Künstler oder Dichter, aber auch überhaupt für den Menschen, der in einer zerbrechenden Welt noch etwas tun will.

Der Puppenarzt

Wenn aber das Leben
darauf besteht
wieder sinnlos zu werden
beginne ich meine
zerbrochenen Puppen zu verarzten

Arm- und beinlose
statte ich aus
mit wimmelnden Spinnenbeinen
Kastrierte mit zwei bis drei Gliedern
(Kein Pupperich kriegt nur eines!)

In die eine Augenhöhle
eine Hode Arthur Rimbauds
in die andre
ein dunkles Auge
von Edgar Allan Poe

Mann! Aber die
werden fruchtbar
das Licht der Welt erblicken!
Und dann haben die Spinnenbeine
alle Hände voll zu tun

Wenn ich mich aber frage, wo man gegen die Verzweiflung, die trotz des Anscheins der Vitalität dieses wimmelnde Chaos von Spinnenbeinen und makabren Augen regiert, ein Gegengewicht findet, so habe ich zwar keine allgemeingültigen Heils- und Ermutigungsrezepte anzubieten, aber ich glaube, wenn ich mich auf die eigene Situation besinne, als Überlebender, dem die Hitlerzeit nicht, wie so vielen meiner Freunde und Verwandten den Tod gebracht hat, der in der Zeit nach Auschwitz immerhin Worte fand, auch wenn diese Worte bei weitem nicht alles abwenden konnten, was sie gerne abgewendet hätten, auch wenn Barbarei

immer noch (oder wieder) von da und dort droht –, so meine ich, daß einige dieser Worte vielleicht doch nicht ganz nutzlos verhallen müssen.
Deshalb hier zum Schluß ein längeres Gedicht:

Worte seit Auschwitz

1

Worte
geprägt von ihrem
Schicksal
dem Sprecher
im Mund verbrannt
von Flammen
die ihn nicht verbrannten
nur
seine Eltern
nur
seine Schwester
nur
seine Freunde

Kauderrotwelsch
Todesdeutsch
Knochenhebräisch
Endlatein
un-
vermitteltes
Zeugnis
von denen
die nichts mehr vermitteln

2

Zusammengetriebene Worte
vergattert oder
gereiht und geschweißt
mit Angstschweiß
oder mit Todesschweiß

Worte
kristallisiert
gefügt zu Gittern oder
klebrig als Netz:
Das genügt nicht
gegen die Mörder

Alle fast
konnten
hindurchschlüpfen
durch diese Wahrheit:
Lügen
gewandt und gewunden
und die Gewalt
längst nicht mehr nur
marschierend
in Reih und Glied
sondern gehoben
sternwärts
vom Wissen
das treibt
die Atome
zum Selbstmord
dem Mord zuliebe

3

Nur ein oder zwei
von den
Ängsten der Mörder
bleiben
hängen in deinem Verhau
Ihre blutigen Lieder
leiden
an deinem Wort
verlieren Worte und da
und dort einen Reim

Aber Horden
von Worten der Horden
brechen durch
und ziehen
gereimt
oder ungereimt
weiter

Und hieltest du
auch fest
ein Lied
eine dunkle Stelle –
Das wäre kein Sieg:

Von allen Seiten umgangen
könntest du nichts mehr
befragen
und nichts mehr enthüllen
und nichts mehr gewinnen
nichts umstimmen
nichts überzeugen:
In deiner großen
Niederlage verschwände
dein kleiner Sieg

4
Andere Worte
anders verzahnt
ineinander
und nicht nur
einander
im Wort bleibend
tun jetzt not:
Verbrüdert
mit anderen
vielleicht sogar
wortlosen
Menschen

Denn ohne
die anderen
Worte
und ihre Menschen
tut die Not
alles
was ihr beliebt
und was
deine Worte
(auch deine!)
vielleicht
widerlegen
doch nicht mehr
abwenden könnten

Andere Worte
neuere
ältere
arme
unbeholfene Worte
aber gefügt
um zu helfen
töricht zum Teil
aber vielleicht
doch nicht
ganz vergeblich
nicht ganz so leicht
überrennbar
nicht ganz so
wehrlos
beiseite zu schieben

1978

Nonsensdichtung und Montage

Ein Versuch

Immer wieder, beim Schreiben, beim Lesen und beim Nachdenken über Gedichte, fallen mir auch Unsinnsreime ein, alte und neuere, und immer wieder kommen Fragen nach ihrem möglichen geheimen Sinn. Als Günter Bruno Fuchs seine schöne Sammlung zeitgenössischer Nonsensverse vorbereitete, »Die Meisengeige«*, sagte er mir: »Wirklich Nonsens schreiben ist ungeheuer schwer oder vielleicht unmöglich. Es kommt einem immer der verborgene Sinn in die Quere.«
Ähnlich meinte schon vor vielen Jahren der große französische surrealistische Dichter Paul Eluard, der Geist des Menschen konnte gar keinen wirklichen Unsinn zustande bringen, höchstens Texte, bei denen die Sinnverbindung der Gedanken nicht leicht sichtbar ist, besonders für andere.
Wie allerdings eine solche scheinbar sinnlose Montage zustande kommt und warum, das ist oft interessant, ja staunenswert.
In meiner Schulzeit sangen wir ein Nonsenslied mit dem ziemlich derben Kehrreim:

»Freut euch des Lebens:
Großmutter wird mit der Sense rasiert!
Alles vergebens:
Sie war nicht eingeschmiert.«

Statt »Alles vergebens« hieß es gelegentlich auch »Freut euch vergebens«.
Gesungen wurden diese Reime zur Melodie des alten Liedes:

»Freut euch des Lebens,
Weil noch das Lämpchen glüht
Pflücket die Rose
eh sie verblüht.«

Dieser etwas schwülstige Text kann einen schon zur Parodie ermuntern. Er bietet zugleich den Schlüssel zum Verständnis der Nonsensfassung:

Daß die Großmutter – also eine alte Frau – mit der Sense rasiert wird, erinnert nicht nur durch die blutrünstige Vorstellung, sondern auch durch die Verbindung zwischen Sense und dem Sensenmann, dem Schnitter Tod, an das Sterben. Dadurch entspricht es ganz genau dem ursprünglichen Lied, nur daß dessen Sentimentalität hier von den unbekannten Verfassern der Parodie durch Derbheit ersetzt wurde, vielleicht, weil ihnen die schönsein wollende Form wirklich unerträglich schien.
Das Ausweichen in die Derbheit findet sich auch in einer anderen alten Parodie:

»Freut euch des Sterbens,
Weil schon das Lämpchen riecht,
Stampft auf die Rose,
Bis sie versiecht.«

Im Grunde ein Liebäugeln mit der Destruktivität und Brutalität, hinter dem die Verzweiflung steht.
Und nun ein aus kurzen, zum Teil lautmalerischen Zeilen zusammengesetzter Kinderreim:

»Tromm tromm tromm!
Hüt dich, Bau'r: Ich komm.
Ich geb dir nichts, ich nomm!
Ich nehm dir Vieh und Felder weg
und frag dich nicht, warom.«

Zu diesen drohenden Versen müssen wir nur wissen, daß sie ein Versuch waren, in Worte zu fassen, was das Trommeln der Kriegstrommeln zu bedeuten habe. Dann sind es keine Nonsensreime mehr, sondern es ist auf die kürzeste Form gebrachte bittere Kriegserfahrung der Landbevölkerung.
Schwerer ist es schon mit manchen Auszählreimen, in denen ein Teil der Wörter keine erkennbare Bedeutung hat. Bei näherer Betrachtung allerdings sind es oft alte, manchmal keltische Zahlwörter. In Landsknechts- und Matrosenliedern kommen aufgelesene fremde Sprachfetzen der weit herumgekommenen Leute als scheinbare Nonsenseinlagen vor, die aber oft übersetzbar sind. Ähnlich verhält es sich mit den Worten »eia popeia« oder »Heidi

popeidi« in Kinderliedern, und mit der Bezeichnung »In die Heia gehen« für »Schlafengehen«. Als das weströmische Reich zusammengebrochen war, holten sich Fürsten und Herzöge Kinderfrauen aus dem einzigen noch übrigen alten Kulturzentrum, aus Konstantinopel. Und die sangen den Kindern griechische Schlaflieder. »Eĭde popeion« (in griechischen Dialekten, die den Spiritus asper* nicht als »h« aussprachen) oder »heidi popeion«, heißt »Schlaf, Püppchen«, und wenn es mehrere Püppchen waren, dann hieß es »popeia«. Und immer mehr Frauen sangen ihren Kindern die Lieder vor, die zuerst einem Königs- oder Fürstenkind vorgesungen wurden.

Es gibt aber auch ganze Strophen aus Worten, die wirklich in keiner Sprache etwas heißen. Zum Beispiel kam in Schottland in der zweiten Hälfte des 18. Jahrhunderts die sogenannte »mouth music« – Mundmusik – auf. Auch da gibt es eine gar nicht unsinnige Erklärung. Nach der Niederschlagung der großen Schottischen Rebellion von 1745 durch die Engländer wurde den Schotten ihr nationales Musikinstrument, die Sackpfeife, auf der sie ihre Kriegslieder gesungen hatten, verboten. Die »Mundmusik« war in den folgenden Jahrzehnten ein Versuch, den Klang dieser Sackpfeife lautmalerisch nachzuahmen.

Überhaupt sind viele Unsinnsgedichte oder Unsinnslieder aus dem illegalen Charakter der Texte zu erklären. Im 14. Jahrhundert sangen die englischen Bauern das Lied vom kurzen Zaunkönig. John Rotnas forderte Milder und Malder, Festel und Fohs auf, in die Wälder zu gehen und den kurzen Zaunkönig zu jagen. Sie wollten ihn mit Sensen, Spießen und Kanonen erlegen und sein Fleisch unter die Armen verteilen. Wenn man nicht weiß, daß der kurze Zaunkönig eine geheime Bezeichnung für die großen Herren war, gegen die zum Kampf aufgerufen wurde, bleibt das alte monotone Lied absoluter Unsinn.

Oder nehmen wir einen englischen Kinderreim:

»Mehl von England, Spaniens Frucht,
Zusammengekommen im Wolkenbruch.
Steck sie in' Sack und fest sie verschnür! –
Löst du das Rätsel, einen Ring geb ich dir.«

Das Rätsel hört sich fast wie ein unsinniges Kochrezept an, auch auf englisch:

»Flour of England, fruit of Spain,
Met together in a shower of rain.
Put in a bag, tied round with a string;
If you tell me this riddle,
I'll give you a ring.«

Wenn man allerdings weiß, daß »Flour of England« nicht nur »Mehl von England« heißt, sondern, wenn man es ein wenig anders schreibt, »Blume (oder Blüte) von England«, kommt man dem Sinn schon näher. Das war nämlich kein Kochrezept, sondern eine skeptische Anspielung auf ein keineswegs gerngesehenes Heiratsprojekt, als Königin Mary, die »Blume von England«, Philipp den Zweiten von Spanien heiraten sollte, also Spaniens Frucht. Die Chronik berichtet, daß die erste Begegnung der beiden während eines furchtbaren Regenschauers stattfand. Auch hatte Königin Mary Philipp einen Ring gesendet. – Da aber Spottverse auf die geplante königliche Heirat verboten waren, ging dieser nur als Rätsel um, und die Blüte wurde zu Mehl gemacht; die beiden Worte klingen im Englischen fast gleich.
Auch die zahllosen Unsinnsgedichte von der verkehrten Welt, in denen etwa ein totgeschossener Hase auf der Sandbank Schlittschuh lief, während in einem Wagen Leute stehend saßen, schweigend ins Gespräch vertieft, sind gar nicht immer ganz und gar harmloser Unsinn. Eine Fassung des schottischen und amerikanischen Liedes von der verkehrten Welt »In not-a-man's toun« sagt in deutscher Übersetzung:

»In Keines-Manns-Stadt
Gingen viele verloren,
Da fielen zehntausend,
Die warn niemals geboren.«

Gewiß, Unsinn: Wer gar nicht geboren wurde, der kann auch nicht im Kampf fallen. Aber da die Städte in Wirklichkeit ja *nicht* »Keines-Manns-Städte« sind, sondern Städte wirklicher Menschen, sind auch die Gefallenen in der wirklichen verkehrten Welt Zehntausende, die wirklich geboren und großgezogen wurden, nur um dann zu fallen. Daß solche Gedichte von der verkehrten Welt zum Nachdenken über die Verkehrtheiten unserer Welt anre-

gen wollen, ist leicht immer wieder zu sehen, obwohl die bizarre Verkleidung der Wahrheit, die dem Sänger Narrenfreiheit verschaffen sollte, ihm natürlich auch richtigen Spaß gemacht haben durfte.
Ich möchte hier noch einen sehr alten englischen Weihnachtsreim* zitieren, der, aus der Küchenperspektive, hinter seiner Unsinnsmaske eigentlich skeptisch, ja lästerlich ist:

»Den Bratspieß mußt' ich am Christabend drehn,
Hab die Hand mir verbrannt, ihr könnts heute noch sehn:

Da flogen die Funken von allen Seiten,
Da begann der Topf mit dem Löffel zu streiten

Da trabte gesattelt die Sau herein,
Da lag in der Wiege das Ferkel klein

Da krähten die Hähne auf dem Küchentisch los,
Da gab der Teller dem Napf einen Stoß

Der Teufel sprang hoch als ein nackter schwarzer Mann
Und schlug mit dem Schwanz ins Bratenfett dann

Er fluchte und hatte nur eines zu sagen:
Er wolle sie alle in Fesseln schlagen

Dann sprach der Bratspieß zur Topfglasur
und nannte den Putzlappen dreckige Hur

Da rief der Bratrost: Beim Blut des Herrn,
heut abend hör ich Zank gar nicht gern!

Vertragt euch alle und haltet ein,
oder kommt zu mir: Ich will Richter sein.«

Das Weihnachtsbild des Küchenjungen oder Küchenmädchens sieht also nicht ganz so feierlich und idyllisch aus wie andere Weihnachtsbilder. Die Unzufriedenheit, die sogar die leblosen Dinge verhext sein und rebellieren läßt, ist kaum verborgen. Dabei erinnern allerdings die geschlachteten Hähne, die zu krähen beginnen an die weihnachtliche Legende von St. Stephan, dem König Herodes versichert, das Kind in Bethlehem sei genausowenig der Heiland, wie der gebratene Hahn da auf der Schüssel krä-

hen werde, worauf der Hahn vor dem gesamten Hofstaat kräht »Christus natus est«.
Aber wenden wir uns jetzt einer modernen Nonsensdichtung zu, »Abzählreimen«* des großen Lyrikers Paul Celan:

»Ich bin groß, du bist das Küken,
Hihihimmel, sollst dich bücken,
Muß mir meine Schputnicks pflücken.

Erst der gelbe,
Dann derselbe,
Dann der schwarze
Mit der Warze.
Außerdem frißt uns die Katze.

Außerdem und Innerdem,
Polikarp und Polyphem,
Russruss, Landam, Erika
Und der ganze Laden da –
Wozu – Weil – Jaweilwozu
Hättenhätten wirdenruh.«

Hier beruht der scheinbare Unsinn eigentlich nur auf der Montage, auf der Zusammenfügung dieser Zeilen.
Es ist ein verkürztes Bild unserer Welt aus der Hühnerperspektive, denn der Sprecher, der sagt: »Ich bin groß, du bist das Küken« und damit zugleich sagt: »Ich bin groß, du bist klein«, ist ja vermutlich als Huhn oder Hahn gedacht. Das geht schon aus der Schilderung der Nahrungsaufnahme hervor, und aus dem resignierten »Außerdem frißt uns die Katze«.
Was auch wieder an den uralten Kinderreim anklingt, der beginnt »Ein Huhn und ein Hahn, die Geschichte fängt an« und aufhört »Eine Katz und eine Maus, die Geschichte ist aus«. – Die Geschichte aber ist hier ein Stück Weltgeschichte. Die Sputniks, die Gelben und die Schwarzen kommen vor, Rußland und Amerika, kurz, der ganze Laden da. – Die Frage nach dem Sinn des ganzen Lebens, die Sehnsucht, Ruhe zu haben, alles kommt vor, außerdem und innerdem. Auch hineingeworfene Namen sind keineswegs sinnlos: Polyphem ist der menschenfressende Riese, dem

es aber selbst übel ergeht. Polikarp aber war ein Bischof von Smyrna, der den Märtyrertod fand. Die beiden Pole sind also Märtyrer und Menschenfresser. Die Lustigkeit der Nonsensverse ist nur eine scheinbare.
Zum Vergleich ein alter Kinderreim aus »Des Knaben Wunderhorn«, nämlich »Die Kinderpredigt«:

»Quibus, quabus,
Die Enten gehen barfuß,
Die Gäns haben gar keine Schuh,
Was sagen denn die lieben Hühner dazu?
Und als ich nun kam an das kanaljeische Meer,
Da fand ich drei Männer und noch viel mehr,
Der eine hatte niemals was,
Der andere nicht das
Und der dritte gar nichts,
Die kauften sich eine Semmel
Und einen Zentner holländischen Käse
Und fuhren damit an das kanaljeische Meer.
Und als sie kamen an das kanaljeische Meer,
Da kamen sie an ein Land und das war leer,
Und sie kamen an eine Kirche von Papier,
Darin war eine Kanzel von Korduan
Und ein Pfaffe von Rothstein,
Der schrie: Heute haben wir Sünde getan,
Verleiht uns Gott das Leben, so wollen wir morgen wieder dran!

Und die drei Schwestern Lazari,
Katharina, Sibilla, Schweigstilla,
Weinten bitterlich,
Und der Hahn krähete Buttermilch!«

Die erste Frage ist vielleicht, ob der Kinderreim wirklich ganz so alt ist oder ob nicht wenigstens die zweite Hälfte und besonders das Ende durch Stil und Sprachspiele darauf hinweisen, daß hier einer der beiden Herausgeber des Wunderhorn, nämlich Clemens Brentano, den Kinderreim mit eigener Dichtung fortgesetzt hat? Aber jedenfalls ist der Sinn dieser Unsinnsdichtung wieder eine recht skeptische Schilderung unserer Welt, angefangen von der Fabelgewohnheit, die Welt zunächst von den Enten, Gänsen und Hühnern her zu betrachten, bis zur Aufzählung der drei Männer, die alle nichts haben und sich von diesem Nichts ihr Essen kaufen und schließlich zum sündhaften Sündenbekenntnis des Priesters.

Auch bei Paul Celan wie hier in der »Kinderpredigt« wird die Welt zuerst einmal aus der Fabelperspektive des Geflügels gesehen. Bei Celan sind es das große Ich und das kleine Küken, die sich bücken müssen, um im Gelände ihre Sputniks aufzupicken; in der Kinderpredigt wird nach der Stellungnahme der lieben Hühner zum Barfußgehen der Enten und zur Armut der Gänse, denen es an Schuhen mangelt, gefragt. – Und erst nach den armen Tieren kommen die armen Menschen, wie bei Celan durch einige dürftige geographische Angaben näher bestimmt. Wenn die Hühner bei Celan erst einen, dann den anderen Bissen aufpicken oder pflücken, heißt es: »Erst der gelbe / Dann derselbe«.

Gar nicht so unähnlich heißt es in der Kinderpredigt von den drei armen Männern:

»Der eine hatte niemals was,
Der andere nicht das
Und der dritte gar nichts.«

Das ist auch so ungefähr dasselbe... Ob das kanaljeische Meer vielleicht der englische Kanal ist, das läßt sich, auch wenn die drei armen Männer auf ihrer Reise dahin ohne alles Geld einen Zentner *holländischen* Käse gekauft haben, nur sehr ungewiß vermuten. Die Kirche aber, in der zu Sünde, Hoffnung auf Weiterleben, und Willen zu weiterem Sündigen so unumwunden Stellung genommen wird, könnte sozusagen überall in der Christenheit stehen. Allerdings wird an dem Zustand versteckte Kritik geübt, indem wir erfahren, daß die Kirche aus Papier und der Pfaffe aus Stein ist. Die Kanzel aus Korduan, also aus teurem Ziegenleder, außer wenn es sich nur um den Reim auf »Unrecht getan« und »morgen wieder dran« handelt, könnte Schilderung des kirchlichen Prunks sein; jedenfalls wäre die Kanzel weicher als der Pfaffe aus Rothstein, wenn nicht auch als die Kirche aus Papier.

Bleiben die drei Schwestern Lazari. – Lazarus verweist wieder in biblische Bereiche, aber auch auf die Sage vom armen Lazarus, dem armen Mann, der in den Himmel kommt, während der Reiche zur Hölle fährt. Daß es drei Schwestern sind, ist eine magische Zahl, hier aber hört dann aller Ernst endgültig auf:

»Katharina Sibilla Schweigstilla,
weinten bitterlich
Und der Hahn krähete Buttermilch.«

So bedeutungsschwer im Neuen Testament und später in Legenden das Krähen des Hahnes ist – wenn er Buttermilch kräht, das an bitterlich anklingt, ebenso wie die dritte Schwester mit dem Namen Schweigstilla auf Sibilla reimt, so ist das eine Vorwegnahme surrealistischer Poesie und bleibt Nonsens, auch dann, wenn wir zwischen dem Stillschweigen in der weinenden Schweigstilla und dem Hahnenkrähen einen Gegensatz vermuten dürfen. Aber dieser Nonsens ist, bei aller Lustigkeit der Wortspiele, im Zusammenhang der Geschichte von den drei armen Männern und dem leeren Land und der sündhaften Kirchengemeinde auch selbst noch eine Art Kritik, ein Sichlustigmachen über die nicht ganz so lustige Sinnlosigkeit oder Verkehrtheit irdischen Treibens.
Ähnliche Skepsis gegenüber dem Tun und Lassen dieser Welt liegt den Nonsensversen Christian Morgensterns zugrunde. Während aber der für die »Kinderpredigt« wohl nicht nur als Herausgeber, sondern auch als Autor verantwortliche Clemens Brentano streng katholisch wurde, war Morgenstern ein strenger Protestant. Er hat bekanntlich auch religiöse Gedichte veröffentlicht. In seinen Nonsensversen findet sich gelegentlich sogar Spott auf Katholisches, etwa wenn er ein Gedicht anfängt:*

»Ein Glockenton fliegt durch die Nacht
als hätt er Vogelflügel
Er fliegt in römischer Kirchentracht
wohl über Tal und Hügel«

Zwar fliegt dieser Glockenton »Bam« hier, wenn auch in falscher Richtung, nur seiner ungetreuen geliebten Glockentönin »Bim« nach, aber es liegt in den Versen wohl auch Kritik an der katholischen Legende, daß zu Ostern die Glocken nach Rom fliegen, worüber sich Morgenstern an anderer Stelle recht unduldsam lustig gemacht hat. Aber nicht alle seine Nonsensverse enthalten solche Spitzen. Wenn er reimt

»Ein Wiesel
Saß auf einem Kiesel
inmitten Bachgeriesel.
Weshalb?
Das Mondkalb
verriet es mir im Stillen:
Das raffinierte Tier
tats um des Reimes willen.«

dann ist Morgenstern selbst einigermaßen »raffiniert«. Er hat das nämlich kurz nach Erscheinen des deutschen Reimlexikons, von Willy Steputat geschrieben, das er für seine Übersetzungsarbeiten benutzte, und dort finden sich unter »iesel« nur die drei Reime »das Geriesel, der Kiesel, das Wiesel«.
Auch ich habe gelegentlich Nonsensverse teilweise »um des Reimes willen« geschrieben, z.B.:

Zwiefache poetische Sendung

Der Hauptberuf der Schnabelsau
ist daß sie reimt auf Kabeljau
Doch wenn sie ihren Zensch entschleimt
bleibt selbst der Mensch nicht ungereimt

So halten Dichter Nabelschau
in unserm Kain- und Abelgau
Den Menschen wie den Kabeljäuen
obliegts dann sich am Reim zu freuen

Natürlich machen sich diese Verse auch darüber lustig, daß Dichter den Reimen und ihrer Nabelschau soviel Aufmerksamkeit zuwenden, in einer Welt des Brudermordes, denn das ist die Bedeutung der Worte »in unserm Kain- und Abelgau«. Das Nonsensgedicht ist also eine Montage von Sinn und erfreulichem Unsinn.
Auch die Lyrikerin Christa Reinig bringt in einem ihrer »Niegereimten Reime«* einen Reim auf »Mensch«:

»Herr bensch war ein mensch wie wir alle
und war doch mehr als ein mensch
er war der einzige reim auf mensch
o dichter, zu füßen ihm falle!«

Nun will ich aber noch *ein* Nonsensgedicht von mir zitieren, das erst vor kurzem entstanden ist. Als sein Autor habe ich natürlich den Vorteil, daß ich es leichter entschlüsseln kann als die Nonsensverse anderer Autoren. (...) Es ist kurz:

»Wenn Leitern sterben,
Wer weiß,
Grünen zwei schwarze Katzen.
Graue Soldaten tragen
Den gelben Abschiedssand.
Schneemann und Schneefrau
Spielen sprachlos Vater und Mutter
Und Käfige kehren heim
klirrend und leer und enttäuscht«

Ich hatte diese Zeilen unmittelbar vor dem Einschlafen hingeschrieben, als ich sehr müde war; und erst am nächsten Morgen fiel mir dazu ein Gedicht von Mörike* ein, das ich sehr liebe. Es lautet:

»Ein Tännlein grünet wo,
Wer weiß, im Walde,
Ein Rosenstrauch, wer sagt,
In welchem Garten?
Sie sind erlesen schon,
Denk es, o Seele,
Auf deinem Grab zu wurzeln
Und zu wachsen.

Zwei schwarze Rößlein weiden
Auf der Wiese,
Sie kehren heim zur Stadt
In muntern Sprüngen.
Sie werden schrittweis gehn
Mit deiner Leiche;

Vielleicht, vielleicht noch eh
an ihren Hufen
Das Eisen los wird,
Das ich blitzen sehe!«

Das war für mich schon der Anfang der Erklärung: »Wenn Leitern sterben / wer weiß / grünen zwei schwarze Katzen«. Und Mörikes: »Ein Tännlein grünet wo, wer weiß« und »Zwei schwarze Rößlein weiden auf der Wiese«.

Ich hatte eine schwarze Katze gesehen und war unter einer Leiter durchgegangen. Als Kind hatte ich gelernt, beides bedeute Unglück. Aber ich war unterwegs zu einem Begräbnis; das Unglück war ohnehin schon da. – Nur hatte ich dann in den Verszeilen das Sterben meines Freundes auf die Leitern verschoben: »Wenn Leitern sterben«. Was heißt aber: »Graue Soldaten tragen/den gelben Abschiedssand«? Die Sargträger hatten graue Uniformen, und mich störte, daß sogar Sargträger wie Soldaten aussahen. Als der Sarg im offenen Grab lag, pflanzten sie die Sandschalen auf ihren Eisenspießen vor uns auf, so daß wir zum Abschied Sand auf den Sarg werfen konnten. – Die Kinder meines toten Freundes hatten im Garten des Hauses, in dem sie wohnten, einen Schneemann und eine Schneefrau gebaut. Nun bleiben nur noch zwei Zeilen zu erklären:

»Und Käfige kehren heim
klirrend und leer und enttäuscht.«

Im Mörikegedicht heißt es von den schwarzen Pferden: »Sie kehren heim zur Stadt in muntern Sprüngen«. Nach dem Begräbnis aber kehrten wirklich Käfige leer in die Stadt heim. Mein toter Freund war nämlich Rudi Dutschke; zu seinem Begräbnis waren Tausende gekommen, auch ein starkes Aufgebot Berliner Polizei – vorsorglich mit vergitterten Wagen für die vielleicht zu Verhaftenden. Es wurde aber zum Glück niemand verhaftet, die Käfigwagen blieben leer.

Das Wort »klirrend« ist, ebenso wie das Wort »sprachlos«, wo Schneemann und Schneefrau sprachlos Vater und Mutter spielen, auf Hölderlins Worte der Angst vor dem Winter in seinem Gedicht »Hälfte des Lebens« zurückzuführen:

»Die Mauern stehen
Sprachlos und kalt, im Winde
Klirren die Fahnen.«

So sind die vor dem Schlafengehen flüchtig aufgeschriebenen Zeilen durch ihre Verbindung mit dem Begräbnis und mit den Versen Hölderlins und Mörikes eigentlich gar kein Nonsensgedicht mehr, sondern eine Montage mit einigen Verschiebungen besonders unerträglicher Gedanken. Das Sterben ist den Leitern zugeschoben, und die Sargträger tragen nur noch Sand.* (...)

Zum Abschluß (...) – auch zum Andenken an meinen toten Freund, der es gerne mochte – ein längeres Gedicht (...), das ich zum 75. Geburtstag der Dichterin Nelly Sachs verfaßt habe. Ich sage verfaßt, nicht geschrieben, denn geschrieben hat eigentlich sie es. Es ist nämlich eine Montage aus lauter einzelnen Gedichtzeilen aus ihrem Gesamtwerk* – nur manchmal 2 Zeilen zusammen. Dabei könnte leicht absoluter Nonsens entstehen, aber ich habe mich bemüht, einem von Nelly Sachsens Hauptthemen, der Menschenverfolgung und Vernichtung und dem Weiterlebenwollen mitten in diesem Untergang, treu zu bleiben. Wenn man an jene Zeit zurückdenkt, bedürfen diese Verse keiner Entschlüsselung, und all ihr Widersinn bleibt dennoch nicht Nonsens:

Zeile um Zeile
Eine Montage für Nelly Sachs

Ein Gedicht für dich
aus welchen Worten
aus deinen
die retten Worte vor Wörtern
und Sterbensworte vor jedem Lebenswort

I

30 Im Morgengrauen
30 Wenn ein Vogel das Erwachen übt
78 Schritte der Henker
78 Über Schritten der Opfer
243 Die Zeit malt ihr Ende

8 O ihr Schornsteine
8 O ihr Finger
232 Ins Fell der Niederlage
171 Und deine Kinder
171 Die schon deinen Todesschatten werfen

170 Wo eine Stelle für Herzklopfen
170 Ausgelassen war
382 Wo die ausgewanderte Liebe
382 Ihren Sieg niederlegt
12 Wird sich ein Wind der letzten Atemzüge auftun

308 Aber so ist die Liebe
358 Nicht geht sie auf Wanderschaft
358 Mit ihrem rieselnden Staub
359 Mit dem Kartenspiel der Gesichte und
359 Dem Ebenholzschrecken

274 Losgerissene Erdwurzel
319 In der Urne des Mundes
231 Und die taubstumme Schrift
335 Bis die Buchstaben heimgekehrt sind
335 Aus der lodernden Wüste

2

333 Mit dem Verlernen der Welt beschäftigte
319 Reißt an den Nabelsträngen
222 An den Gerippen in Maidanek und Hiroshima
228 Wo Tod sich atmend füllt
228 Und wieder abnimmt

317 Die Liebe hat kein Sterbehemd mehr an
265 Schon ohne Stimme – ausatmend Staub
196 Der Hahn mit weißem Kamm kräht
311 O keine Ankunft
269 Hinter dem Rücken des Todes

260 Und der Fische Auferstehung
254 An der offenen Wunde
254 Unserer Tür
279 Auch dieses Nachtalter
279 Wird seine Fossile haben

282 Aus verlorenen Sitten geworfen
279 In andere Höllen niedergelegt
305 Weit fort
305 Von den Kirchhöfen
226 Unter dem Wasser spricht jemand deine Musik

371 Mit allen Augen ins Schwarze
231 In der Verheißung Falltuch springend
235 Im schwarzen Geflügelhof
374 Im Brunnen mit niemand –
369 Und immer zeigend wie mit Fingern aus Gräbern

375 Das Kind malt im Sarg mit Staub
375 Den Nabel der Welt
333 Diese haargenaue Aufgabe
333 Deren Lösung
333 Den Sterbenden mitgegeben wird

3

347 Im zugigen Durchgang der Ahnungen
324 Löffelt Tod den Stein fort
334 Tritt über die Schwelle des Sehens
302 Durch das Rauchbild
294 Im Ei der Nacht

221 In der Nacht, wo Sterben Genähtes zu trennen beginnt
215 Gefängnisse ziehend aus Luft
327 Fluchten abzuwiegen
327 Die Schultern fahren schon
327 Wie Wolken fort

218 Alle Verfolger haben in deinen Augen
218 Ihr Lager aufgeschlagen
210 Aus grüner, roter, weißer Finsternis
345 Wenn die Raben draußen
345 Ihre Schwärze entfalten zur Mitternacht

343 Noch feiert der Tod das Leben
347 – Zusammengerollte Fahne, der die Freiheit entstieg –
192 Hinter der Narbe aus Heimweh
313 Und an Strahlen
313 Einer Ferne aufgehängt

242 Reisefertig ist der Stern
211 Der wie ein Falke aus dem Sterben stieß
205 Aufbewahrer des Abgerissenen
218 Zeitsand in der Wüste
218 Falschem Sonnenanbetergesicht

312 Der blutende Weinberg
205 Daniel, der Belsazar Blut lesen lehrte
169 Verrät sich keinem Suchen
160 Das sind Gejagte die ihre tödlichen Verstecke
69 In die Gräber tragen

162 Durch gekrümmte Staubsäulen
164 In den Gnadenstoß der Flucht
315 Entkleidet schon fast bis auf den Sand
331 Suchend die inneren Augenstraßen
190 Aller Märchen zweiten Ausgang

196 Gestilltes Blut fließt
200 Durch die Synagoge der Sehnsucht
200 Von Tod in Geburt
178 Was ist das für eine schwarze Kunst
178 Heilige zu machen?

178 Warum hast du am Ende der Liebe
326 Nur eine Waage
370 Die sich am Herzen mißt
370 Das aber schlägt die Ferne furchtbar näher
259 So weit ins Freie gebettet

1980

Was soll und kann Literatur verändern?

Das Thema ist zu groß, um fürs erste anders als ein wenig trocken angepackt zu werden. Was soll und kann Literatur verändern?

Ich glaube, zuerst einmal den Schreibenden selbst und zweitens den Leser oder den Hörer. Den Schreibenden selbst dadurch, daß er sich durch seine Formulierungen klar wird über verschiedene Dinge, daß also das Schreiben auch ein Erkenntnisvorgang ist, und Erkenntnisse haben im allgemeinen keinen Rückweg (...).

Ibsen hat gesagt: »Leben heißt, dunkler Gewalten Spuk bekämpfen in sich, / Dichten, Gerichtstag halten über sein eigenes Ich.« Er hat natürlich nicht ein ungerechtes Gericht gemeint und keine Klassenjustiz und wohl auch kein erbarmungsloses Gericht, denn man darf sich selbst ja auch so lieben wie seinen Nächsten, aber doch Gerichtstag halten über sich selbst und, also wegen der dunklen Gewalten, denen man sich gestellt hat, ein Vorgang der Wahrheitsfindung und Beurteilung seiner eigenen Gedanken und Gefühle und seines eigenen Wesens. Dichten ist nach Ibsen also nicht wertfrei.

Goethe hat gesagt: »Und wenn der Mensch in seiner Qual verstummt, / Gab mir ein Gott, zu sagen, was ich leide.« Also auch das Leiden, auch der Protest, wird da schon als legitimer Ausdruck der Dichtung apostrophiert.

Natürlich zeigt die Bekämpfung der dunklen Gewalten und das Sagen dessen, was man leidet, das Dichten als Überlebensversuch. Tatsächlich waren und sind die besten Dichter im allgemeinen die, die nicht dichten *konnten*, sondern die dichten *mußten*, um überhaupt dieses Leben zu ertragen oder es wenigstens möglichst lange zu ertragen. Auch die, die schließlich zerbrochen sind, haben in ihrem Dichten versucht, es zu ertragen: Lenz*, Hölderlin* oder Paul Celan in unserer Zeit. Hierher gehören auch die Gedichte von Ingeborg Bachmann, ich denke an ein Gedicht wie »Böhmen liegt am Meer«, eines ihrer letzten und eines ihrer schönsten Gedichte, über das ich gerade ein Büchlein geschrieben habe. Es ist wichtig zu sehen, daß auch Dichter, die unter uns sind, die erfolgreich sind und die das Leben scheinbar meistern, sich durch ihr

Dichten ihr Überleben – und ich meine nicht das finanzielle Überleben – ermöglichen.
Wenn Christa Wolf ein Buch veröffentlicht hat wie »Kein Ort. Nirgends«, die fiktive Begegnung zwischen Kleist und der Günderode, oder wenn sie jetzt ein Buch veröffentlicht hat, »Kassandra«, und in ihren Frankfurter Poetik-Vorlesungen die Erklärungen über das Zustandekommen dieses Buches »Kassandra« gegeben hat, sieht man das ganz deutlich, und man sieht auch ganz deutlich die Bezüge zu unserer Zeit. »Kassandra« ist ein Buch, das gegen den Krieg, der in unserer Zivilisation ausgebrütet wird, protestiert. Kassandra spricht in ihren letzten Lebensstunden über ihr Leben. Sie ist in Mykene, vor dem Löwentor, dessen Trümmer noch heute erhalten sind, und weiß, daß sie sterben wird. Sie denkt an Troja zurück und sagt: »Wann Krieg beginnt, das kann man wissen. Aber wann beginnt der Vorkrieg? Falls es da Regeln gäbe, müßte man sie weitersagen, in Ton, in Stein eingraben, überliefern. Was stünde da? Da stünde unter anderen Sätzen: Laßt euch nicht von den Eignen täuschen!«
Oder Christa Wolf fragt: »Aber wo leben wir denn? Ich muß mich scharf erinnern. Sprach in Troja irgendein Mensch vom Krieg? Nein, er wäre bestraft worden. In aller Unschuld und besten Gewissens bereiteten wir ihn vor. Sein erstes Zeichen: Wir richteten uns nach dem Feind. Wozu brauchten wir den?« In ihrem Bericht über die Entstehung des Buches schreibt sie über die Lage eines Schriftstellers in unserer Zeit, teilweise indem sie aus ihrem Tagebuch zitiert.
Zum Beispiel am 2. Februar 1981: »Die meisten Kräfte werden verbraucht zur Abwehr der Irrsinnsnachrichten, besonders aus den USA. Zum Beispiel den Ausbruch kollektiven Wahnsinns bei der Rückkehr der Geiseln aus dem Iran. Bei uns (sie meint die DDR, wo sie wohnt; E. F.) wächst die Liste derer, die weggehen. Täglich Kampf um Arbeitsfähigkeit. Von Lust nicht zu reden. Jetzt muß man nicht mehr ›Kassandra‹ sein, die meisten beginnen zu spüren, was kommen wird. Aber ein Fluchtweg ist nicht in Sicht. Man fühlt sich gestellt, Australien ist kein Ausweg.« Oder drei Wochen später, am 22. Februar 1981: »Die Nachrichten beider Seiten bombardieren uns mit der Notwendigkeit von Kriegsvorbereitungen, die auf beiden Seiten Verteidigungsvorbereitungen heißen. Sich den wirklichen Zustand der Welt vor Augen zu

halten, ist psychisch unerträglich.« Trotzdem hält sich Christa Wolf als Schriftstellerin gerade diesen wirklichen Zustand der Welt vor Augen.

»Leben heißt, dunkler Gewalten Spuk bekämpfen in sich,
Dichten, Gerichtstag halten über sein eigenes Ich.«

Die Aktualität des Schriftstellers ist nicht einfach bloß dann gegeben, wenn der Schriftsteller ein Propaganda- oder Agitationsschriftsteller ist. Wir kennen das Beispiel Heinrich Bölls, der sich jahrelang gegen den Begriff »engagierte Literatur« ausgesprochen hat, weil ihm die Agitationslyrik und -prosa abscheulich war, bei der der gute Wille, die richtige politische Zielsetzung, jede Oberflächlichkeit, jedes Klischee entschuldigen sollte. Und doch hat Böll, je länger er geschrieben hat, gerade das, was er als Begriff abgelehnt hatte, gegen den er allergisch war, nämlich engagierte Literatur, schließlich selbst geschrieben, immer mehr engagiert. Wofür aber engagiert? Nicht für eine Partei, obwohl er im allgemeinen der Sozialdemokratie folgte und jetzt für die Grünen eingetreten ist, sondern engagiert gegen die Entfremdung, gegen das Nicht-mehr-Sehen, Nicht-mehr-Fühlen, Nicht-mehr-merken-Wollen, was mit uns geschieht und was wir einander tun. Und das glaube ich – gegen das Stumpfwerden, gegen das Gedankenloswerden zu schreiben –, ist eigentlich das, was Literatur soll und auch kann.

Wie sie dadurch die Welt verändert? Auf sehr bescheidene Art zunächst einmal. Indem der Schriftsteller selbst versucht, die Dinge, die in seinem Kopf sind, die ihm am Herzen liegen, ordentlich zu formulieren, dadurch, daß er sie ordentlich für sich formuliert. So vermeidet er vielleicht bis zu einem hohen Grad das Manipulieren von Menschen, das Spiel mit verdeckten Karten, um eines guten Zweckes willen. Es ist immer um eines guten Zweckes willen, und es ist doch ein Manipulieren. Die von der Gegenseite erkennen, daß es nicht ein guter Zweck ist, so wie wir von der Gegenseite leicht erkennen, daß es nicht ein guter Zweck ist. Das Manipulieren aber ist in beiden Fällen schädlich. Der Schriftsteller, der für andere schreibt, tut es am besten, indem er zuerst einmal für sich schreibt. Das ist natürlich kein ganz abgeschlossener Vorgang, niemand kann die Kommunikation mit anderen Menschen ganz aus seinen Gedanken verbannen. In gewissen Arten von Literatur, Liebesgedichten zum Beispiel, ist das von vornherein nicht drin, und wenn man ans Korrigieren geht, versucht man natürlich, die anderen Menschen zu erreichen, indem man mögliche Mißverständnisse durch die Korrektur entfernt. Je besser man für sich formuliert, desto mehr kann man hoffen, andere Menschen zu erreichen, weil man ja nicht grundverschieden von ihnen ist, sonst könnte man sie ohnehin nicht erreichen, auch wenn man sich noch so sehr um Verständnis bemühte. Ich habe einmal ein Gedicht* über das Schicksal des Schriftstellers geschrieben, der schreibt, weil er schreiben muß.

Es heißt
ein Dichter
ist einer
der Worte
zusammenfügt

Das stimmt nicht

Ein Dichter
ist einer
den Worte
noch halbwegs
zusammenfügen

wenn er Glück hat

Wenn er Unglück hat
reißen die Worte
ihn auseinander

Ich glaube, für beides, für das noch halbwegs Zusammengefügtwerden und für das Auseinandergerissenwerden von den eigenen Worten, gibt es in der Biographie gerade der besten Dichter sehr eindrucksvolle Beispiele.
Das Wichtigste, was ein Schriftsteller versuchen kann, ist, selbst nicht stumpf zu werden und dadurch andere zu mahnen, nicht stumpf zu werden. Nicht indem der Dichter mit erhobenem Zei-

gefinger sagt: Du! oder ihr!, sondern indem er sagt: Ich! erreicht er dies, denn er selbst ist sein einziges Instrument, die Welt zu erleben und zu erkennen. Ich habe ein Gedicht geschrieben, das heißt »Entwöhnung«.

Ich soll nicht morden
ich soll nicht verraten
Das weiß ich
Ich muß noch ein Drittes lernen:
Ich soll mich nicht gewöhnen

Denn wenn ich mich gewöhne
verrate ich
die die sich nicht gewöhnen
denn wenn ich mich gewöhne
morde ich
die die sich nicht gewöhnen
an das Verraten
und an das Morden
und an das Sich-gewöhnen

Wenn ich mich auch nur an den Anfang gewöhne
fange ich an mich an das Ende zu gewöhnen

Was zur Literatur, die etwas verändern will, noch dazugehört, ist die *Unzufriedenheit*. Ein Dichter soll mit der Welt, mit sich selbst und auch mit dem, was er zu formulieren versucht, nie ganz zufrieden sein. Wenn man die Welt sieht, so ist ja der Gedanke, mit ihr zufrieden zu sein, auch einigermaßen schwierig, aber das gilt auch für den eigenen Versuch, mit dieser Welt fertig zu werden, mit der man nicht fertig werden kann. Jura Soyfer*, ein österreichischer Dichter, der sehr jung im Konzentrationslager gestorben ist, hat in seinem Stück »Vineta« davon geschrieben, daß der Matrose, der als Einziger unter den erstarrten Menschen der versunkenen Stadt Vineta zu leben und gegen die Erstarrung anzukämpfen versucht, ein unzufriedenes Herz hat und deshalb unbedingt weiterleben will. Ich glaube, diese Unzufriedenheit ist sehr wichtig. Wir finden sie auch beim scheinbar so olympischen Goethe. Faust sagt zu Mephisto: »Werd ich zum Augenblicke sagen;/

Verweile doch, Du bist so schön,/dann magst du mich in Fesseln schlagen,/dann will ich gerne mit Dir gehn.«
Dem Mephisto gelingt es nur, Faust zu dieser Zufriedenheit zu bringen, indem er ihn betrügt, indem er ihn erst blind werden läßt. Während Faust glaubt, einem Heer von Arbeitern zu gebieten, gebietet er nur einem Heer seiner eigenen Totengräber.
Marx hat im »Kommunistischen Manifest« diese Stelle, Fausts Tod, verwendet, als er dem Bürgertum sein Ende voraussagt. Daß das Bürgertum heute nicht nur sein eigenes Ende findet, sondern, wie es Marx ebenfalls für möglich gehalten hat, daß Klassenkämpfe entweder mit dem Sieg der neuen Klasse enden oder mit dem gemeinsamen Untergang der kämpfenden Klassen, diese zweite Möglichkeit besteht sehr deutlich in unserer Zeit und ist kennzeichnend für jedes literarische Bemühen in unserer Zeit, das der Möglichkeit des Weltunterganges oder zumindest seines ersten Teils ins Auge zu sehen hat. Natürlich können wir das nicht nur durch Aufrufe gegen den Weltuntergang, gegen den Atomkrieg erreichen, sondern der Vorgang, die Dinge genau zu nehmen, in sich und bei den Menschen, die man beobachtet, bedeutet für den Schreibenden auch, daß mit dem *Wort* etwas geschieht. Eine Dichtung, die nur *inhaltlich* Interessantes bringt, wo mit der Sprache selbst überhaupt nichts geschieht, ist selten sehr gute Dichtung. Obwohl auch das, wie viele andere Betätigungen der Menschen, arbeitsteilig ist und nicht durch Kommando und nicht durch Vorschriften gegängelt werden soll und kann. Aber ein Mensch, der sich selbst, seine eigenen Gedanken und Gefühle, in dieser Welt genau nimmt, wird sich niemals sprachlich genau so ausdrücken wie einer, der es weniger genau nimmt. Er wird auf Klischees aufmerksam werden, er wird diese Klischees entweder vermeiden oder er wird sie nur als Zitate in das, was er schreibt, montieren. Man könnte sich so etwas denken wie eine Stilpsychologie, daß man also aus dem Stil von Menschen sehen kann, wie sie sich mit einer Fülle von Problemen oder mit sich selbst als Problem auseinandersetzen. Die bombastische Sprache eines Gabriele D'Annunzio* zum Beispiel unterscheidet sich lebhaft von der Kahlschlaglyrik eines Günter Eich* oder von der einfachen Sprache der Vagabundenlieder eines Theodor Kramer*. Ich glaube, es ist sehr wichtig zu sehen, daß man zwischen Form und Inhalt nicht so einfach unterscheiden kann, wie es, auch in der Linken, in ver-

gangenen Jahrzehnten versucht worden ist. Und noch eines: Obwohl natürlich jeder Dichter gewisse Vorstellungen hat, was Dichtung ändern kann und soll, finden wir, daß diese Vorstellungen in unserer Gesellschaft nicht bei allen Dichtern, die es ehrlich meinen, dieselben oder auch nur annähernd dieselben sind. Das Arbeitsteilige manifestiert sich oft unabhängig vom Bewußtsein des einzelnen Individuums. Ein Teil der sogenannten Konkreten Poesie ging davon aus, daß das Wort das einzige Thema der Dichtung sein kann. Die Sprache selbst sollte das einzige Thema sein*, und nicht irgendwelche menschlichen Beziehungen, Politik oder sonst irgend etwas. Das etwa war die Essenz einer quantitativ vielleicht dadurch spärlich gebliebenen Lyrik eines Eugen Gomringer*. Es ist nicht die Essenz der Konkreten Poesie eines Ernst Jandl*, der das Sprachspiel benutzt, um sich mit einer Fülle von Gedanken und Erfahrungen auseinanderzusetzen. Konkrete Poesie kann bei verschiedenen Konkreten Poeten etwas jeweils ganz anderes heißen.

Oder zu glauben, weil wir diese Welt zum Frieden und zu größerer Menschlichkeit verändern wollen, sei dies ein Thema, das für Dichter verpflichtend sein soll. Das hieße, den Dichtern Vorschriften machen, die der Dichtung nur schaden können. Denn Dichtung kann nur von dem ausgehen, was dem Dichter wirklich durch den Kopf geht, was ihm am Herzen liegt, und nicht von dem, was ihm gefälligst einfallen oder am Herzen liegen *soll*. Als Leser werden wir natürlich oft jene Dichter bevorzugen, die uns das sagen, worum es auch uns zu tun ist. Aber Vorschriften machen, zum Beispiel positive, aufbauende Literatur zu schreiben, Literatur, die einen deutlichen Ausweg zeigt, das ist allemal ein Fehler.

Kästner hat einmal in einem berühmten Gedicht auf die Frage »Herr Kästner, wo bleibt denn das Positive?« geschrieben: »Ja, wo zum Teufel bleibt es denn bloß«. Und er hat es geschrieben, weil die Zeit, in der er es schrieb, wirklich das Positive einigermaßen vermissen ließ. Es war der Vorabend der Machtergreifung Hitlers.

Wir wissen, daß in der DDR jahrelang der Versuch gemacht worden ist und zum Teil noch immer gemacht wird, positive Helden, Stücke mit einem Ausweg im Sinne der offiziellen Politik zu finden, und selbst die Schriftsteller in der DDR haben im Zusammen-

hang mit dem dort propagierten »Bitterfelder Weg«* den Spottvers geprägt: »Es seufzt der positive Held, daß ihm der Weg so bitter fällt.«
Auch lange vor der Entstehung der DDR und durchaus nicht nur beschränkt auf kommunistische Schriftsteller, gab es einen Versuch, der auch in der DDR in großem Maßstab unternommen wurde, zum Beispiel Märchen mit positivem Inhalt zu schreiben und die bestehenden Volksmärchen vom Greulichen, Grausamen, Nachtseitigen zu reinigen. Das Ergebnis war unweigerlich, daß Kinder, die mit solchen chemisch gereinigten Märchen gefüttert wurden, die Märchen, die noch irgendein reaktionärer Teil der Familie erzählen konnte, eine Großmutter, ein Onkel zum Beispiel, mit grausamem Ausgang bei weitem vorgezogen haben. Und mit Recht, denn Kinder haben ebenso wie andere Menschen auch Albträume und Phantasien nachtseitiger Art, die durch ihre eigenen Erfahrungen mit dieser Umwelt hervorgerufen sind. In ungesiebten alten Märchen finden sie auch diese Dinge bestätigt. Das Gute siegt ja ohnehin auch meistens in den alten Märchen – ich wünschte, daß es in der Welt ebenso oft siegen würde. Das Wichtige ist, daß sich Kinder in den Erfahrungen, in denen sie sonst allein gelassen werden, bestätigt finden, verstanden und unterstützt. Wenn alle Märchen gereinigt wären, wären wir wie Menschen, die zwar Träume haben, aber von keinem anderen wissen, daß er träumt. Das ist eines der Beispiele, warum man weder bei der Volksliteratur noch bei der neuen Literatur sehr schnell damit bei der Hand sein soll, Regeln aufzustellen. Ich selbst schreibe viele politische Gedichte und versuche auch, damit einen Unterschied hervorzurufen in der Zivilisation, in der ich schreibe. Aber einige meiner liebsten Dichter sind auch Dichter, die, wie man so sagt, unpolitisch sind, etwa Dylan Thomas oder Sylvia Plath*. Obwohl natürlich in Wirklichkeit die Grenze zwischen politischen und unpolitischen Gedichten gar nicht so fest ist. In Sylvia Plaths Gedichten findet sich zum Beispiel ihr verzweifelter Versuch, irgendwie emanzipatorische Inhalte in ihr Leben zu bringen und dadurch zu überleben. Bekanntlich ist es ihr nicht gelungen, sie hat mit 30 Jahren Selbstmord begangen. Diese Intensität des Überlebens, der Auseinandersetzung mit dem Sterben und gleichzeitig des Lebenwollens, das sich in der Intensität der Bilder zeigt, die sie in ihren Gedichten hat – das ist genauso

wichtig für die Veränderung unseres Lebens, nämlich unserer Einsicht, unseres Lebensgefühls, wie irgendwelche politisch oder weltanschaulich positiven Inhalte. Viele von Ihnen werden schon erfahren haben, daß einem in wirklich deprimierter Stimmung aufbauende oder gar lustige Texte viel weniger helfen als gerade jene besonders ernsten oder trüben Texte, von denen es im Volksmund heißt: »Aber da kann man ja trübsinnig werden!«

Ich habe bei den späteren Gedichten Hölderlins und ich habe bei Kafka mehr Trost gefunden als bei irgendwelchen Humoresken, die ich einmal als Junge in einer deprimierten Stimmung zu lesen versucht habe, um nicht zusammenzuklappen, als die Nazis meinen Vater umgebracht hatten, und das Lesen dieser Humoresken hat dann erst recht zu einem wirklichen Verzweiflungsausbruch geführt. Wenn ich sage »trübe Geschichten«, muß ich eine grimmige Tatsache berichten. In der CSSR sagen Intellektuelle jetzt über Franz Kafka: »Dieser Kafka, das war noch ein Optimist.«

Paul Celan hat mir gesagt, er betrachte die Aufgabe des Schriftstellers, also seine eigene Aufgabe, hauptsächlich als die des Aufzeichnens der Konturen dessen, was geschehen ist, vor allem dessen, was erlitten wurde. Und die Formulierung des Erlittenen hat er wahrscheinlich großartiger als irgend jemand anderer in der deutschsprachigen Nachkriegslyrik zuwege gebracht. Ich hatte schon vor vielen Jahren mit ihm immer diese Diskussion, daß ich dachte, bloß das Leiden festzuhalten und das Erlittene zu formulieren, gibt einem vielleicht nicht genug Kraft, das Leben weiterhin zu ertragen. Es ist schon viele Jahre her, daß Celan ins Wasser gegangen ist.

Wir tun beim Schreiben immer mehr als wir wissen. Ein Schriftsteller, ein Maler, ein Bildhauer, der beim Schaffen seiner Werke nicht mehr tut als er weiß, wäre ein sehr schlechter Künstler! Wenn wir nur täten, was wir wissen, dann könnte man prinzipiell auch einen Computer so programmieren, daß er Kunstwerke schaffen kann, aber diesbezügliche Versuche haben zu einer merkwürdig elenden Kunst geführt. Diese Tatsache, daß wir beim Schreiben mehr tun als wir wissen, ist an sich schon genug, um Reglementierversuche auch in bester Absicht zu widerlegen.

Aber kann die Literatur etwas verändern?

Ich weiß es nicht. Mich haben politisch engagierte Freunde immer gefragt: Warum schreibst du immer noch Gedichte? Ich habe einmal ein Gedicht geschrieben, das lautet:

Warum schreibst du
noch immer
Gedichte
obwohl du
mit dieser Methode
immer nur
Minderheiten erreichst

fragen mich Freunde
ungeduldig darüber
daß sie mit ihren Methoden
immer nur
Minderheiten erreichen

und ich weiß
keine Antwort
für sie

Ich nannte dies Gedicht »Sprachlos«.

Tatsächlich ist das eine dumme Frage. Erstens schreibt man das, was einem kommt; man muß seine Einfälle respektieren. Ein Schriftsteller ist kein spekulierender Geschäftsmann oder sollte es zumindest nicht sein. Zum großen Schaden unseres Literaturbetriebes verlangen allerdings Verleger, daß ein Schriftsteller, der etwa einen Roman veröffentlicht hat, alle zwei, drei Jahre nun wieder einen Roman vorlegen soll, um sein Publikum nicht vergessen zu lassen, daß er ein guter Markenartikel ist. Auf diese Weise entsteht natürlich bestenfalls Gekonntes, und das Gemußte in diesem Gekonnten ist sehr verdünnt, oder es ist nur ein wirtschaftlich Gemußtes. Das, glaube ich, ist eine große Gefahr unseres Literaturbetriebes. Es gibt Möglichkeiten, ihr zu entgehen. Viele Schriftsteller machen es ähnlich wie ich, indem sie, wenn sie kein Privatvermögen haben, das sie unabhängig macht, lieber auch Texte übersetzen und dadurch den Zwängen des Marktes, immer etwas zu schreiben, auch wenn sie es gar nicht so wollen, entgehen. Oder man lebt von anderen Berufen, oder man betreibt nebenher Journalistik und macht Funkarbeiten, die sich nicht genau mit dem decken, was man als Schriftsteller, wenn man Einfälle hat, eigentlich schreiben will.

Max Frisch hat einmal – er erhielt damals in Stuttgart den großen Schillerpreis, und Walser und ich kriegten die kleinen Schillerpreise* – gesagt, daß Brecht mit all seinen Lehrstücken und mit all seinen Dramen keinen einzigen Menschen politisiert habe. Walser und ich waren davon nicht sonderlich erbaut und sagten uns, wenn er wenigstens gesagt hätte: sicherlich nicht so viele Menschen, wie er politisieren wollte, dann hätten wir ihm geglaubt. Da er aber gesagt hat, »nicht einen einzigen«, und da wir selbst Menschen kannten, die durch diese Brechtstücke sehr beeinflußt worden sind, waren wir der Meinung, dies war damals ein Versuch von Frisch, von den dramaturgischen Ideen Brechts loszukommen, also ein Overstatement.

Literatur kann Menschen verändern und kann die Welt verändern, nicht direkt, sondern dadurch, daß sie das Denken und Fühlen einzelner Menschen wach erhält. Sie hat auch therapeutische Wirkungen, dadurch, daß sie Menschen daran hindern kann, an Problemen, die unbewußt bleiben, zusammenzubrechen. Auch das ist ein wichtiger Einfluß zur Veränderung der Wirklichkeit.

Schließlich finden wir unter den Feinden der Literatur die besten Anhänger der Theorie, daß Literatur die Welt verändern kann. Sonst würden sie nämlich Literatur, die ihnen nicht genehm ist, nicht unterdrücken. Die Bücherverbrenner vor fünfzig Jahren sind nur ein kleines Beispiel. Wenn in Bayern Wolf Biermanns Gedichte und meine Gedichte auf Geheiß des Unterrichts- und Kulturministeriums aus Schulbüchern rausgeworfen* wurden, so ist das eine richtige Fortsetzung der Verbrennertätigkeit, denn Schulbuchwerke, die die alten Gedichte noch enthielten, wurden natürlich ebenfalls verbrannt oder zu Makulatur gemacht. Die alten Bücherverbrenner würden sich heute hell freuen, wenn sie wüßten, daß zum Beispiel bei einem Kriegsdiensttotalverweigerer, der in Hildesheim eingesperrt war, dem 22jährigen Juri Armin Hertel, seine Mutter, die ihm Bücher von Heine, Heinrich Mann und Alfred Döblin zum Lesen brachte, vom Gericht belehrt wurde, er dürfe diese Bücher nicht empfangen, denn das sei Terroristenliteratur! Ich bin froh zu sagen, daß sich dieser Junge inzwischen durch Flucht seiner Haft entzogen hat.

Schiller-Gedächtnispreis 1965; rechts Max Frisch, in der Mitte Martin Walser

Ich möchte an Hand einiger meiner Gedichte ein Beispiel geben, wie ich, vielleicht nicht bewußt im Moment, wo mir diese Gedichte eingefallen sind, aber dann doch de facto versucht habe, etwas zu verändern. Hier ist ein Liebesgedicht, das mir, als ich es schrieb, noch als Prototyp eines unpolitischen Gedichtes erschien. Es heißt »Was es ist«.

Es ist Unsinn
sagt die Vernunft
Es ist was es ist
sagt die Liebe

Es ist Unglück
sagt die Berechnung
Es ist nichts als Schmerz
sagt die Angst
Es ist aussichtslos
sagt die Einsicht
Es ist was es ist
sagt die Liebe

Es ist lächerlich
sagt der Stolz
Es ist leichtsinnig
sagt die Vorsicht
Es ist unmöglich
sagt die Erfahrung
Es ist was es ist
sagt die Liebe

Ich habe dann später darüber nachgedacht und bin zum Ergebnis gekommen, daß dieses Gedicht doch eine sehr wichtige rebellische Funktion für mich hatte, nämlich einfach die Rebellion gegen jene Kräfte des Realitätsprinzips, die uns manchmal ein bißchen zu sehr einengen wollen.
In diesem Zusammenhang ein zweites Gedicht, das ich in meiner Mappe »Unpolitische Gedichte« habe, es ist noch nicht veröffentlicht und heißt »Realitätsprinzip«.

Die Menschen lieben
das heißt die Wirklichkeit hassen.
Wer lieben kann
der kann alles lieben
nur sie nicht

Die Wahrheit lieben?
Vielleicht.
Erkennen kann Lieben sein.
Aber nicht die Wirklichkeit:
Die Wirklichkeit ist nicht die Wahrheit

Was wäre das
für eine Welt
wenn die Wirklichkeit
diese Wirklichkeit rund um uns
auch die Wahrheit wäre?

Die Welt vor dieser
Wirklichkeit retten wollen.
Die Welt wie sie sein könnte lieben:
Die Wirklichkeit
aberkennen

Das heißt natürlich nicht, daß ich glaube, man kann sich der Wirklichkeit entziehen, aber ich glaube, man darf durch diese Wirklichkeit nicht zum wertfreien Pragmatiker werden, der alles, was geschieht, anerkennt und dann auch mitmacht, (...) bloß weil es geschieht. Die Rebellion dagegen ist den meisten Dichtern eigen.

Man könnte natürlich viele Beispiele für Gedichte und Prosatexte geben, die versuchen, die Welt zu verändern, indem sie auf irgend etwas hinweisen; das politische Anklagegedicht zum Beispiel. Ich habe einmal ein Gedicht darüber geschrieben, daß der sogenannte gezielte polizeiliche Todesschuß in der BRD einen neuen Namen gekriegt hat. Das Gedicht heißt »Sprachliche Endlösung«.

Der Schuß der Polizei
den die *Frankfurter Rundschau*
als sie das noch wagte
genannt hat
»Hinrichtung auf der Straße«
hieß offiziell:
»Gezielter
polizeilicher Todesschuß«

Im neuen Gesetzentwurf
ist er umgetauft worden
Er heißt seither:
»Finaler Rettungsschuß«

O nimmermüder Genius
unserer deutschen Sprache
der du überall
alles
verschönst
und verklärst
und begütigst!

»Gezielter polizeilicher Todesschuß« war eine korrekte Art, das, was geschah, zu beschreiben. »Finaler Rettungsschuß« leitet sich davon ab, daß ein geglückter Todesschuß ja wirklich sehr final ist, daher nannte ich es »Endlösung«. Und »Rettungsschuß« heißt es,

weil die Mitglieder der Rechtsgemeinschaft durch diesen Schuß vor einem gewalttätigen Verbrecher gerettet werden. Ein solcher gewalttätiger Verbrecher war zum Beispiel ein junger Heimzögling, Erich Dobhard, der von der Polizei erschossen wurde, und das Oberste Gericht hat den Schuß für berechtigt erklärt, »weil dieser Täter im Überlebensfall wahrscheinlich viele Verbrechen begangen hätte, auch vor Gewalt nicht zurückgescheut wäre«. Als nämlich die Polizei diesen Jungen, der mit einem Transistorradio aus dem Waisenhaus geflohen war, das erste Mal aufgegriffen hatte, hatte er sich freigestrampelt, also »unter Gewaltanwendung« mit Händen und Füßen um sich geschlagen, und war davongerannt. Diese Gewaltanwendung gegenüber der Polizei war der Beweis, daß dieser Mann im Überlebensfall wahrscheinlich auch Gewaltverbrechen begangen hätte. So wurde der Polizist freigesprochen.
Unter Umständen kann auch die Aufhellung solcher Dinge Aufgabe der Literatur sein; nur unter Umständen, nicht im allgemeinen. Oft kann ein Artikel so etwas besser als ein engagiertes Gedicht. Als im Ruhrgebiet ein Mann von der Polizei totgeschlagen worden war, wollte ich in der »Frankfurter Rundschau« einen Artikel darüber schreiben, aber sie wollten keinen Artikel darüber. Da rief ich die Literaturabteilung an und fragte, ob ich ein Gedicht darüber bringen könnte; das war möglich. Ich fragte, ob ich dazu auch eine Einleitung schreiben könne, damit die Leute wissen, worum es sich dabei handelt. Auch das sei möglich, sagten sie. So ist durch mein Gedicht dieser Fall, der ein besonders arger Fall war, überhaupt erst in die große Presse gekommen und wurde dann in der Öffentlichkeit auch diskutiert. Das Gedicht heißt »Märchenstunde«* und wurde 1974 in der »Frankfurter Rundschau« veröffentlicht, zusammen mit meiner Einleitungserklärung:

> »Zum Andenken an Günther Routhier, gestorben in der Universitätsklinik Essen am 18. Juni 1974 an Verletzungen, Gehirnblutung, die ihm von Beamten der politischen Polizei in Duisburg am 5. Juni zugefügt wurden, die bei einer Arbeitsgerichtsverhandlung gegen die Zuschauer unter Gewaltanwendung vorgingen. Vergeblich warnte Routhiers Sohn den Polizisten, sein Vater sei Bluter und könne an Knüppelhieben

> sterben. Beim Begräbnis am 24. Juni wurden Teilnehmer des Trauerzuges, auch Kranzträger, von Polizisten mit Knüppeln geschlagen und Kränze wurden zertreten.«

Also eine lange erklärende Einleitung, eigentlich schon ein kleiner Artikel, wodurch die Zurückweisung der Zeitung, einen Artikel zu veröffentlichen, umgangen wurde. Und nun das Gedicht »Märchenstunde«:

Da hat einer versucht
einige Polizisten
von einem
der schon am Boden lag
abzuhalten

Er hat gerufen:
»Nicht schlagen!
Mein Vater stirbt sonst!«
Darauf ein Polizist:
»Märchenstunde ist morgen!«

Sind die wahren Märchenerzähler die
die die Märchen
für wahr ausgeben
und die Wahrheit
für blutige Märchen?

Ist das Märchen das Märchen
von der Korrektheit
der Polizei
und die Wahrheit
die blutige Wahrheit?

Wenn Märchenstunde
erst morgen ist
soll vielleicht heute
Stimmung gemacht werden
für das kommende Märchen?

Wird es wieder
ein deutsches
Volksmärchen sein?
Wer wird es wem erzählen?
Und wie wird es enden?

Das ist ein Beispiel dafür, wie ein Einfall – und den Einfall verdankte ich natürlich dem Polizisten, der gesagt hat: »Märchenstunde ist morgen« und weitergeprügelt hat – eine Sache ermöglichen kann, die ohne diesen Einfall nicht möglich gewesen wäre. Es ist nicht gerade die wichtigste Funktion der Literatur, aber es ist eine mögliche Funktion, die gelegentlich wirksam wird, wenn wir uns als schreibende Menschen mit dieser Welt, mit dem, was die Menschen einander tun, nicht abfinden, uns zwar damit befassen, aber uns nicht damit abfinden. Auch nicht mit den Vorbereitungen eines Atomkrieges, auch dann nicht, wenn Gruppen von Menschen, die wir, wenn sie nicht so mächtig wären, als schäbige Verbrecher bezeichnen würden – und damit übrigens die Verbrecher beleidigen würden, weil die viel ungefährlicher sind, als solche Menschen –, keinen Sinn für das haben, was wir fühlen und was wir denken. Wir müssen die Klischees der Zivilisation, die zum Schutz der Unmenschlichkeit dienen, durchbrechen, wo immer wir können.

1983

Einige Worte zu Österreichs kultureller Eigenart

In den Jahrzehnten seit dem Zweiten Weltkrieg ist über die spezifische Eigenart Österreichs soviel Sinniges und Unsinniges gesagt worden, daß ich von Anfang an weder versuchen will, mich mit diesen Äußerungen auseinanderzusetzen, noch das Thema zu erschöpfen, was auch nicht ginge, wenn ich zehnmal mehr Zeit und Raum zur Verfügung hätte. Nein, ich will mich mit einigen Erinnerungen und Hinweisen begnügen und höchstens zu etlichen Gedanken anzuregen versuchen.

Lang vor dem Krieg, als ich kaum in die Schule zu gehen begonnen hatte, versuchte man in Wien, Österreichs Eigenheit mit dem besonderen Stil der österreichischen Fußballmannschaft und der aufregenden Radioberichterstattung Willi Schmiegers über ihre Kämpfe zu belegen. Möglich, daß Österreicher beim Fußball wirklich ein anderes Verhältnis von Aggressivität zu Humor hatten als etwa Deutsche. Ich maße mir da kein Urteil an. Daß aber nach 1918 Österreicher, soweit sie nicht Nazis waren, sich in Machtfragen als Bürger eines sehr kleinen Landes ganz anders fühlten als etwa Deutsche oder Franzosen, und daß so etwas mit der Zeit das Lebensgefühl verändert, ist ernstzunehmen. Ebenso die Tatsache, daß der Hitlerfaschismus in Österreich nur sieben Jahre lang an der Macht war, in Deutschland zwölf Jahre, also dort die Schulzeit und Jugendjahre einer ganzen Generation monopolisieren konnte, bei uns nicht. Ja, wenn man bedenkt, daß in den letzten Jahren der Hitlerzeit viele im Grunde schon die Niederlage vor Augen sahen und also für die Propaganda dieser Unglücksideologie schon deshalb weniger ansprechbar waren, auch wenn sie sich ihrem Terror noch beugen mußten, dann ist die Zeit voller propagandistischer Beeinflußbarkeit für Deutschland zehn Jahre, für Österreich nur fünf, also nur die Hälfte gewesen. Der Unterschied wird dadurch noch verstärkt, daß in Deutschland die meisten Stadtzentren, samt Bibliotheken, vielfach auch Universitäten, zerstört waren, in Österreich im wesentlichen nicht. Ergebnis: große Verschiedenheit des Lebensgefühls, des Bewußtseins. Zudem galt Deutschland eindeutig als besiegtes, erobertes Land, Österreich mehr oder minder als »befreites«,

obwohl es da, auch in der Ehrlichkeit oder Unehrlichkeit der Bürger sich selbst gegenüber, in beiden Ländern allerlei recht komplizierte Schattierungen gab.
In den Nachkriegsjahren wurde Deutschland geteilt und den Blöcken des Ostens und Westens eingegliedert. Österreich wurde ein unabhängiger, neutraler Staat und nimmt am Rüstungswettlauf nicht teil. Kein Wunder, daß deutsche und österreichische Eigenarten sich voneinander unterscheiden.
Die Unterschiede sind älter, aber die Grenzen sind oft unscharf. Die alte österreichisch-ungarische Monarchie war ein Vielvölkerstaat, und obwohl die deutschsprachigen Staatsbürger sich über die anderen oft nur allzu erhaben dünkten, gab es doch viel mehr Berührungspunkte und kulturellen Austausch, als ihn etwa die Deutschen kannten. Das zeigte schon die Wiener Küche bis auf den heutigen Tag. Andererseits war dieser Nationalitätenstaat natürlich für die Staatsbürger deutscher Muttersprache Anlaß, sich – oft recht chauvinistisch – als Deutsche zu fühlen. Unterstützt durch Hitlers außenpolitischen Druck führte das in den dreißiger Jahren, schon zwei Jahre vor der Besetzung durch Hitlers Truppen, im sogenannten Ständestaat Schuschniggs zur katastrophalen Formulierung: »Wir sind der zweite deutsche Staat: Getrennt marschieren, vereint schlagen!« Durch diese offizielle Schandlosung war die damalige österreichische Regierung zu ihrer Totengräberin geworden. Wer mochte noch in die Unabhängigkeit einer Regierung Vertrauen setzen, die selbst schon programmierte: »Vereint schlagen«? Und im Hitlerkrieg wurde dann auch vereint geschlagen, bzw. man wurde vereint geschlagen.
Andererseits hatte diese dem Land zum Teil aufgezwungene Politik, so sehr sie auch einen Teil der Bevölkerung, leider auch besonders der Jugend, verwirrte und ihr die Nazilosung »Ein Volk, ein Reich, ein Führer« nahelegte, nie soviel Anklang gefunden, daß die Nazis die für die zweite Märzwoche 1938 anberaumte Volksabstimmung gewonnen hätten. Sonst hätte Hitler nämlich diese Volksabstimmung abgewartet, statt sie durch den Einmarsch zu verhindern.
Daß die Nazis trotz der gescheiterten Dollfuß-Schuschnigg-Politik* nicht genug Anhänger hatten, um einen freiwilligen Entscheid Österreichs für Großdeutschland zu ermöglichen, hatte wieder andere Ursachen, vor allem die Eigenheiten der österreichischen

Sozialdemokratie, die – man denke nur an Otto Bauer* – politisch schärfer profiliert war als ihre deutsche Bruderpartei und die schließlich, zum Unterschied von der SPD, auch nicht kampflos, sondern in einem heldenhaften Kampf dem Faschismus unterlag. Ja, heldenhaft, auch wenn solche Worte in unserer Zeit oft mißbraucht worden sind. Das erzeugte in der österreichischen Arbeiterschaft, weit über die organisierte Arbeiterbewegung hinaus, ein ganz anderes Verständnis dafür, was Faschismus und Reaktion bedeutet. Das ist nicht ohne gute Nachwirkungen geblieben. Armeegelöbnisse wie bei der Vereidigung im Karl-Marx-Hof, 50 Jahre nach dem blutigen Februar 1934, bei denen darauf hingewiesen wurde, daß österreichische Soldaten nie wieder gegen österreichische Arbeiter eingesetzt werden dürfen, wären in der Bundesrepublik Deutschland heute leider nicht möglich, ebensowenig eine entsprechende Vereidigung im alten KZ Mauthausen. Auch das österreichische Zivildienstgesetz unterscheidet sich durch viel größere Liberalität vorteilhaft von dem der Bundesrepublik, von der Schweiz gar nicht zu reden. Auch das sind Eigenheiten der heutigen österreichischen Kultur, und nicht die schlechtesten!

Nach dem Krieg haben manche gesagt, und keineswegs aus reinem oder unreinem Opportunismus, sondern oft einfach auch aus Entsetzen über die Untaten der Hitlerzeit: »Wir sind von der deutschen Kultur überhaupt ganz oder gar verschieden. Die österreichische Sprache ist eigentlich eigenständig, und die österreichische Literatur hat mit der deutschen wenig zu tun.«

Das war natürlich, ob ehrlich oder unehrlich gemeint, ein Unsinn. Grillparzer, aber auch Jakob Wassermann oder Theodor Kramer, hätten so etwas nie gesagt. Die Querverbindungen sind viel zu zahlreich, aber Eigenart heißt ja keineswegs Autarkie und sollte auch nicht so kleinlich verstanden werden.

Besonders interessant fand ich immer, daß sich kurz nach Kriegsende in Deutschland und in Österreich ein falsches Bewußtsein der eigenen Lage entwickelt hat, dessen Entstehen in beiden Ländern leicht zu verstehen ist, das aber in beiden Ländern fast genau entgegengesetzte Inhalte hatte! In Deutschland sagte man sich nach dem Krieg: »1945 ist das Jahr Null, Tabula rasa: Wir müssen ganz und gar neu beginnen.«

Auch das war natürlich Unsinn und undurchführbar. Kein

Mensch kann seine Kindheitsjahre ungeschehen machen oder die Sprache, die er als Kind gelernt hat, einfach abschütteln. »Tabula rasa« war eine undurchführbare Lösung. Nur kritisch durcharbeiten kann man die Einflüsse und Reaktionen der eigenen Kindheitsjahre und die Sprache, die man gelernt hat, ebenso wie vieles andere, was man gelernt und gelesen hat. Daran fehlte es dann oft wieder.

In Österreich neigten viele zum entgegengesetzten Fehler. Da konnte man oft hören: »So, die Deutschen sind wir jetzt los. Jetzt müssen wir uns nur auf unsere eigenen alten gesunden Werte besinnen.« Als ob es wirklich nur die bösen Deutschen gewesen wären, und als ob unsere »gesunden alten Werte« nicht schon vor Jahren bei der autoritären Erziehung des österreichischen Kindes Adolf Hitler mit des Vaters Hundepeitsche und gebieterischem Pfiff Gevatter gestanden hätten!

Diese einander diametral gegenüberstehenden verhängnisvollen Überspitzungen hatten in Deutschland und in Österreich deutlich sichtbare und voneinander scharf unterscheidbare Folgen.

Ich frage mich etwa, ob ein Buch wie Heimito von Doderers* »Strudlhofstiege« nicht ganz anders ausgesehen hätte, wenn die Strudlhofstiege und die Strudlhofgasse heute nicht mehr wirklich vorhanden wären, sondern im Krieg durch die Bomben zerstört worden wären. Es ist ein großer Unterschied, ob man eine zerstörte Erinnerungslandschaft beschreibt, inmitten von Ruinen oder einer neu aufgebauten Stadt, die ganz anders ist als die der eigenen Kindheit, oder ob man immer noch ein Milieu bewohnt, dessen äußere Kontinuität auch andere Formen der Kontinuität über uns verhängt oder vortäuscht. Das Festhalten an einer sogenannten kulturellen Kontinuität, aber ohne zureichende menschliche und historische Kritik, ist einem so ungemein begabten Schriftsteller wie Doderer etwa in seinem Riesenroman »Die Dämonen« zwar, was den äußeren Erfolg betraf, gut bekommen, aber menschlich und künstlerisch zum Verhängnis geworden. In Deutschland zum Beispiel wäre es so bald nach dem Zweiten Weltkrieg weder in der DDR noch in der Bundesrepublik für einen Schriftsteller möglich gewesen, das Festhalten am Vergangenen als Bewährung zu verherrlichen, den Versuch, Änderungen zu schaffen, als Mißachtung der Zeitkontinuität und schlechte Dämonie zu verteufeln, wie Doderer das getan hat. Seine »Ideologie der Ideologielosigkeit«, die er predigte, war erzreaktionär, und wenn er in seinem Roman »Die Dämonen« den Blutigen Freitag, den Brand des Justizpalastes* am 15. Juli 1927 beschreibt, erhebt er die rechtsradikalen Mörder von Schattendorf zu »Revolutionären« und verunglimpft alle Menschen, die sich dagegen gewehrt haben, nicht nur die 86, die damals von der Polizei erschossen wurden.

Hier muß ich unterbrechen und einem Kritiker, Herrn Kurt Kahl (im »Kurier« vom 25. Oktober*) dafür danken, daß er diesen letzten Satz »verhatscht« nennt. Er fragt mit Recht: »Wer wehrt sich gegen wen?« – Nun, ich glaube, man erkennt aus dem Zusammenhang, daß die Arbeiter in Wien gemeint sind, die sich gegen den Freispruch der Mörder von Schattendorf gewehrt haben. Herrn Kahls weitere Frage, ob sie sich etwa dagegen gewehrt haben, daß Doderer – viele Jahrzehnte später – die Mörder zu Revolutionären erhebt, kann er ja nicht ernst gemeint haben. Sie ist Unsinn, wie fast sein ganzer Artikel mit dem mehr als unfairen Schlußsatz über Erich Fried. Ich zitiere:

> »Seit über einem Jahr im Besitz eines österreichischen Reisepasses, empfiehlt er, den toten Dichterkollegen nicht zu lesen. Der Skandal dabei: Er tut es gewissermaßen auf Staatskosten.«

Nein, der Skandal bei diesem österreichischen Sturm im Wasserglas ist natürlich, daß Herrn Kahls Behauptung, ich hätte je empfohlen, Heimito von Doderer nicht zu lesen, völlig unwahr ist! Im Gegenteil: Meine Kritik knüpft an Doderer gerade deshalb an, weil er ganz besonders begabt und interessant war, wodurch sich Kritik überhaupt erst lohnt. An Minderwertigem ließen sich ja nationale Eigenheiten gar nicht untersuchen.
Und die Bemerkung über meinen österreichischen Reisepaß seit einem Jahr ist ein wenig schäbig. Ich bin gebürtiger Wiener und Österreicher und hätte ohne Hitler natürlich nie einen anderen Paß gehabt.
Ansonsten: Wenn Kurt Kahl wirklich glaubt, die Vergangenheitskritik in Doderers Roman »Die Dämonen« sei ganz auf der Höhe seines Talents, dann kann er mir leid tun. Doch zurück zu meinem ursprünglichen Vortragstext, der lautet:

Daß in Deutschland ein Schriftsteller mit einer derartigen Botschaft 1958 einen Großen Staatspreis erhalten haben könnte, wäre unmöglich! Andererseits hat diese Kontinuität Doderer die Möglichkeit gegeben, seine Figuren viel sinnlicher darzustellen, als jene Nachkriegsautoren in Deutschland, die glaubten, man könne und müsse völlig von neuem beginnen (statt das Gewordene kritisch durchzuarbeiten) und die daher mitunter eine recht unsinnliche und zurückgenommene Dichtung entwickelten, z.B. die sogenannte Kahlschlaglyrik, obwohl diese sehr viel ehrlicher war als Doderers statische Ironie, dort wo es ihr an humaner Kritik fehlt.

Daß man aus der kritischen Auseinandersetzung mit der österreichischen Kontinuität aber auch kulturelle Leistungen gewinnen kann, die nicht in Doderers Fehler verfallen, andererseits aber an Sinnlichkeit und Spannweite der deutschen Kahlschlaglyrik weit überlegen sind, beweisen zum Beispiel schon die frühen Gedichte Ingeborg Bachmanns, wie etwa »Große Landschaft bei Wien«*, ein grandioses Gedicht, das in der damaligen deutschen Dichtung kein Gegenstück hätte haben können. Überhaupt ließe sich an Ingeborg Bachmann österreichische kulturelle Eigenart sehr deutlich machen, und ihre Lyrik, ebenso wie die Paul Celans*, half schließlich auch der Lyrik Deutschlands wieder aus allzu enggesteckten Schranken herauszufinden. Es ist allerdings auch kein Zufall, daß ein ehrlicher deutscher Nachkriegsdichter wie Peter O. Chotjewitz ohne jede persönliche Gehässigkeit Ingeborg Bachmann doch als »Kitschdichterin« mißverstehen konnte.

Auch die österreichische Ironie mußte nicht statisch oder nihilistisch bleiben, wie bei dem trotz seiner Begabung überschätzten Doderer. Es gibt auch eine durchaus befreiende, nichts verwässernde Ironie, wie etwa bei Andreas Okopenko*, einem der bedeutendsten österreichischen Nachkriegsdichter, der aber noch längst nicht genügend gewürdigt wird, oder bei Ernst Jandl*. Gerade am Beispiel der Lyrik Ernst Jandls werden österreichische Eigenheiten desto schöner deutlich, weil da nicht der geringste Verdacht einer kleinlichen kulturellen Autarkie oder eines konservativen Chauvinismus aufkommen kann. Seine Verbindung und Wechselwirkung über alle Grenzen hinaus mit anderen Anhängern der Konkreten Poesie*, etwa Heißenbüttel* in Deutschland und Gomringer in der Schweiz, liegt auf der Hand. Und doch, wie sehr unterscheidet sich Jandls »Konkrete Poesie« von der Trokkenheit eines Gomringer und von der systematischen Gründlichkeit eines Heißenbüttel! Ebenso wie Heißenbüttel ist Jandls Konkrete Poesie oft gesellschaftskritisch, aber viel sinnlicher, mit einer ganz anders gelagerten – und ich möchte behaupten, mit einer spezifischen österreichischen – Ironie. Ich glaube, daß Nestroy sich in vielen Gedichten Jandls trotz dessen großer Originalität von ferne wiedererkannt und jedenfalls seine helle Freude an ihnen gehabt hätte und auch die Trauer, die ja auch in der Nestroyschen Lustigkeit sitzt.

Ich kann übrigens Ingeborg Bachmanns Namen nicht erwähnen, ohne anzumerken, daß ich auch ihre große Prosa, obwohl nicht ganz unbeeinflußt von Doderer, doch unendlich höher schätze als die seine, und daß sie, ebenfalls aus intimer Beobachtung österreichischer Milieus, dort, wo Doderer steckengeblieben ist oder geirrt hat, einen Weg findet, wenn auch um den Preis tiefer Depression. Und nur nebenbei: Ich finde es unmöglich, daß die Würdigung dieser Dichterin durch den Bachmann-Preis in einer Weise stattfindet, die dem Wesen Ingeborg Bachmanns Hohn spricht. Ingeborg Bachmann, die ich gut gekannt habe, wäre empört darüber, daß in ihrem Namen Schriftsteller in ein Konkurrenzverhältnis gegeneinander getrieben werden. Sie hätte sich einem solchen Antreten zum Wettbewerb nie gestellt. Es ist höchste Zeit, die Regeln zu ändern, wenn Österreich ihr Andenken nicht durch solchen Konkurrenzbetrieb verhöhnen will.
Ich bin ein wenig vom Thema abgekommen: Österreichische Eigenart. Ja, es gibt sie. Nein, sie bedeutet nicht, daß man sich von seinen Nachbarn abgrenzt. Sie besteht zum großen Teil darin, daß das Mischungsverhältnis der gegenseitigen Kultureinflüsse und der Beeinflussung durch Nachbarländer und eigene Geschichten in jedem Land, Österreich, Bundesrepublik Deutschland, DDR, Schweiz, deutschsprachige Dichtung auf böhmischem Boden und in der Bukowina, die es ja früher gab, jeweils ein anderes ist oder war. Kultureinflüsse entstehen nicht nur aus positiven, sondern auch aus traumatischen Erfahrungen, nicht nur aus Tugenden, sondern auch aus Verirrungen. An all dem ist auch Österreich reich, in der Literatur, in der Malerei und Musik, in der Bildhauerkunst, in der Österreich nicht nur auf einen Wotruba* hinweisen

kann, sondern auf ein so unverkennbar österreichisches Genie wie Hrdlicka*, der auch ein großer Maler und Grafiker ist, im Theaterwesen in Gestalt eines Qualtinger*, in der Politik im vielschichtigen Phänomen eines Bruno Kreisky, des ersten österreichischen Bundeskanzlers von Weltgeltung, in den Wegen und Rückwegen eines großen Österreichers wie Ernst Fischer*, oder in einem ebenso begabten wie noch völlig verkannten oder unbekannten und – vielleicht zum Glück! – so unbequemen Nachwuchsautor wie dem Dichter Christian Ide Hintze*.

Das Thema »Österreichische kulturelle Eigenart« ist unerschöpflich, der mir dafür zur Verfügung stehende Raum leider oder gottseidank nicht.

Hier will ich noch kurz einiges erwähnen, was, fürchte ich, ebenfalls zu österreichischen Eigenarten oder Eigentümlichkeiten gerechnet werden könnte, die ich nicht gut finde. Zum Beispiel, wenn ein Justizminister* meint, eine gesunde Tachtel habe noch keinem Kind geschadet. Das gehört natürlich zu jener »Selbstbesinnung auf unsere gesunden alten Werte«, die gar nicht so gesund sind; und das führt unter Umständen geradewegs zu jener »Schwarzen Pädagogik«, vor der unter anderem die berühmte Schweizer Psychologin Alice Miller* eindringlich warnt. – Oder wenn derselbe Justizminister nichts dagegen tut, daß nicht nur Achternbuschs Film »Gespenster« beschlagnahmt wird, sondern daß, weil der zwar verlästerte, aber unbekannte Film zu Informationszwecken gezeigt wurde, der Vertreter der Interessengemeinschaft Autoren Ruiss* vor Gericht gestellt wird, notabene in Verhandlungsräumen unter de facto Ausschluß der Öffentlichkeit, nur zehn Zuschauer durften rein. – Oder daß Herr Franz Endler in der »Presse«* gegen den Film und die Studenten hetzt und gleich auch gegen unabhängige Jurys loszieht, statt gegen eine Landesregierung, die sich gegen ihre eigene Jury unmöglich benimmt.

Solche Beschlagnahmen und Verfahren finde ich überhaupt kleinkariert und ungut und schädlich für den Ruf Österreichs, übrigens auch im Fall des Buches »Holzfällen«, obwohl es meines Erachtens zum Teil tief unter dem Niveau seines Autors Thomas Bernhard* liegt.

Aber derlei – auch die Entgleisungen eines Herrn Kahl und Franz Endler, abgesehen davon, daß beide Herren sicher auch schon Besseres geschrieben haben! – sind trotz allem O-du-mein-Öster-

reich-Lokalkolorit vielleicht doch nichts ausschließlich Österreichisches. Das gibts auch in östlichen Ländern und auch zum Beispiel in Bayern.
Lassen Sie mich bitte mit einigen Worten darüber schließen, daß ich mich diesem Österreich zugehörig fühle und mich immer mit ihm verbunden gefühlt habe. Die Zugehörigkeit ist bei einem, der in der Ferne lebt, ein freiwilliger Entschluß, und deshalb freue ich mich, und es ist mir nicht nur eine schöne Formsache, daß ich meine österreichische Staatsbürgerschaft wiederhabe. Die Verbundenheit ist etwas anderes. Man kann sie erkennen oder verleugnen, aber sie ist einfach da.
Die Eigenart eines Landes und seiner Menschen, bestehend aus einem Gemisch unzähliger Faktoren, gehört ja nicht in erster Linie zum Bereich Vaterland, mit dem so viel Schindluder getrieben wurde, sondern zum Bereich Heimatland. Was einen da, besonders auch in früherer Kindheit, geprägt hat, ob gut oder schlecht oder so gar nicht bewertbar, das ist Teil der eigenen Eigenart, das gibt einem etwas oder damit muß man sich ernstlich auseinandersetzen – ja, es gibt vieles bei uns, womit wir uns auseinandersetzen müssen oder müßten, auch wenn ich in der Ferne manchmal in Gefahr bin, alles etwas verklärt zu sehen, aber jedenfalls ist diese aus vielen Faktoren historisch bunt gemischte Eigenart da, so oder so, und diese Mischung, die ein Teil von uns selbst ist, ist für jedes Land, für jedes Volk charakteristisch. Ohne diese Verbundenheit, wie immer kritisch, zu erkennen, kann man sich selbst nicht erkennen.

1984

Weltliteratur oder
Die unauffällige Weltpolitik des Übersetzens: Das Beispiel Shakespeare

Wer den Begriff Weltliteratur überhaupt kennt, der glaubt eben meist auch, daß er wenigstens »ihre wichtigsten Werke« gelesen haben müßte. Abgesehen von der Vielfältigkeit der Weltliteratur, die ein solches Vorhaben unmöglich macht, stößt der halbwegs gewissenhafte Leser da auch sehr bald auf das Problem der Übersetzungen: Ohne Übersetzungen gäbe es weder eine Weltliteratur noch auch den Begriff selbst. Zur Blütezeit Roms wurden die griechischen Dichter und Philosophen ins Lateinische übersetzt, wodurch griechische Versmaße die älteren lateinischen völlig verdrängten. Cicero übersetzte Werke von Demosthenes, Xenophon und Platon und zahllose Zitate von Homer, Aischylos, Sophokles und Euripides. Die Komödien des Terenz und Plautus sind großenteils Übersetzungen und Bearbeitungen griechischer Komödien, z.B. Menanders. Auch Catullus übersetzte griechische Dichtungen. Den Bibelübersetzungen aus dem Hebräischen ins Griechische folgte die Übersetzung ins Lateinische.

Später wurden die Werke Griechenlands und Roms ins Arabische übersetzt. In Bagdad organisierte Humain Ibn Ishak im 8. Jahrhundert eigens dafür ein Übersetzerkollegium. Ihm ist unsere Kenntnis vieler antiker Texte zu verdanken. Um 1130 ließ der Erzbischof von Toledo die arabischen Texte wieder ins Lateinische, dann auch ins Spanische übersetzen.

König Alfred der Große von England hatte im 9. Jahrhundert Bedes »Historia ecclesiastica« und etliche theologische Werke ins Angelsächsische übersetzt, aber auch den Neuplatoniker Boëthius, den später Notker Labeo ins Deutsche, Kean de Meung ins Französische, Chaucer – und später Königin Elizabeth I. – ins Englische übersetzten. Luthers Bibelübersetzung wurde für die Entwicklung der deutschen Schriftsprache überaus bedeutsam; ohne sie hätten auch Johannes Fischarts meisterhafte Rabelais-Übersetzungen ins Deutsche kaum entstehen können. Nur drei bis fünf Jahre nach Fischarts Rabelais erschien in England Norths berühmte Plutarchübersetzung, die Shakespeare Stoff und ganze Textstellen für viele seiner Dramen lieferte. Auch orientalische Literatur, vom Sanskrit bis zu »Tausendundeine Nacht«, erreichte Europa nur durch die Arbeit der Übersetzer.

Andererseits sieht sich der Leser von Übersetzungen immer wieder vor Probleme gestellt und verunsichert. Er findet beispielsweise ein chinesisches Gedicht des uralten Li T'ai-po in einer schönen Übersetzung von Klabund und vielleicht, wenn er ein englisches Werk zum Vergleich heranzieht, in einer nicht minder schönen Übersetzung von Arthur Waley-Cohen, nur: würde er kaum glauben, daß beides Übersetzungen desselben Gedichtes sind.

Ähnlich ergeht es einem beim Vergleich verschiedener Übersetzungen alter japanischer Haikus oder Tankas oder klassischer persischer Texte. »Nun ja, das mögen ferne, sozusagen exotische, nicht nur Fremdsprachen, sondern ganz und gar fremde Sprachen sein«, beruhigt sich der erschreckte Leser. Wenn er sich weniger weit in die Welt hinauswagt, sich zum Beispiel mit europäischen Sprachen und Dichtungen begnügt, kann ihm das schließlich nicht so leicht passieren. Nun, ich habe bei Übersetzungen von Majakowskij oder Jessenin-Gedichten nahezu das gleiche feststellen müssen; und wenn auch ein großes russisches Gedicht wie Alexander Blok*, »Die Zwölf«, in verschiedenen Übersetzungen noch als ein und dasselbe Werk identifizierbar ist – die Diktion des Dichters, wie weit er Umgangssprache verwendet, wenn er die zwölf Soldaten sprechen oder singen läßt, wo er reimt, welche Kunstmittel er anwendet, das kann man aus den verschiedenen Übersetzungen oft kaum entnehmen: Auch das Russische ist eine weit vom Deutschen entfernte Sprache.

Halten wir uns aber an eine unserer Muttersprache nah verwandte, an die englische, und da zum Beispiel an Shakespeare, dessen Übersetzungen berühmt sind, ja von dem noch vor wenigen Jahrzehnten gesagt wurde, er sei in deutscher Sprache eigentlich schöner als im Original: Da hat selbst ein Karl Kraus in den Chor derer, die zu solchen Übertreibungen neigten, eingestimmt. Zweifellos sind die Schlegelschen Übersetzungen an manchen Stellen wirklich dichterischer als Shakespeares Original. So heißt es im 5. Akt des »Sommernachtstraum« sehr schön:

»Singt nach meiner Lieder Weise!
Singet! Hüpfet! lose! leise!« –

Shakespeare hingegen schrieb viel anspruchsloser:

»And this ditty, after me,
Sing, and dance it trippingly.«

Nur hat Shakespeare sich die sprachliche Schönheit, den dichterischen Höhepunkt für den unmittelbar darauf folgenden Elfensegen Oberons aufgehoben, während Schlegel durch seine dichterisch steigernde Übersetzung von Oberons Einleitungsworten den Höhepunkt vorwegnimmt und das dramatisch-poetische Gewicht der Szene damit zum Nachteil der Auffassung Shakespeares verschoben hat! Gewichtsverschiebungen dieser Art kommen immer wieder vor. Zum Beispiel reißen am Anfang von »Romeo und Julia« zwei Diener der Capulets, der Eltern Julias, frivole Witze, die gegen die Montagues und ihre Diener gerichtet sind. Gleich darauf treffen sie Diener der Montagues, und ein Gefecht beginnt. Schlegel hat einen großen Teil dieser frivolen Reden weggelassen, weil sie ihm – oder dem Publikum, für das er seine Shakespeareübersetzungen schrieb – zu unsittlich scheinen mochten. Dadurch aber, daß diese Reden auf ein Mindestmaß verkürzt wurden, wird das Gleichgewicht von Shakespeares Szene zerstört. (Friedrich Gundolf hat dem später abzuhelfen versucht und die frivolen Stellen frei übersetzt, nur wurde bei ihm, was Shakespeare als Frivolitäten leicht hingeworfen hat, zu etwas plumper Zotenreißerei.)
Aber bleiben wir nur noch bei Schlegel, dem klassischen deutschen Shakespeareübersetzer. Bei ihm sind die Eltern Romeos und Julias *Grafen* und *Gräfinnen* geworden. Bei Shakespeare sind es ausdrücklich wohlhabende *Bürgersleute*. Von Adel ist nur der Herzog, Romeos Freund Mercutio, der ein Verwandter des Herzogs ist, und schließlich Graf Paris, den Julias Vater mit seiner Tochter verheiraten will, wobei er nicht wenig stolz ist, einen adeligen Schwiegersohn gefunden zu haben. Shakespeares Gesellschaftsbild geht durch Schlegels Erhebung der Montagues und Capulets in den Adelsstand verloren.
Dazu ist freilich zu sagen, daß die Schlegelsche Shakespeareübersetzung nicht immer von Schlegel stammt, der nur 18 der 38

Stücke selbst übersetzt hat: »Die beiden Veroneser« etwa wurden von Dorothea Tieck übersetzt, die sich noch größere Freiheiten herausnimmt, um nicht gegen den Publikumsgeschmack ihrer Zeit zu verstoßen. Wenn im 4. Akt, 4. Szene der Diener Launce (deutsch: Lanz) von seinem Hund sagt, er sei noch nicht einmal »a pissing while« im Saal gewesen, ehe er sich schlecht benommen habe, so übersetzt Dorothea Tieck dies, der Hund sei noch nicht einmal »so lange, daß ein Mensch drei Schluck tun könnte«, dagewesen. Erst einige Jahrzehnte später verdeutscht dann der ehrliche Georg Herwegh, vielleicht der beste deutsche Shakespeareübersetzer des 19. Jahrhunderts, »a pissing while« kurz und bündig mit: »einen Piss lang«.

Außer solchen Zugeständnissen an den Geschmack der Zeit, die uns heute gelegentlich, wie die »drei Schluck« Dorothea Tiecks, komisch vorkommen, gibt es natürliche zahllose unbewußte, unfreiwillige größere und kleinere Schnitzer. Manchmal ist die Wirkung grotesk. Die kleinen Diebe, die auf leichte Bereicherung in Frankreich hoffen, gehen in »Heinrich V.« zum sterbenden Falstaff mit den Worten hinein: »Let us condole the knight, for, lambkins, we will live«. – In der Schlegelschen Übersetzung heißt das: »Klagt um den Ritter weh; wir leben nun als Lämmer«. Gundolf hat das schon sehr verbessert. Er schreibt: »Klagt um den Ritter weh! Kommt, Lämmchen, laßt uns leben!« Eigentlich muß der zweite Teil dieses Verses wohl heißen: »Denn, Lämmlein, wir woll'n leben!« Das faßte ihre Absichten, ein einträgliches Leben zu führen und ihre kurze Trauer um ihren Freund Falstaff so zusammen wie das englische Original!

Ungleich berühmter ist ein anderer Schnitzer geworden. Bei Schlegel sagt Hamlets Mutter, besorgt über ihren Sohn, der mit Laertes ficht: »Er ist fett und kurz von Atem«. Und fordert ihn anschließend auf, sich mit ihrem Tuch die Stirne abzuwischen. Die Zeile heißt auf englisch: »He's fat, and scant of breath«. Es scheint sich also um eine wörtliche Übersetzung zu handeln, und diese Beschreibung Hamlets hat in Deutschland im letzten Jahrhundert immer wieder zur Auffassung geführt, daß Hamlet ein träger, fettleibiger Thronfolger sei. In diesem Sinn wurde die Rolle unzählige Male besetzt, und in diesem Sinn haben sowohl Bertolt Brecht als Günter Grass »Hamlet« in Gedichten dargestellt. In Wirklichkeit aber handelt es sich um eine Fehlübersetzung: Zu Shakespeares

Zeiten glaubte man nämlich, die Schweißperlen auf der Stirn eines Menschen seien Fettsubstanz. Gertrud, Hamlets Mutter, sagt bei Shakespeare eigentlich nur: »Er schwitzt, ist außer Atem«. – Das ist auch viel besser vereinbar mit Hamlets wirklicher Geschicklichkeit im Zweikampf und mit seiner Behendigkeit bei anderen Anlässen, etwa bei Ophelias Begräbnis.

Nicht immer handelt es sich um Fehler oder Irrtümer, die es natürlich in jeder längeren Übersetzung, angefangen von der berühmten Bibelübersetzung ins Griechische, der »Septuaginta«, gibt. Wichtiger ist die viel größere Anzahl der Stellen, an denen der Sinn nicht völlig entstellt, sondern nur ein wenig verschoben wird. Auch da gibt es ein Beispiel im »Hamlet«.

Prinz Hamlet, in bitterer Stimmung, fragt seinen Studienkollegen Horatio, ob er wirklich zu seines Vaters Begräbnis und nicht eigentlich zu seiner Mutter Hochzeit gekommen sei. Horatio muß zugeben, daß diese Hochzeit (mit Hamlets verhaßtem Onkel) sehr schnell auf den Tod von Hamlets Vater gefolgt sei. Und nun sagt Hamlet:

> »Thrift, thrift, Horatio! The funeral baked meats
> Did coldly furnish forth the marriage tables«.

Das heißt bei Schlegel:

> »Wirtschaft, Horatio! Wirtschaft! Das Gebackne
> Vom Leichenschmaus gab kalte Hochzeitschüsseln«.

Das ist nun keineswegs eine falsche Übersetzung. Dennoch kann man meines Erachtens durch strengere Annäherung des deutschen Textes an das Original eine Nebenbedeutung verstärken, die bei Schlegel fast verlorengeht. Ich habe in meiner Hamletübersetzung diese Stelle so wiedergegeben:

> »Man spart, man spart, Horatio! Vom Begräbnis
> Das eingemachte Fleisch deckt kalt den Hochzeitstisch«.

Hier kommt als Unterton die ungeheuerliche Andeutung stärker zum Ausdruck, daß bei der Mutter Hochzeit das Fleisch des toten Vaters von den Festgästen verzehrt wird. Daß Shakespeare Hamlet wirklich mit diesem Vergleich spielen lassen wollte, wird noch wahrscheinlicher, wenn man weiß, daß das Gefäß, in dem »baked meat« zubereitet wurde, zu Shakespeares Zeit »coffin«, zu

Deutsch »Sarg«, hieß und daß es in der zeitgenössischen Literatur mehrere Anspielungen auf diese Doppeldeutigkeit gab. Auch in einem alten englischen Kinderreim von vierundzwanzig Amseln, die in eine Pastete eingebacken waren, dann aber, als die Pastete aufgetragen wurde, auferstanden, zu singen begannen (bis auf eine, die einer Hofdame die Nase abbiß), ist die Zubereitung im Pastetensarg Anlaß zu einem Gleichnis von Tod, Auferstehung und Rache, das übrigens ebenfalls am Hofe eines Königs spielt. Ganz allgemein läßt sich sagen, je uneigennütziger sich der Übersetzer an den Originaltext hält, desto sicherer ist er vor Fehlauslegungen und verhängnisvollen Akzentverschiebungen.
Wenn Hamlet, unmittelbar nachdem er den Geist seines Vaters gesehen hat, zu Horatio sagt:

»Es gibt mehr Ding' im Himmel und auf Erden
Als Eure Schulweisheit sich träumt, Horatio«,

liest man Zeilen, die von Generationen obskurantistischer Lehrer und Redner in Deutschland, Österreich und in der Schweiz verwendet wurden, um aufklärerisches oder auch schlicht rationales Denken unter Anrufung der Autorität Shakespeares zu verhöhnen. Ein Wort wie »Schulweisheit«, aber auch die scheinbare Wendung Hamlets gegen seinen Studienkollegen (»Eure Schulweisheit«), scheint zu solchem Spott Anlaß zu geben. In Wirklichkeit lautet der Text einfach:

»There are more things in heaven and earth, Horatio,
Than are dreamt of in our philosophy«.

Das heißt auf deutsch:

»Es gibt mehr Dinge im Himmel und in der Erde,
Horatio, als unsre Philosophie sich träumt«.

Also nichts von dem geringschätzigen Wort »Schulweisheit«, nichts von einer Unterscheidung zwischen Horatios und Hamlets Denkweise (sogar wenn man, was heute nicht mehr wie zu Schlegels Zeiten üblich ist, eine andere Textversion als Shakespeares eigene annimmt: »your philosophy« statt »our philosophy«, so verändert das den Sinn nur scheinbar, und die Übersetzung »Eure« wäre immer noch mehr als fragwürdig. »Your« bedeutet nämlich bei Shakespeare sehr oft »etwas, was wir kennen« und keineswegs die zweite Person des Fürworts. Wenn etwa der Totengräber im »Hamlet« sagt »your whoreson dead body«, so meint er keineswegs »Euren Hurensohn von einer Leiche«, sondern etwa »so eine verdammte Leiche, wie wir sie kennen«, und Schlegel übersetzt auch keineswegs mit einem Fürwort der zweiten Person, sondern sagt frei »so 'ne Blitzleiche«).

Noch etwas wäre zur Übersetzung der oben zitierten zwei Zeilen zu sagen. Indem Schlegel schreibt »im Himmel und auf Erden«, nimmt er für diese Zeile etwas vom Pathos und der Geltung des Vaterunser in Anspruch. Shakespeares »in heaven and earth« aber entspricht keiner zu seiner Zeit in England bekannten Form des Vaterunser, weder in der Tyndale-Coverdale-Bibel der Jugendzeit Shakespeares noch in der späteren von König Jakob autorisierten Fassung. Shakespeare meint vielmehr im Himmel und in der Erde, weil der Geist seines Vaters zuvor über der Erde, zuletzt aber (»Schwört auf sein Schwert!«) in der Erde gesprochen hat. Schlegel lenkt uns hier von einem konkreten Tatbestand ins Theologische ab.

Glücklicherweise sind die meisten Schwierigkeiten beim Übersetzen einer Dichtung nicht mit Erforschung verschiedener Lesarten und mühsamer Auslegung verbunden, obwohl es auch dafür natürlich zahllose Beispiele gibt, sondern einfach mit der Aufgabe, einen Verstext aus einer Sprache in eine andere zu übertragen, ohne dabei die Form allzusehr zu vernachlässigen oder den Inhalt zu entstellen. Dieses Grundproblem aller dichterischen Übersetzung ist oft schwer genug zu lösen, ja oft nur annähernd lösbar, wobei gewisse Freiheiten, wie die gelegentliche Längung einer Zeile, gestattet sind, besonders wenn auch der Verfasser des Originals sie sich manchmal nimmt. Doch nicht alles ist gleichermaßen gestattet.

Am Ende von Hamlet sagt Fortinbras von den Toten im Saal:

»... – Such a sight as this
Becomes the field, but here shows much amiss. – «

Fortinbras' Worte beim Anblick des toten Königs und der Königin, der Leichen Hamlets und seines Duellgegners Laertes übersetzt Schlegel:

»... Solch ein Blick wie der
Ziemt wohl dem Feld, doch hier entstellt er sehr.«

Hier ist der Form wohl etwas zuviel vom Inhalt geopfert. Fortinbras will nämlich nicht feststellen, daß der Anblick nicht schön ist, sondern daß dieser Anblick verrät, daß hier viel geschah, was nicht hätte geschehen dürfen. Deshalb habe ich die Stelle wiederzugeben versucht:

»... So siehts wohl aus im Feld.
Doch hier zeigt's an: um viel wars schlecht bestellt.«

Aber zitieren wir – aus einem keineswegs tragischen Stück Shakespeares – eine Stelle ganz anderer Art, um die Schwierigkeiten des Übersetzens zu zeigen.
Im »Sommernachtstraum«, gegen Ende, heißt es im Originaltext:

»Now the hungry lion roars,
And the wolf behowls the moon;
Whilst the heavy ploughman snores,
All with weary task fordone.
Now the wasted brands do glow,
Whilst the screech-owl, screeching loud,
Puts the wretch that lies in woe
In remembrance of a shroud.«

Bei Schlegel lautet das:

»Jetzt beheult der Wolf den Mond
Durstig brüllt im Forst der Tiger.
Jetzt mit schwerem Dienst verschont,
Schnarcht der arbeitsmüde Pflüger.
Jetzo schmaucht der Brand am Herd,
Und das Käuzlein schreit und jammert,
Daß der Krank' es ahnend hört
Und sich fest ans Kissen klammert.«

Hier fällt natürlich unter anderem auf, daß um des Reimes auf »Pflüger« willen, der Tiger für den Löwen eingesprungen ist, obwohl es in der Landschaft des Sommernachtstraums zwar mit genauer Not noch Löwen, aber keinen Tiger geben konnte. Aber gehen wir nicht auf alle Einzelheiten ein, sondern hier seien nur vergleichsweise zwei neuere Übertragungen zitiert. Zunächst die von Hans Rothe:

»Mitternacht! die Wölfe heulen,
und im Herd verlöscht die Glut.
Ringsum sitzen große Eulen
und dem Kranken sinkt der Mut.«

Ich habe, ebenso wie Shakespeare und Schlegel, acht Zeilen gebraucht:

»Hungrig brüllt der Löwe nun,
Und der Wolf beheult den Mond,
Schnarchend darf der Bauer ruhn,
Schwer vom Pflug, den er gewohnt.
Nun verglüht der Span am Herd,
Und das Käuzchen schreit so schrill,
Daß den Kranken Angst durchfährt,
Weil er noch kein Bahrtuch will.«

Natürlich gibt es grundsätzlich keine vollkommene Übersetzung. Dennoch muß hier mindestens zu Hans Rothe etwas gesagt werden, teils um die Freiheit, die er sich bei seinen Shakespearebearbeitungen nahm, zu erklären, teils auch korrigierend.
Rothe reagierte überkritisch auf die allzu kritiklose Überschätzung der Schlegelschen Übersetzung in deutschen Landen. Dabei entwickelte er die Hypothese, Shakespeare habe als Mann des Theaters nur einzelne besonders wichtige Texte selbst geschrieben, vieles aber seinen Schauspielern überlassen. Dementsprechend versuchte Rothe, frei zu improvisieren und zu modernisieren. Damit hat er zwar dazu beigetragen, die oft nur erheuchelte Ehrfurcht vieler Regisseure und Dramaturgen vor manchen verstaubten oder ungeschickten Schlegelstellen (die sie trotz ihrer angeblich kritiklosen Bewunderung beim Inszenieren von Fall zu Fall stark veränderten!) zu erschüttern, aber zweifellos hat sich Rothe, gestützt auf seine eigenwilligen Hypothesen, von Shakespeares wirklichem Text viel zu weit entfernt. Rothe selbst war übrigens von seinen Ansichten so durchdrungen, daß er in seiner

Exilzeit, als er an der Universität Miami unterrichtete, seine Studenten dazu anhielt, seine Shakespeareversionen ins Englische – bzw. ins Amerikanische – zurück zu übersetzen. Diese Rückübersetzungen, bei denen Rothe viel größere Treue zu seiner Arbeit verlangte, als er sie Shakespeares Text erwiesen hatte, wurden dann im Universitätstheater von Miami als »Miami Shakespeare« mit großem Erfolg aufgeführt. Eigentlich ein Beweis dafür, wie lebenskräftig Shakespeares Werk im Grunde sein muß, um selbst diesen doppelten Übersetzungsvorgang überstehen zu können. (Allerdings kann man Rothe auch beim besten Willen und bei allem Eingehen auf seine kühnen Hypothesen den Vorwurf mangelnder Sprachpräzision nicht ersparen: Statt »und im Herd verlöscht die Glut« hätte er doch das intransitive »erlischt« oder »verlischt« wählen müssen. Und die Käuzchen, die in England wie in Deutschland als Vögel galten, die die Kranken ins Jenseits rufen, sind nicht »große Eulen«, sondern, im Gegenteil, sehr kleine.) Wie sehr es sich also in Wirklichkeit lohnt, bei der Übersetzung möglichst dem Original zu folgen, mag hier an einer bekannten Stelle aus »Julius Cäsar« untersucht werden, einer Stelle, die übrigens oft zitiert wurde, um die Überlegenheit der Schlegelübersetzung gegenüber dem englischen Originaltext zu beweisen. Cäsar sagt:

»Let me have men about me that are fat,
Sleek-headed men, and such as sleep a-nights.
Yond Cassius has a lean and hungry look;
He thinks too much: such men are dangerous.«

Und nachdem Antonius den Cassius – wohlmeinend, aber zu Unrecht – gegen Cäsars Verdacht verteidigt hat, beginnt Cäsar seine Entgegnung mit den Worten »Would he were fatter!«, und zeigt durch die Wiederholung seines eigenen Wortes aus der ersten Zeile seinen Starrsinn.

Dasselbe Kunstmittel wendet Shakespeare in dieser Tragödie mehrmals an, doch wird es von Schlegel mehrmals, wie hier, durch Verwendung jeweils anderer Worte in der Übersetzung zunichte gemacht. Schlegel übersetzt Cäsars Zeilen tatsächlich schöner als das Original:

»Laßt wohlbeleibte Männer um mich sein,
Mit glatten Köpfen, und die nachts gut schlafen.

Der Cassius dort hat einen hohlen Blick;
Er denkt zuviel: die Leute sind gefährlich.«

Und dem Antonius erwidert Cäsar dann: »Wär er nur fetter!« Durch die Verwendung des Wortes »wohlbeleibte« statt »fette« in der ersten Zeile ist die von Shakespeare geknüpfte Verbindung zerbrochen. Natürlich klingen die vier Zeilen, namentlich aber die erste, auf deutsch viel schöner als auf englisch. Die erste Zeile des Originals, die fast aus lauter einsilbigen Worten besteht, klingt hart, unangenehm, ausgesprochen häßlich. Die deutsche Übersetzung glättet das. Nur will Shakespeare seinen Cäsar an dieser Stelle nicht »schön sprechen« lassen. Cäsar ist schlechter Laune, hat wohl eben einen epileptischen Anfall hinter sich, ausgelöst durch seinen Ärger, daß er die Königskrone nicht annehmen durfte. Daß er das Zeug zum Tyrannen in sich hat, zeigt er schon dadurch, daß er denkende Menschen für gefährlich hält.
Ich lasse ihn daher sagen:

»Laßt mich Männer haben um mich, die fett sind,
Glattköpfige Männer; solche, die nachts schlafen.
Der Cassius dort sieht hager aus und hungrig;
Er denkt zuviel: die Menschen sind gefährlich.«

Gewiß, Schlegel, ebenso wie noch die Schülerschaft meiner Generation, hat auf dem Gymnasium gelernt, daß Wiederholung unschön sei. Aber Shakespeare, ebenso wie die Psalmen und andere Bibeltexte, gebraucht die Wiederholung als Kunstmittel. Was entstehen kann, wenn man die Wiederholung vernachlässigt, zeigt eine Szene in »Romeo und Julia«. Der sterbende Mercutio verflucht die beiden miteinander streitenden Bürgerhäuser der Capulets und Montagues. Er sagt dreimal zu Romeo »A plage o'both your houses«. Er wünscht also beiden die Pest an den Hals. Schlegel übersetzt aber die drei gleichlautenden Stellen mit ganz verschiedenen Worten: Das erste Mal schreibt er: »Zum Teufel beider Sippschaft!« – Das zweite Mal: »Hol' der Henker eure beiden Häuser!« – Das dritte Mal: »Zum Teufel eure Häuser!«
Dabei entgeht ihm, daß der dreimal gleichlautend wiederholte Fluch eines Sterbenden in diesem Stück offenbar magische Bedeutung hat! Er geht nämlich in Erfüllung: In Verona bricht die Pest

aus; Bruder Marcus, der den wichtigen Brief über Julias Scheintod nach Mantua zu Romeo bringen soll, wird, um die Seuche nicht zu verbreiten, festgehalten und kann den Brief nicht bestellen. Daran gehen Romeo und Julia zugrunde. Da aber Schlegel die Pest unübersetzt ließ, fällt dieser Sinnzusammenhang in seiner Romeo-und-Julia-Übersetzung glatt weg.

Es ist unvermeidlich, bei solchen Untersuchungen ins Detail zu gehen und Textkritik zu üben. Andererseits darf man nicht vergessen, daß die Shakespeareübersetzungen Schlegels doch zu den großen Übersetzungen der Weltliteratur gehören, auch wenn ihre Genauigkeit und Sprachkraft vielleicht den Anforderungen eines mißtrauisch gewordenen Zeitalters, das genau wissen möchte, was Shakespeare geschrieben hat, stellenweise nicht mehr genügen mögen. Jedenfalls hat gerade Schlegels Übersetzung ein so tiefes und breites Interesse an Shakespeare im deutschen Sprachgebiet ausgelöst, daß es heute im Jahr mehr deutschsprachige als englische Inszenierungen seiner Stücke gibt.

Auch das ist zu bedenken, wenn man angesichts der nicht zu leugnenden Übersetzungsschwierigkeiten an der Aufgabe verzweifeln will, sich mit Werken der Weltliteratur bekannt zu machen. Auch wenn niemals alle Einzelheiten, alle Feinheiten einer Dichtung in der Übersetzung voll zur Geltung kommen können, so bleibt doch genug erhalten, um die Beschäftigung mit »Weltliteratur« in Übersetzungen lohnend bleiben zu lassen. Vielleicht sollten wir auch nicht vergessen, daß die eingangs erwähnte Überschätzung der deutschen Übersetzung gegenüber dem englischen Original auch dadurch zustande gekommen sein dürfte, daß sogar Kritiker wie Karl Kraus, die des Englischen einigermaßen mächtig waren, das fremdsprachige Kunstwerk doch nicht so unbeschwert genießen konnten wie die Arbeit des Übersetzers, der es ihnen in ihrer Muttersprache vermittelte.

Natürlich kann eine ganz schlechte Übersetzung einem eine Dichtung auch verleiden. Aber im allgemeinen gilt, daß wir die unvermeidlichen (und auch die an sich vermeidlichen) Schwächen vieler Übersetzungen lieber in Kauf nehmen sollen, als uns durch die zwangsläufige Unvollkommenheit aller Übersetzungen, auch der besten, von dem Herangehen an literarische Übersetzungen – oder von der Dankbarkeit für die Leistung der Übersetzer – ganz und gar abschrecken und abhalten zu lassen.

Wie man übersetzen soll, darüber werden die Meinungen immer auseinandergehen. Einige Jahrzehnte nach Shakespeare erklärte der sehr selbstsichere Dichter und Übersetzer John Dryden*, ein Übersetzer habe frei und auf seine eigene Art zu arbeiten und sich nicht wortgetreu ans Original zu halten. Nun darf natürlich kein Übersetzer so am Text kleben, daß man diesem die Übersetzung anmerkt (bei juridisch wichtigen Urkunden ist das freilich oft nicht zu vermeiden), aber bei allzu freier – oder gar »schöpferischer« – Interpretation eines Werkes bleibt manchmal vom Original, besonders von Feinstruktur und Andeutungen, zu wenig erhalten. Worauf es ankommt, hängt auch von der Eigenart des Originals ab. Ein guter, lebhafter, stilistisch aber nicht hervorragender Geschichtenerzähler darf sicher freier übersetzt werden als Shakespeares »Hamlet« oder Goethes »Faust« (der bis heute nicht wirklich gut ins Englische übersetzt ist). Ich habe mich, ermutigt und gewarnt durch bisherige Übersetzungen, immer bemüht, beim Übersetzen von Shakespeares Dramen möglichst nahe am Original zu bleiben, sowohl was Inhalt als was Kunstform, Vers und Reim betrifft. Doch habe ich, ebenso wie schon Schlegel, gelegentlich den Blankvers um einen Fuß verlängert, wie es auch Shakespeare selbst, besonders in seinen späteren Stücken, gelegentlich tat. Wichtig ist vor allem, nicht die Sprechweise der Dramen zu verändern, nur um in den Vers zu passen. Wo Shakespeare einen geradeheraus reden läßt, darf die Übersetzung nicht kunstvolle Perioden bauen. Wo er aber einer seiner Figuren eine verschrobene Rede in den Mund legt, darf man diese nicht vereinfachen. Wenn seine Edelleute einen törichten Diener »du Bauer« schimpfen, darf man das nicht mildern oder verschleiern. Man soll das Original weder verdünnen noch verbessern wollen. Ganz ohne eigene Interpretation – oft unbewußt und unwillkürlich – kommt kein Übersetzer aus. Aber wenn sie das Original überwuchert, verfälscht das unseren Eindruck, zuletzt auch unsere Eindrücke von der Weltliteratur. Schließlich sollten wir auch nicht vergessen, daß das Übersetzen heute (und nicht erst heute) meist ein Broterwerb ist, daß Übersetzer oft schlecht bezahlt sind und unter Zeitdruck stehen, was der Qualität ihrer Arbeit, die der »Verständigung« dient, nicht förderlich ist.

1984

ZU EINZELNEN AUTOREN

E. E. Cummings oder
Die Sprache, in der man nicht lügen kann

Der amerikanische Dichter und Maler Edward Estlin Cummings, geboren vor 60 Jahren* in Cambridge, im Staate Massachusetts, ist im deutschen Sprachgebiet so gut wie unbekannt. In den Vereinigten Staaten und in England ist er berühmt und seit dreißig Jahren heiß umstritten. Man hat ihn den Erneuerer und den Zerstörer der modernen amerikanischen Lyrik genannt, einen Narren und Betrüger, einen Lebensbejaher, der die große Unbedingtheit der Kinder nicht verloren hat. Daß Cummings ein radikaler Neuerer ist, darüber sind sich Freund und Feind einig.

Im Ersten Weltkrieg, noch vor Amerikas Kriegseintritt, ging er nach Frankreich, um ein Sanitätsauto zu lenken. Aber die Heeresdisziplin war nicht nach seinem Sinn und er nicht nach ihrem. Wegen irgendeines geringfügigen Vergehens verbrachte er einige Zeit unter Arrest. Ergebnis dieses Zusammenstoßes mit dem Unvereinbaren ist sein Roman »The enormous Room«, erschienen 1922. Ein Buch, das nicht kämpft, weder für den Krieg noch für Kriegsdienstverweigerung oder Revolution, dafür aber eines der besten Bücher aus dem Ersten Weltkrieg, von einer alles durchdringenden Kraft der Beobachtung, die nur in dem fast gleichzeitig erschienenen »Ulysses« des Iren James Joyce ihr Gegenstück hat.

Ein Jahr später veröffentlicht Cummings einen Gedichtband, »Tulips and Chimneys«, der Aufsehen erregt. Schon in diesen ersten Gedichten kämpft er gegen die Entwertung der Worte. Wenn die kleineren und schwächeren unter ihnen verblassen, dann müssen zuletzt auch die großen, starken Worte und alle echten Gefühle und Gedanken unter dem Schutt entwerteter Füllworte ersticken. Jedes Wort ist ihm gleich lieb, gleich wertvoll. Um dieser Gleichheit willen schreibt Cummings alles klein, selbst das Wort »I« (ich), das im Englischen immer groß geschrieben wird.

Aber bei aller scheinbaren Willkür zeigt dieser erste Band doch strengen Aufbau der Gedichte und schön durchgehaltene Kunstmittel, wie etwa in dem Gedicht »Impression IV« die verschiedenen Umkehrungen. Die Großstadt hat beim Erwachen »ein lied auf den lippen und tod in den augen«, aber sie »schläft ein mit tod auf den lippen und einem lied in den augen«.

Nach dem Krieg verbringt Cummings einige Jahre als Kunststudent in Paris. Seine Diktion beginnt, mit dem gewohnten Sprach- und Schriftgebrauch immer toller umzuspringen.

l oo k –
pigeons fly ingand
whee (:are, SpRiN,k,LiNg an in-stant with sunLight
t h e n) l–
ing all go BlacK wh-eel-ing

sch au e –
tauben flie gendund
krei (:sie, SpReN,k,ElN einen augen-blick mit sonnenLicht
d a n n) s–
end werden alle SchwarZ kr-eis-end

Man kann sich vorstellen, welche Kritik derartige sprachliche und typographische Experimente ihm einbringen.

Der verstorbene amerikanische Dichter und Kritiker Theodore Spencer erläutert diese Zeilen mit folgender Inhaltsangabe:

»Schaue:
Tauben, fliegend und kreisend...
(sie sprenkeln einen Augenblick mit Sonnenlicht)
dann werden alle schwarz ... kreisend ...«

Aber Spencer findet den Cummings-Text ungemein wirkungsvoller, weil Cummings, dem alle Eindrücke des Taubenflugs zugleich Erlebnis geworden sind, sich um eine Form bemüht, die das Nacheinander der Aussagen und Vergleiche in ein Ineinander zusammenfaßt. Das Wort »kreisend« wird in drei Zeilen zerlegt »krei-s-end (whee-l-ing)« und steht außerdem noch – in der gleichen Schreibung! – am Schluß, wodurch sich ein Kreis des Fluges schließt. Das »Sprenkeln« wieder soll durch Abwechseln der Groß- und Kleinbuchstaben (SpRiN,k,LiNg) wirklich gesprenkelt sein und in diesem Sinne auf den ersten Blick ins Auge fallen. Was das Gedicht schildert, das soll es zugleich selbst sein. Daß die Ursache solcher Experimente die Krise unserer Zeit ist, muß kaum mehr gesagt werden. Joyce und Picasso, moderne Plastik und Musik; überall das verbissene analytische Experiment, Auflösung, Zerreißung und ungewohnte Zusammenfügung, die mehr ist als bloße Künstlerlaune. Aber die Welt ist mißtrauisch gegen solches Suchen. Man fühlt sich an die Aufzeichnungen Schizophrener erinnert, und vielleicht mit Recht, denn auch Wahnsinn ist ja oft ein großangelegter Versuch, einer unerträglich gewordenen Wirklichkeit magisch Gewalt anzutun.

Allen Tate*, Dichter und Kritiker, sagt von Cummings: »Er ersetzt die alten dichterischen Konventionen durch seine eigenen, die aber nicht minder eng begrenzt sind.«

Wenn Cummings sich um seine Kritiker gekümmert hat, so merkt man das seinen Gedichten nicht an. Seine dichterische Entwicklung ist freier von Schulen, Bekehrungen, Abkehr und Umkehr als die der meisten Zeitgenossen. Das gilt auch für seine Politik. Cummings ist Rebell, wie vielleicht jeder Dichter, aber niemals *organisierter* Rebell oder gar Berufsrevolutionär. Cummings fuhr nach Moskau und sah sich Rußland an, wie der Avantgardist Louis Aragon*. Aber zum Unterschied von Aragon hat es ihm dort gar nicht gefallen. Davon berichtet er in seinem Buch »Eimi«, erschienen 1939.

Zwischendurch schreibt er für Kinder, die ihn lieben und verstehen.

Kurz vor dem Zweiten Weltkrieg sagt der Kritiker S. I. Hayakawa von ihm: »Sein atemraubend klarer Blick ist in die unlyrische und unschuldlose Welt ausgesetzt. Seine Höllenfahrt ist ein Ausflug, von dem er bisher noch nicht wieder aufgetaucht ist. Aber er sammelt Fragmente seiner Hölle und verwebt sie zu Mustern von überraschender lyrischer Anmut.«

Das stimmte, als es gesagt wurde, aber nicht mehr lange nachher. Denn Cummings' Bedeutung liegt darin, daß er seither von dieser

Höllenfahrt zurückgekehrt ist. Und das kann man von wenigen modernen Dichtern sagen, die die große Entdeckungsreise angetreten haben.
»Collected Poems« (1938) und, mehr noch, »50 Poems« (1940) enthalten Gedichte von großer Einfachheit. Worin ihre Eigenart besteht, davon werden vielleicht die folgenden Proben auch noch in deutscher Übersetzung einen Begriff geben. Cummings bezeichnet diese Gedichte nur mit Nummern, aber wenn man sie liest, die Rühmung des allumfassenden Vaters, die Liebesgeschichte des Mannes Jedermann und des Mädchens Niemand, den Rosenkranz für die Lilie des Himmels, dann weiß man viele Titel dazu, Titel von alten Bänkelliedern, Titel aus Märchenbüchern und Titel aus den Evangelien.

Ein Wort zu den Gedichten selbst:
Schlegel sagt zwar: »Fußnoten zu einem Gedicht sind wie anatomische Vorlesungen zu einem Braten«. Aber uns fehlt es hier, um einigermaßen im Bilde zu bleiben, an den richtigen Vorspeisen; d. h., wir sind auf die folgenden Leseproben nicht durch Vertrautheit mit dem Gesamtwerk des Dichters vorbereitet. Außerdem bedürfen auch die Übersetzungen einiger Erklärung.
Cummings hat immer wieder gewisse Krankheitserscheinungen der Zivilisation angegriffen: die Vermassung und Unterdrückung, die Gleichheit der Gleichschaltung, die bei ihm kurz »gleich« oder »gleiche« (same) heißt. So hat er sich eine Art kurzes Wörterbuch geschaffen. Die Verneinung, Verleugnung oder Vereitelung des Lebens heißt darin »nicht, nein, nie, ist nicht« (not, no, never, isn't). Die Wesenlosigkeit und die leere Phrase heißen »unheit« (unness).
Außerdem macht Cummings von den Möglichkeiten seiner Sprache einen im Deutschen eigentlich unnachahmlichen Gebrauch. Das Englische hat die meisten Endungen abgestoßen und ist dadurch fast zu einer agglutinierenden Sprache geworden. Cummings kann seine Gedichte aus reinen, abgeschliffenen Wortkernen aufbauen. So kann bei ihm ein Zeitwort Eigenschaftswort werden, ein Umstandswort Hauptwort. Das Englische hat seinem Versuch vorgearbeitet, den Wert der Worte durch ihre Gleichsetzung wiederherzustellen. Die deutsche Übertragung aber kann nicht einfach auf alle Endungen verzichten, sonst würde sie zu

einem unnatürlichen Gestammel. Auch die fast völlige Vermeidung aller Großbuchstaben wirkt im Englischen weniger radikal als im Deutschen. Und schließlich liebt Cummings auch noch Wortspiele, Anklänge an amerikanische Umgangssprache und an Slang, und Worte mit weitem Verwendungsbereich wie »by«, das deutsch abwechselnd bei, durch, um, an, mit, von usw. heißen kann.
Lyrikübersetzungen sind eigentlich immer unmöglich. Hier aber sah sich der Übersetzer noch vor diese zusätzlichen Schwierigkeiten gestellt. Daher – und zur allgemeinen Unterstützung seiner Aufgabe mag man ihm noch einige kurze Notizen verzeihen.

Poem No. 18

the moon is hiding in
her hair.
The
lily
of heaven
full of all dreams,
draws down.

cover her briefness in singing
close her with intricate faint birds
by daisies and twilights
Deepen her,
Recite
upon her
flesh
the rain's

pearls singly-whispering.

Gedicht No. 18

der mond verbirgt sich in
ihr haar.
Die
lilie

des himmels
voll von allen träumen
sinkt herab.

bedeck ihre kürze mit singen
schließe sie in verwobene matte vögel
bei maßliebchen und zwielichtern
Vertiefe sie,

Bete
auf ihrem
fleisch
des regens

perlen einzel-flüsternd.

Der Sonnenuntergang ist zugleich Tod, die Lilie ein weibliches Wesen. Die Handlungen, zu denen aufgefordert wird, sind Anklänge an die biblischen Pflichten, die Blöße der Nackten zu bedecken und die Toten zu begraben. (So klingt »close« auch »clothe« an.) Durch assoziativen Anklang werden auch die einzelflüsternden Perlen des Regens zu einem Rosenkranz.

Poem No. 29

anyone lived in a pretty how town
(with up so floating many bells down)
spring summer autumn winter
he sang his didn't he danced his did.

Women and men (both little and small)
cared for anyone not at all
they sowed their isn't they reaped their same
sun moon stars rain

children guessed (but only a few
and down they forgot as up they grew
autumn winter spring summer)
that noone loved him more by more

when by now and tree by leaf
she laughed his joy she cried his grief
bird by snow and stir by still
anyone's any was all to her

someone married their everyones
laughed their cryings and did their dance
(sleep wake hope and then) they
said their nevers they slept their dream

stars rain sun moon
(and only the snow can begin to explain
how children are apt to forget to remember
with up so floating many bells down)

one day anyone died i guess
(and noone stooped to kiss his face)
busy folk buried them side by side
little by little and was by was

all by all and deep by deep
and more by more they dream their sleep
noone and anyone earth by april
wish by spirit and if by yes.

Women and men (both dong and ding)
summer autumn winter spring
reaped their sowing and went their came
sun moon stars rain

Gedicht No. 29

jedermann lebte in schöner wie stadt
(mit auf so schweben viel glocken hinab)
frühling sommer herbst winter
er sang sein tat-nicht er tanzte sein tat.

Frauen und männer (so winzig wie klein)
ließen jedermann jedermann sein

sie säten ihr nicht sie ernteten ihr gleich
regen sonne mond sternenreich

Kinder errieten (nur wenige auch
und vergaßen ab als sie wuchsen auf
herbst winter frühling sommer)
daß niemand ihn liebte mehr um mehr

sie lachte sein glück sie weinte sein leid
baum um blatt und nun um seit
vogel um schnee und rühren um ruh
jedermanns jedes war alles für sie

jemande freiten ihre allemanns
lachten ihr weinen und taten ihren tanz
sie (schlafen wachen hoffen und drauf)
sagten ihre nies her sie schliefen ihren traum

sterne regen sonne mond
(und nur der schnee der zu zeigen beginnt
wie kinder sich leicht zu entsinnen vergessen
mit auf so schweben viel glocken hinab)

eines tags hat wohl jedermann sterben müssen
(und niemand kniete sein gesicht zu küssen)
eilig begrub man sie seit' um seit'
nach um nach und war um war

alles um alles und tief um tief
und sie träumen mehr um mehr ihr schlief
niemand und jedermann april um erdreich
wunsch um geist und ob um ja.

Frauen und männer (so klang wie kling)
sommer herbst winter frühling
ernteten ihr säen und gingen ihr kamen
sonne mond sterne regen amen

In dieser Ballade von Liebe und Tod des Mannes »jedermann« und des Mädchens »niemand« faßt Cummings Eindrücke wie das gleichzeitige Auf und Ab des Glockenläutens durch sprachliches Ineinanderschieben zusammen, ähnlich wie mehrere Jahre früher in seiner Schilderung des Taubenfluges. Auch ein Kunstmittel aus dem ersten Gedichtband taucht wieder auf, die Umkehrung. Die »jemande« und »allemanns« schlafen ihren Traum. Ihre Gegenspieler »jedermann« und »niemand« aber träumen ihren Schlaf, den Todesschlaf, von dem sie »wunsch bei seele und ob bei ja« auferstehen. In der letzten Zeile hat der Übersetzer ein abschließendes »Amen« hinzugefügt, das eigentlich nicht in den Text gehört. Cummings sagt nämlich von den Frauen und Männern, die ernteten, was sie gesäet hatten, sie »gingen ihr kamen«, d.h., woher sie gekommen waren. Der Übersetzer hatte nicht das Herz, dies um des Reimes auf »regen« willen zu »gingen ihr wegen« abzuschwächen. Unübersetzbar bleibt auch »nevers«, das für die lebensverneinenden, scheinheiligen Gebete der Massenmenschen steht. »Nevers« und »prayers« klingen ähnlich. Im Deutschen aber klingen »nimmers« ganz anders als »Gebete«.

Poem No. 34

my father moved through dooms of love
through sames of am through haves of give,
singing each morning out of each night
my father moved through depths of height

this motionless forgetful where
turned at his glance to shining here;
that if (so timid air is firm)
under his eyes would stir and squirm

newly as from unburied which
floats the first who, his april touch
drove sleeping selbes to swarm their fates
woke dreamers to their ghostly roots

and should some why completely weep
my father's fingers brought her sleep:

vainly no smallest voice might cry.
for he could feel the mountains grow.

Lifting the valleys of the sea
my father moved through griefs of joy;
praising a forehead called the moon
singing desire into begin

joy was his song and joy so pure
a heart of star by him could steer
and pure so now and now so yes
the wrists of twilight would rejoice

keen as midsummer's keen beyond
conceiving mind of sun will stand,
so strictly (over utmost him
so hugely) stood my father's dream

his flesh was flesh his blood was blood:
no hungry man but wished him food;
no cripple wouldn't creep one mile
uphill to only see him smile.

Scorning the pomp of must and shall
my father moved through dooms of feel;
his anger was as right as rain
his pity was as green as grain

septembering arms of year extend
less humbly wealth to foe and friend
than he to foolish and to wise
offered immesurable Is

proundly and (by octobering flame
beckoned) as earth will downward climb,
so naked for immortal work
his shoulders marched against the dark

his sorrow was as true as bread:
no liar looked him in the head;
if every friend became his foe
he'd laugh and build a world with snow.

My father moved through theys of we,
singing each new leaf out of each tree
(and every child was sure that spring
danced when she heard my father sing)

then let men kill which cannot share,
let blood and flesh be mud and mire,
scheming imagine, passion willed,
freedom a drug that's bought and sold

giving to steal and cruel kind,
a heart to fear, to doubt a mind,
to differ a disease of same,
conform the pinnacle of am

though dull were all we taste as bright,
bitter all utterly things sweet,
maggoty minus and dumb death
all we inherit, al bequeath

and nothing quite so least as truth
– i say though hate were why men breathe –
because my father lived his soul
love is the whole and more than all

Gedicht No. 34

mein vater zog durch tode von liebe
durch gleichschritt von bin durch haben von gebe,
aus jeder nacht sang er jede früh:
mein vater zog durch tiefen der höh

das unbewegte vergeßliche wo
blickte er auf zu leuchtendem da;
das ob (so fest ist zaghafte luft)
hob sich vor seinem aug aus der gruft

wie wer schwebt aus unbegrabenem was
so brach meines vaters aprilhand das eis,
er wies schlafenden sichen ihr sichres gewiß
weckte träumer zu ihrer geistwurzeln schoß

und weinte völlig ein warum
so schläferten seine finger sie stumm:
keine kleinste stimme schrie ungehört
denn er hat die berge wachsen gespürt.

Er hob der meerestäler last
mein vater zog durch leiden der lust;
er pries eine stirne genannt der mond
sang sehnsucht in des anfangs grund

lust war sein lied und lust so rein
einem sternherz konnte er leitsteuer sein
und rein so nun und nun so ja
die handgelenke der dämmerung machte er froh

scharf wie des hochsommers schärfen jen-
seits der fassaden sinne der sonne stehn,
so streng (und weit über äußerstem ihm
so riesig) stand meines vaters traum

sein fleisch war fleisch sein blut war blut:
kein hungriger wünschte ihm nicht brot;
kein krüppel wollt nicht auf krücken gehn
eine meile bergauf um ihn lächeln zu sehn.

Mein vater zog durch tode von fühl
und verschmähte das protzen von muß und soll;
sein zorn war wie der regen grad
sein mitleid grün wie grüne saat

septembernde arme des jahres verstreun
so schlicht nicht fülle an feind und freund
wie er die toren und die weisen
mit grenzenlosem ich wollt speisen

stolz wie die erde sich niedersenkt
(von oktobernder flamme mitgewinkt)
und zur unsterblichen arbeit nackt
zogen seine schultern wider die nacht

sein kummer war wie brot so wahr:
kein lügner späht' ihm unters haar;
und wurde jeder freund sein feind
hat er lachend die welt aus schnee neu gegrünt.

Mein vater zog durch jenen von wir,
sang aus jedem baum jede knospe hervor
(und hörte ein kind meines vaters gesang
so wußte es daß der frühling so sprang)

so töte was nicht teilen kann,
sei blut und fleisch morast und schlamm,
sei klügeln traum, gefühl gewollt,
freiheit ein rauschgift das geht nach gold

sei geben stehlen, grausam gut
sei herz die angst und zweifel mut,
sei anderssein aussatz des gleichschrittsinns,
mittun die krönung des ichbins

wenn alles trüb wär was uns schmeckt klar,
bitter alle süße ganz und gar,
madiges minus und totes vergessen
alles was wir erben und hinterlassen

wenn es nichts so ganz mindest wie wahrheit gäbe
– ja atmeten wir nur dem haß zuliebe –
mein vater lebte seine seele
drum ist liebe das all und ist mehr als alle

Die »gleichen (sames) von bin« sind die Gleichschaltungen des »bin«, also eine Verneinung des Individuums, ebenso wie »haben« die gierige Verneinung des Gebens ist. Das »wo« wird durch »da« bejaht und erleuchtet. Das »ob« ist wie »Gedicht Nummer 29« die Frage nach der Auferstehung, die hier wieder bejaht wird. »Wer« ist die Seele des unpersönlichen und daher seelenlosen »was«. Selten hat Cummings so nachdrücklich alles, worum ihm zu tun ist, in ein Gedicht gelegt. Das ganze Gedicht ist eine Hymne auf die Wiederbeseelung der Welt durch menschliche Liebe. (...)

1957

Ernest Hemingway ist tot

Ernest Hemingway ist tot. Ein Schuß beim Putzen seiner Gewehre. Ein gewaltsames Ende, wie einer seiner Romanfiguren auf den Leib geschrieben, mit seiner offenen Frage: Unfall? oder...?
Heute früh hörte ich im Funk, daß Präsident Kennedy gesagt hat, Hemingway habe das Schreiben und Denken von Männern und Frauen in allen Ländern beeinflußt. Zuerst stutzte ich. War das nicht ein Beispiel dafür, wie Politiker versuchen, aus dem Ruhm großer Künstler durch übertriebene, verallgemeinernde Behauptungen Kapital zu schlagen. Doch nein, Kennedy hat ganz recht. Ich weiß es von indischen Schriftstellern und von afrikanischen Negerschriftstellern. Und ich weiß es natürlich besonders von Deutschland – schon vor 1933 und nach 1945 wieder. Dieser Mann, der nur knapp 63 Jahre alt wurde und vor einigen Jahren den Nobel-Preis erhielt, war wirklich eine literarische *Macht*, aus Gründen, die mehr zum Leben als zur Literatur im engeren Sinne gehören. Hemingway war ein betont *un*literarischer Autor. Aber es war ihm um die *Wahrheit* zu tun. Dichtung, die sich auf Erfahrung stützt, sagte er, soll eine wahrhaftigere Beschreibung zuwege bringen, als irgendein Tatsachenbericht es könnte. Sein literarischer Einfluß, ebenso wie sein Publikumserfolg, kommt zum Teil daher, daß Hemingway mit seinem Mißtrauen gegen hochtönende Worte, gegen moralische und ideologische Ausflüchte und Verbrämungen so vielen Menschen aus der Seele gesprochen hat. Natürlich, viele haben ihn einfach imitiert, und das tut selten gut. Aber zum Beispiel *meine* eigene Art zu schreiben ist ganz extrem anders. (...) Ein Roman, den ich voriges Jahr veröffentlichte, beginnt mit einem Hemingway-Zitat* und einer Frage über Hemingways Art. Wie immer sich die moderne Literatur in ihrer ganzen Vielfalt entwickelt, ohne Hemingway hätte sie anders ausgesehen. Ohne seine unbändige Ehrlichkeit, mit der er Elementarerlebnissen nachjagte, wie der Jäger, der er war, einem Großwild – der Einsamkeit, der Gewalt, dem Tod. Hemingways Aufgehen *in* der Natur und seine Auflehnung *gegen* die Natur hat uns etwas gegeben, was wir nur auf eigene Gefahr vernachlässigen können.

Man hat über Hemingway schon viel Unsinn gesagt und wird sicher noch viel mehr Unsinn über ihn sagen. Weil er vielleicht die beste Kurzgeschichte über Gangster geschrieben hat, »The Killers«*, soll er, so behaupten manche, der Dichter des amerikanischen Gangstertums gewesen sein, der Sänger des Gewaltmenschen, der nichts mehr kennt als Brutalität, Tod und kurzen Sinnenrausch in einer Pause zwischen Schlachten oder Stierkämpfen. Das halte ich für Unsinn. Gewiß, Hemingways Darstellungsweise und Themenkreis entspringt seiner Rebellion gegen Heuchelei, Spießertum, falsche Respektabilität und gegen einen überzüchteten Zivilisationsbetrieb. Aber das sind nicht spezifisch amerikanische Eigenschaften. Heuchelei, Spießertum, falsche Respektabilität und Zivilisationsbetrieb sind internationale Seuchen, und daß sie auch über die Grenzen zwischen alten und neuen Gesellschaftsordnungen hinweggehen, hat schon Wladimir Majakowski in seinen letzten Dichtungen beklagt; und das war mit ein Grund dafür, daß er sich 1930 erschossen hat. Die sogenannte »Toughness« Hemingways, seine Härte, Rauheit ist keine Roheit. Im Gegenteil! In ihr zeigt sich jene ästhetisch-ethische Sensitivität, die lieber noch die brutalen Tatsachen nackt festhält, als sich widerspruchslos in salbungsvolle oder pathetische *Bemäntelungen* einhüllen und einlullen zu lassen. Aus diesem Grund hätte Hemingway auch den sogenannten »sozialistischen Realismus« niemals mitgemacht, obwohl gerade die besten sozialistischen Schriftsteller viel von ihm gelernt haben.
Zu sagen, daß Hemingways Dschungel, in dem der Mensch der einsame Kämpfer ist, in Wirklichkeit der Dschungel* des Kapitalismus war, ist *schlimmster Vulgärmarxismus*. Gewiß, ein Körnchen Wahrheit liegt auch darin. Aber Dschungel ist ein *gefährlicher* dichterischer Vergleich! Irgendwie ist Dschungel so ungleich vielfältiger, aufregender, als die gepflegte, mit Traktoren bewirtschaftete Kulturlandschaft, die manchmal vergleichsweise ein wenig langweilig ist. Und wenn das Leben und Erleben im Westen einem Dschungel vergleichbar sein soll und der »sozialistische Realismus« der planvoll bewirtschafteten Kulturlandschaft, dann muß man doch auch dazu sagen, daß trotz seiner großen Gefahren dieser Dschungel einen ungeheuren Reichtum an Vitalität, an vielfältigem, berückendem Leben birgt und brütet, um das er von Bewohnern der anderen Landstriche zuweilen beneidet

werden kann. Hemingway war ein Teil dieser überwältigenden geistigen und künstlerischen Vielfalt und Fruchtbarkeit unseres Dschungels. Und daß er selbst von Grausamkeit nur als Zeuge geschrieben hat, aber nicht selber grausam war, das muß jeder empfinden, der sein Alterswerk »The Old Man and the Sea«, »Der alte Mann und das Meer« gelesen hat.

Geboren und gestorben ist Hemingway in Amerika. Aber er war alles andere als ein selbstzufriedener Amerikaner, der nur in den Vereinigten Staaten Gottes eigenes Land sieht:

Nach dem Ersten Weltkrieg lebte er in Frankreich. Als Franco den spanischen Bürgerkrieg entfesselt hatte, war Hemingway im antifaschistischen Lager zu finden. Als England der Vorposten des Kampfes gegen Hitler war, war Hemingway in England. Als China sich gegen Japan verteidigte, war er in China. Als Fidel Castro Kuba von Battista befreit hatte, war Hemingway in Kuba. Es hieß, er wollte dort bleiben, aber dann blieb er doch nicht. Er war ein Mensch seiner Zeit. Er hat niemals tagespolitische Bücher geschrieben. Die aktuelle Tageswirklichkeit verschleiert oft die Wahrheit, und er wollte die Wahrheit. Alles, was er geschrieben hat, war voll von den wahren Grundproblemen der Menschen seiner Zeit – unserer Zeit.

Beitrag für die BBC, 1961

Über Dylan Thomas

Es ist schwer, über Dylan Thomas zu schreiben. Wenn ich ihn nie gesehen hätte oder nur ein einziges Mal, womöglich aus einiger Entfernung, wäre es leichter, denn dann könnte ich glauben, ihn zu kennen. Daß man einen Dichter kennt, sagt man ja gerne, sobald man einen Teil seiner Arbeiten gelesen hat.

Beim zweiten oder zehnten Lesen eines Gedichtes findet man mitunter eine neue, tiefere, bestechende Bedeutung, die der Dichter vielleicht nur unbewußt in sein Werk verwoben hat, die aber doch gilt ‹und› nicht mehr abzuweisen ist. Das geschieht manchmal. Bei Dylan Thomas aber geschieht es ununterbrochen. Ich habe seine Gedichte gelesen, Zeile für Zeile, viele Male, und manche übersetzt (obwohl sie eigentlich ihrer Lautassoziationen wegen unübersetzbar sind); und ich habe sie aus seinem eigenen Mund gehört, in seiner dröhnenden, aber bis ins kleinste modulationsfähigen Stimme; und immer wieder haben sich die Bilder und Worte verschränkt und gepaart, manchmal lustig, spielend (denn Thomas wußte, wie wichtig das Spiel ist) oder aus Freude an der Fülle des Lebens; manchmal bitterernst, unter dem Druck der auf den Menschen einstürmenden Eindrücke und Gedanken, die mit den in ihm schon angesiedelten oder ererbten Gedanken, Trieben, Hoffnungen und Ängsten zusammenkommen oder zusammenstoßen.

Wie bei einem Eisenbahnzusammenstoß die Wagen zerbrechen und sich ineinander verschachteln, so rammen einander in den Gedichten von Dylan Thomas die Worte und Bilder. Ihre Bruchstücke verschmelzen oder schieben sich mit ungeheurer Gewalt ineinander, nicht unähnlich einem ausziehbaren Teleskop, das zusammengeschoben wird. Deshalb heißt in der englischen Literatur dieses bei Thomas vorherrschende Ineinander der Bilder und Symbole telescoping of images.

Die ersten Jugendgedichte, aus der Mittelschulzeit in Swansea, sind noch halbwegs einfach, verständlich, sogar recht konventionell. Aber kaum hat Thomas die Kraft, sich seinen Eindrücken zu stellen, so werden seine Gedichte zu einem brodelnden Chaos von Bildern, Fetzen von Schöpfungsmythen und ineinander verkeilten

Träumen. Oft überladen, dunkel, manchmal unverständlich; immer wieder durchblitzt von einzelnen unvergeßlichen Zeilen.
Mit den Jahren wurden seine Gedichte klarer. Strengste Kunstformen, die er zum Teil selbst erfand, sollten dem unverminderten inneren Chaos ein Gegengewicht setzen. Ein schöpferisches Gegengewicht, nicht ein zerstörendes wie der Alkohol, bei dem er schon als ganz junger Mann Zuflucht fand. Thomas trank, nicht um sich zu enthemmen oder zu inspirieren, sondern aus Verzweiflung. Die Gerüchte von in der Trunkenheit entstandenen trunkenen Gedichten sind Banausenmärchen: Thomas konnte nur schreiben, wenn er nüchtern war. Aber seine Klarheit der reiferen Jahre war nicht die landläufige Klärung so vieler modernisierender Dichter, nicht die klingelnde Läuterung, nicht der reuige Rückweg zur Tradition. Seine Sprache blieb seine eigene, die er von seiner eigenen Seele gelernt hatte. Verständlicher wurde er nur, weil er sie *besser* lernte, weil er ihre Worte und Symbole tiefer erkannte. Er war zeitlebens davon überzeugt, daß Dichten nichts anderes sei, als an der Intensität seiner Gefühle nicht durch »Erwachsensein um jeden Preis« Verrat zu begehen. Das innige Verhältnis zum Wort war ihm nur ein Sonderfall des innigen Verhältnisses zur Welt, zu allem Menschlichen und Tierischen.
Deshalb sind seine Gedichte nie gekünstelt, auch dort nicht, wo sie kunstreich sind. Die handwerkliche Technik als Quintessenz aller bereits durchlaufenen Entwicklungsphasen war ihm in Fleisch und Blut übergegangen, war Teil seiner selbst, und er selbst war wie seine Gedichte: intensiv, von Überraschung zu Überraschung taumelnd, unberechenbar. Manchmal geistreich, manchmal schneidend scharf, manchmal von einer Traurigkeit, die mehr an die Traurigkeit einer Landschaft als an die eines Menschen erinnerte. Und mitten in einem Gespräch oder in einem Brief konnte er mit seinen Assoziationen lospoltern, von denen einer der besten englischen Kenner moderner Dichtung gesagt hat: »Sie sind, als sei Thomas bei der Erschaffung der Sprache dabeigewesen.«
Viel Zeit war ihm nicht beschieden. 1914 wurde er geboren, und 1953 ist er gestorben. In seinen letzten sieben Lebensjahren schrieb er nicht viel mehr als ein Gedicht pro Jahr, davon allerdings die meisten in über fünfzig Fassungen, und unter diesen letzten Versen sind zwei oder drei seiner allerbesten Gedichte. Von einem Versagen seiner dichterischen Kraft kann man daher kaum

sprechen, ganz abgesehen davon, daß in diesen letzten Jahren viel kurze Prosa entstand sowie die drei dramatischen Arbeiten: »Unter dem Milchwald«*, sein berühmtestes Werk, ferner die selbstbiographische Rückreise und das riesige Filmdrama »Der Doktor und die Teufel«. Aber seine körperlichen Kräfte versagten in diesen letzten Jahren, was durch die amerikanischen Vortragsreisen, die er unternehmen mußte, um Geld zu verdienen, noch beschleunigt wurde.

Ein Verzeichnis von Werken und Daten seines fast immer von Armut eingeengten Lebens kann jede Zeittafel besser geben als ich. Ich will hier nur noch einiges sagen, was der Richtigstellung bedarf, denn es sind viele Verzerrungen und Irrtümer über Dylan Thomas in Umlauf. Es ist verbreitet worden, Thomas sei zutiefst von der walisischen Dichtung beeinflußt gewesen und habe seine Gedichte nach Art der alten Barden vorgesungen. In Wirklichkeit war Thomas zwar ein recht typischer Waliser, aber wie die meisten Waliser konnte er nicht walisisch. Seine Gedichte hat er nicht gesungen, sondern vorgelesen, allerdings ganz hervorragend. Noch zuletzt, als kranker, halb gebrochener Mann, veränderte er sich während des Lesens und erweckte den Eindruck unbändiger, unwiderstehlicher Lebenskraft. Er war vielleicht der beste englische Gedichtrezitator seiner Zeit. Oft las er auch Arbeiten anderer Dichter, besonders seine Lesung der Gedichte seines Freundes, des Amerikaners E.E. Cummings*, werde ich nie vergessen.

Es ist behauptet worden, daß Dylan Thomas wichtigster Gedichtband »Deaths and Entrances« (deutsch unter dem irreführenden Titel »Tode und Tore« erschienen) von T. S. Eliot beeinflußt sei, und seine Prosageschichten »Portrait of the Artist as a Young Dog« von den Existentialisten. In Wirklichkeit war Thomas vielleicht der einzige bedeutende jüngere englische Dichter, der nicht von Eliot beeinflußt war, und von Existentialisten oder Existentialismus hatte er zur Zeit, als sein Porträt des Dichters als junger Hund erschien (1940), noch kein Wort gehört.

Es ist behauptet worden, daß Thomas humorlos gewesen sei, immer lustig, immer traurig, boshaft, aggressiv, von untadeliger Gutmütigkeit gegen Menschen und Tiere. Alle diese Behauptungen stimmen höchstens, wenn man sie zunächst gründlich mischt. Man wollte Thomas gelegentlich als einen im Wesen katholischen Dichter darstellen oder in England doch als einen im wesentlichen christlichen Dichter, ferner als Atheist und Kommunist. In Wirklichkeit war er religiös, aber nicht in konfessionellem Sinn und völlig undoktrinär. Christliche und heidnische Mysterien durchdringen einander in seinen Werken unauflöslich. Zu seinen besten Freunden gehörten Kommunisten, aber auch ihre Todfeinde, Trotzkisten, Anarchisten und völlig unpolitische Menschen. Bei dem Gedanken an Parteidisziplin und Vorschriften, wie ein Dichter zu dichten habe, überlief ihn zeitlebens eine Gänsehaut.

Er selbst hielt, sicherlich mit Recht, seine Gedichte für seine wichtigste Arbeit. Daneben interessierte er sich in seinen letzten Lebensjahren sehr für das Dramatische. Daß sein Filmdrama »Der Doktor und die Teufel« eine Verschlüsselung der medizinischen Experimente in den Konzentrationslagern sei, ist Unsinn, ebenso die Behauptung, daß sein Held sich seiner Schuld die ganze Zeit bewußt gewesen sei. Auch, daß er dieses Filmdrama als Drehbuch geschrieben habe, stimmt nicht.

Von seiner eigenen Prosa waren ihm die dichterisch-experimentellen Arbeiten lieber, aber populärer sind natürlich die Humoresken geworden. Thomas war sehr wohl fähig, eine Fabel zu ersinnen und auszuspinnen. »Unter dem Milchwald« stellt in seiner endgültigen Form, ebenso wie viele kurze Prosaarbeiten, einen bewußten Verzicht auf eine solche Fabel oder Handlung* dar. Ursprünglich sollte das Stück heißen »Die Stadt die verrückt war« und die Verteidigung des exzentrischen Landstädtchens Llareggub gegen die Nachbarstädte schildern, die dieses Städtchen, als von lauter Narren bewohnt, hinter Stacheldraht abgeriegelt sehen wollen. Die Bürger von Llareggub aber wählen Kapitän Cat zu ihrem Sprecher und erbringen vor Gericht den Beweis, daß nicht sie verrückt sind, sondern die ganze Umwelt. Aber auf diese groteske Handlung hat Thomas im Laufe der jahrelangen Arbeit an dem Werk mehr und mehr, und zuletzt völlig, verzichtet. Die willkürliche Fabel schien ihm, ebenso wie den modernsten Dramatikern unserer Tage, von denen er noch keine Ahnung hatte, eine Verminderung der menschlichen Gültigkeit und Ehrlichkeit. Deshalb hat »Unter dem Milchwald« keine Handlung im herkömmlichen Sinn. Nur Bruchstücke von Handlungen, Träumen, Bildern und Symbolen des Lebens verschränken, verwirren und klären sich, gar nicht so anders als in seinen Gedichten.

1959/1964

Rilke – Zauber, Täuschung, Enttäuschung

»In solchen Nächten wächst mein Schwesterlein,
das vor mir war und vor mir starb, ganz klein.
Viele solche Nächte waren schon seither.
Sie muß schon schön sein. Bald wird irgendwer
sie frein.«

Ich habe diese Verse – sie gehören zum Gedichtkranz »Aus einer Sturmnacht« – in jungen Jahren gelesen und war zu tief beeindruckt, um Kritik üben zu können. Aber einige Jahre später las ich Rilkes »Requiem für Clara Westhoff«:

»Deine Geschwister wurden erfunden,
nur, damit du dich dran gewöhntest,
und dich an zweien Sterbestunden
mit der dritten versöhntest.«

So also wurde dem Leben und Sterben von zwei Menschen nachträglich Sinn gegeben. Diesmal konnte kein Eindruck mehr die Kritik unterdrücken. Ich war empört. Der Einfall, den Rilke hier in Verse und Reime gebracht hatte – noch dazu in so glatte, flüssig gleitende –, schien mir schlechterdings unmenschlich. Glatt, durch die Glattheit überredend, daß er originell sei, dichterisch, schöngeistig, weiß der Teufel, was noch alles, aber unmenschlich. Und wer ist der, der zwei Geschwister nur zu solchem Zweck geboren werden, leben und sterben läßt? Damals hielt ich Rilke noch für gottgläubig, wollte aber mit einem solchen Gott nichts zu tun haben. Als ich herausfand, daß Rilke an gar keinen Gott glaubt, dem man allenfalls noch die Unerforschlichkeit seiner Wege zugute halten könnte, wie das die Menschen gern tun, vielleicht weil sie meinen, daß ihnen keine andere Wahl bleibt, wurde mir die Stelle noch mehr zuwider. Wer einen solchen Einfall haben und so schön formulieren und ihn nachher im Manuskript wirklich stehenlassen kann, sagte ich mir, der benutzt Menschen nur, um seine Einfälle schön an ihnen aufzuhängen. Es gibt Ankleidepuppen aus Pappe, zum Ausschneiden, die solche Dienste leisten.

Außerdem schien mir der gute Einfall die Ehrlichkeit der Trauer um Clara Westhoff zweifelhaft zu machen, der doch das Gedicht gewidmet war. War nicht auch sie für Rilke in diesem Augenblick nur ein verwendbarer Vorwand zu erlesenen Gefühlen und Gedanken? Daraufhin verdächtigte ich nun auch das kurze Gedicht aus der »Sturmnacht«:

»In solchen Nächten wächst mein Schwesterlein,
das vor mir war und vor mir starb, ganz klein.
Viele solche Nächte waren schon seither.
Sie muß schon schön sein. Bald wird irgendwer
sie frein.«

Wo, um alles in oder jenseits dieser Welt, wo wächst dieses Schwesterlein, und wer – und wo – wird sie frein!? Wächst sie im Grab oder im Jenseits oder in irgendeinem dumpfigen oder verklärten Teil der Seele des Dichters, und wo stammt der Freier her, mit dem er da rechnet?
Ich weiß, Rilke hat eine besonders innige Beziehung zum Jenseits und erhält von dort allerlei Nachrichten. So informiert er uns in der ersten »Duineser Elegie«:

»Engel (sagt man) wüßten oft nicht, ob sie unter
Lebenden gehn oder Toten. Die ewige Strömung
reißt durch beide Bereiche alle Alter
immer mit sich und übertönt sie in beiden.«

Man könnte mehr Beispiele geben. Rilkes Gedichte behaupten, von den Toten und ihren Gewohnheiten soviel zu wissen wie nur irgendein ägyptisches Totenbuch. Aber das ist kein okkultes Wissen. In Wirklichkeit sind das nur Rilkes eigene Vorstellungen vom Tod, vielleicht auch der leidenschaftliche Wunsch, den Bereich dessen, was wir wissen können, auf Kosten des über alles gefürchteten Un-Seins zu erweitern, und sei es auch, indem man sich und anderen etwas vorlügt.
Aber mit dieser Überlegung hatte ich eine Möglichkeit gefunden, nicht mehr das Kind mit dem Bad auszugießen – oder die antikischen Sarkophage mit ihren entschwundenen Leichen –, sondern Rilke wieder halbwegs gerecht zu werden. Denn dieses Sich-

etwas-Vormachen angesichts des Todes ist schließlich eine der ältesten Methoden der Menschen, das Leben zum Tode hin zu ertragen. Das kann ich dem Dichter doch nicht einfach verbieten, auch wenn ich persönlich leidenschaftlich versuche, ohne derlei Manöver auszukommen. War ich nicht in Gefahr, fast so kleinlich und pedantisch zu sein wie der Kritiker, der einem Dichter Depriimiertheit oder Häßlichkeit vorwirft, die doch bei ihm nur Spiegelungen der Wirklichkeit sind? Nicht, daß ich meine Meinung nun wieder völlig geändert hätte. Ich gebe jetzt zu, die Angst davor, dem Tod gegenüberzustehen, kann so groß werden, daß der Dichter, wie das Trauernde auch sonst oft tun (nur er eben im Gedicht und mit einem viel originelleren Einfall), in Beiwerk flüchtet, in gerade noch ertragbare Nebensächlichkeiten: »Deine Geschwister wurden erfunden, nur damit du dich daran gewöhntest und dich an zweien Sterbestunden mit deiner eigenen, dritten, versöhntest.« Das wäre dann also der verzweifelte, gerade durch seine Lächerlichkeit so verzweifelt traurige Versuch, dem absolut Sinnlosen noch irgendeinen Sinn anzudichten. Aber das Wort Andichten habe ich aus der Umgangssprache, die darin den Dichter verdächtigt, ein großer Betrüger, ein Schwindler zu sein. Und obwohl hier die Versuchung, sich selbst und andere zu beschwindeln, verzweifelt groß ist, ist es vielleicht doch Aufgabe des Dichters, ihr nicht zu erliegen und weder selbst von Schwindel befallen zu werden, noch uns zu beschwindeln. Oder aber, wenn er uns an dieser Stelle des Gedichtes zeigen will, wie die Menschen sich durch ihre eigenen Gedanken und Interpretationen beschwindeln, müßte er uns das vielleicht doch schön klarmachen, es sozusagen in Gänsefüßchen setzen. Ja, ich glaube, wenn es um Tod und Leben geht, haben die Menschen die Pflicht zur Klarheit beziehungsweise ein Recht auf Klarheit.

Aber freilich, das andere, viel kürzere Gedicht mit seinem Spintisieren über das Schwesterlein geht mir immer noch im Kopf herum und hat für mich seine ursprüngliche Verführungskraft noch immer nicht verloren. Vielleicht weil Rilke hier, zum Unterschied von der anderen Stelle, nicht dem Tod Schützenhilfe leistet, keinen Einfall produziert, durch den man sich an den Tod gewöhnt, sondern im Gegenteil dem Tod durch eine groteske Erfindung einen Teil seiner Macht absprechen will. Da wächst das tote Schwesterlein in Sturmnächten weiter und muß schon schön

sein, und bald wird irgendwer kommen und sie frein! Es ist natürlich Lüge, Lüge, Lüge, vom ersten bis zum letzten Wort, aber Lüge gegen den Tod, zum Unterschied von der anderen Stelle. Es gespenstert gegen den Tod an. Und es ist vielleicht nicht die schlechteste Eigenschaft der Menschen, aus ihrem Lebensgefühl heraus für eine solche Phantasterei etwas übrig zu haben.
Nur, dann, merkwürdigerweise erst nach Jahren, in denen ich dieses Gedicht schon auswendig konnte, erinnerte ich mich, daß auch ich, als ich noch keine zwei Jahre alt war*, eine Schwester hatte. Oder vielmehr, ich hatte sie nicht, denn sie war tot zur Welt gekommen und man verheimlichte mir das zunächst, was aber nicht leicht war, denn man hatte mir wochenlang Zucker gegeben; den mußte ich ins Fenster legen und sagen:

»Klapperstorch, mein guter, bring mir einen Bruder,
Klapperstorch, mein bester, bring mir eine Schwester.«

Auch eine Dichtung von großem kulturgeschichtlichem Interesse, obwohl es auch eine Lüge ist. – Nun, als mir diese tote Schwester einfiel, versuchte ich, mir an Hand des Gedichtes vom Schwesterlein ihre weitere Entwicklung vorzustellen, ihr Schicksal. Und nun stimmte es plötzlich überhaupt nicht mehr, so daß mir auch dieses Gedicht seither verleidet ist. Ich glaube allen Ernstes, daß Rilke mit vielen seiner Deutungen und Beschönigungen ein großer Verführer war. Das ist nicht nur Kritik, sondern auch Anerkennung. Dem Wort haftet nicht nur das Odium der falschen Vorspiegelungen an, sondern auch der Ruhm, ein Meister dieser Vorspiegelungen zu sein. Und die besten Verführer sind, wie mir von fachkundiger Seite versichert wird, die, die zur Zeit der Ausübung ihrer Verführertätigkeit das, was sie mit so penetrantem Erfolg sagen, auch selbst glauben. Ich nehme an, daß Rilke in seinen Dichtungen ein so genialer Verführer war, weil er sie selbst geglaubt hat. Sonst hätte er sich nicht seine große Sensitivität wahren können, die sich nicht nur in Darstellungen und in der Wahl von Bildern und Symbolen zeigt, sondern auch in seiner Beziehung zum Reim, zum Vers, zum Wort, zum Hineingehen ins Wort. Auch da konnte er mitreißen und hinreißen, weil er sich selbst hinreißen ließ, und weil er sich hinreißen ließ, gibt es auch da neben verblüffend Geglücktem und Großartigem immer wieder vieles, woran man sich stößt oder woran man sich eigentlich stoßen müßte.

Hans Egon Holthusen zitiert in seinem Buch »Der unbehauste Mensch«* einen Brief Rilkes aus dem Jahr 1914 an die Fürstin Thurn und Taxis. Da heißt es am Ende der Schilderung eines Spaziergangs: »Gleichviel, es liegt in der Luft, in der Dämmerung liegt es, das Kaminfeuer weiß es, alle Dinge sind überzeugt.« – Die Stimmung wird sehr deutlich gemacht, aber zum Unterschied von Holthusen kann ich diese Stelle nicht bewundern. Diese Beseelung und Anthropomorphisierung der ganzen Umwelt geht mir zu weit. Was kann ein Kaminfeuer wissen? Und die Dinge dieser Welt – das wissen hoffentlich wir – sind weder überzeugt, noch zweifeln sie. In England wird seit einem Jahrhundert selbst ein bescheidener Satz wie »Die Straße will sich ins Unendliche verlieren« als »pathetic fallacy« abgelehnt, als pathetischer Denkfehler. Die Straße will gar nichts. Und ich glaube auch nicht an das wissende Kaminfeuer und an die überzeugten Dinge.
So könnte ich mich stundenlang über Rilke ereifern; ich könnte mit jeder einzelnen Kritik im Recht sein und dem Werk Rilkes dennoch Unrecht tun. Aber, so wenig man mit den verständigten Dingen und dem Bezug und dem Hineinnehmen der Welt in den unsichtbaren Innenraum anfangen können mag, zu diesen extremen Ansichten, Thesen, Geistes- und Lebenshaltungen kommt Rilke doch nicht leichtsinnig, sondern weil seine Sensitivität solche Hilfskonstruktionen, solche Hypothesen brauchte, um ihn, den klugen, fühlenden, reflektierenden Menschen angesichts dessen, was er sah und erfuhr, überhaupt weiter leben zu lassen, differenziert leben, ohne abzustumpfen. Wir mögen das Gekünstelte an Rilkes Beziehungen zu Menschen bedauern, aber wir dürfen doch nicht übersehen, daß dieser Mensch, der in so vielem versagt hat und sich auch selbst vieles versagt hat, um den Preis dieser seiner Unzulänglichkeit, ja seiner gelegentlich objektiv feststellbaren Unechtheit doch andererseits dort, wo die Welt sein Bewältigungsvermögen nicht übersteigt, wo er also echt bleibt, sich nicht von eigener Angst zur Lüge oder Selbsttäuschung verführen lassen muß, sensitiver ist, schärfer beobachten und formulieren kann als mancher tapfere, aber auch stumpfere Zeitgenosse.
Diese Sensitivität zeigt sich unter anderem in Rilkes sehr ernsthaften Wortspielen, die ihm manche übelnehmen; aber ich meine, das Vorurteil gegen das Wortspiel hat im Deutschen viel damit zu tun, daß wir unsere Barockdichtung zum größten Teil verdrängt und

erst in den letzten Jahren wieder ausgegraben haben, sehr zum Unterschied etwa von den Engländern und ihren »Metaphysical poets«*. Darum haben ja Schlegel und Tieck ihren Shakespeare* – bei allen Bemühungen um ihn – immer wieder so verfälscht, haben Wortspiele halbe Szenen lang unübersetzt gelassen oder die subtileren Wortspiele gar nicht bemerkt und ganz allgemein davon, wie wörtlich man einen Dichter nehmen kann und muß, überhaupt nur die blasseste Ahnung gehabt. Die deutsche Übersetzungskunst ist dieser Tradition meist treu geblieben. – Bei Rilke ist das ganz anders. Nicht in seinen Übersetzungen – die waren nicht seine Stärke –, wohl aber in seinen eigenen Dichtungen gewinnt er dem Wort fast alles ab. In der »Ersten Elegie« heißt es:

> »... es bleibt uns die Straße von gestern
> und das verzogene Treusein einer Gewohnheit,
> der es bei uns gefiel, und so blieb sie und ging nicht.«

Daß es der Gewohnheit bei uns gefiel oder nicht gefiel, kann ich zwar um keinen Preis akzeptieren, wohl aber die Intensität und Intimität der Sprache, die uns zu diesem Konzept überreden will. Sehen wir das Wort »verzogene« an. Die Gewohnheit ist wie eine verwöhnte Frau dargestellt, verzogen durch unsere Schwäche, die sie uns zur Gewohnheit machte. Gleichzeitig aber verzieht sie, verzögert sie sich bei uns. Und gleichzeitig ist sie, solange sie bleibt, an unsere Adresse verzogen, einstweilen, vielleicht gar nicht zum Guten. Die Vorsilbe »ver« läßt leisen Tadel in den Satz einfließen; auch ein Satz, der verführt oder hinreißt, weil sich Rilke verführen, hinreißen ließ.

Und ist es denn nur eine Marotte Rilkes, daß eine Gewohnheit personifiziert wird? Nichtmenschliches wird als menschlich und auf den Menschen bezogen dargestellt, um dann den wirklichen Menschen, den wirklichen menschlichen Beziehungen oder Konfrontationen manchmal ausweichen zu können. Nicht immer wird ausgewichen. Im ersten Teil der »Zehnten Elegie« werden Menschen »angesehen«, zuerst das eigene hämmernde, schlagend-geschlagene Herz, dann die Menschen in ihrer falschen, aus Übertönung gemachten Stille. Hier spricht Rilke von Lebensformen, gegen die er sich wehrt, von der Stadt und von dem, was unecht und entmenscht in ihr ist. Er sieht die Stadt mit rückwärts gewandtem Blick, er lehnt sie ab und trauert dem Verlorenen nach. Aber auch der Reaktionär kann ein guter Beobachter sein. Das zeigt – auf ungleich tieferer Stufe – sogar noch das Werk eines Gerd Gaiser*. – Aber kaum ein deutscher Dichter unserer Zeit ist zugleich so scharf und so sensitiv wie Rilke, wenn er schildert, wie

»... in der falschen, aus Übertönung gemachten
Stille, stark, aus der Gußform des Leeren der Ausguß
prahlt: der vergoldete Lärm, das platzende Denkmal.«

Gußform und Ausguß verbindet wieder ein Wortspiel; und das Prahlen des platzenden Denkmals, des vergoldeten Lärms, der wohl ein Nachhall des lauten Prunks der Gründerzeit sein soll, ist keine ausgefallene, willkürliche Projektion, sondern so zwingend wie originell. Das platzende, also überladene, kein Maß mehr haltende Denkmal hängt aber auch mit dem Platz in der Stadt zusammen, den es vulgär macht und zerstört. In der nächsten Zeile sind wir auf diesem Platz, der sich und uns durch falsche Stille aus Übertönung, durch vergoldeten Lärm, durch ein platzendes Denkmal selbstsicher machen und trösten will. Und wieder in der nächsten Zeile läßt Rilke seinen Engel, der kein alttestamentarischer oder christlicher Engel ist, diesen Platz spurlos zertreten (wenn er käme). Das ist ein später, aber ganz echter Anklang an das »Stundenbuch«:

»Denn Herr, die großen Städte sind
Verlorene und Aufgelöste«

Nun, viele Jahre später, in der »Zehnten Elegie«, heißt es:

»O, wie spurlos zerträte ein Engel ihnen den Trostmarkt,
den die Kirche begrenzt, ihre fertig gekaufte:
reinlich und zu und enttäuscht wie ein Postamt am Sonntag.«

Trostmarkt, das ist viel mehr, viel vernichtender als ein verspätetes bissiges Wort gegen einstige Ablaßkrämerei. Das ist die kaufende, käufliche Welt der Stadt. Auch daß die Kirche als fertig gekauft bezeichnet wird, hängt mit dem Marktcharakter des unechten Platzes zusammen. Und die Kirche »begrenzt« den Trostmarkt nicht etwa nur stadtgeographisch. Die Begrenztheit ist als Beschränktheit dargestellt, knapp und niederschmetternd.

Eine Welt des Marktens, der weltlichen und geistlichen Weltmarktgängigkeit. Und in der nächsten Zeile beginnt die Darstellung des Jahrmarktreichs der Freiheit. »Draußen aber kräuseln sich immer die Ränder von Jahrmarkt.« Wenn sich die Ränder kräuseln, ist der Gegenstand vielleicht nicht mehr ganz so frisch, vielleicht nicht gar so begehrenswert. Und zugleich heißt es, daß es krause Ränder sind, seltsame, aber auch aufgeputzte, »behübschte«.

Übrigens, wohlgemerkt, nicht die Ränder *des* Jahrmarkts, sondern die Ränder *von* Jahrmarkt. Die Ränder haben den bestimmten Artikel, sie sind *immer* da, aber es ist nicht *der* Jahrmarkt, auch nicht *ein* Jahrmarkt, sondern Jahrmarkt ist eine der Formen des Lebens ... Rilke sagt, »die Ränder von Jahrmarkt«, wie man auch sagen könnte »die Anzeichen von Lebenslust«.

In den nächsten Zeilen wird diese Dichte der Aussage beibehalten ... »Schaukeln der Freiheit« ... das Freiheitsgefühl der sich Aufschwingenden und zugleich das Abhängigsein, das Angehängtsein der Schaukel. Das ist genauso treffend wie Trostmarkt. – Und so geht es noch siebzehn Zeilen lang weiter, und so wird der Anfang der »Zehnten Elegie« zu einem Höhepunkt der modernen Weltliteratur.

Dann aber kommt wieder einmal eine Beziehung zu etwas Nichtmenschlichem, in Worten dargestellt, die man sonst für eine menschliche Beziehung gebraucht und die außerdem noch deutlich an Schillers »Glocke« anklingen, wo der Jüngling errötend den Spuren seiner Geliebten folgt und die Fluren durchstreift. Rilke schreibt:

> »Weiter noch zieht es den Jüngling; vielleicht, daß er eine junge Klage liebt ... Hinter ihr her kommt er in Wiesen. Sie sagt: – Weit. Wir wohnen dort draußen ...
> Wo? Und der Jüngling
> folgt. Ihn rührt ihre Haltung, die Schulter, der Hals –, vielleicht ist sie von herrlicher Herkunft. Aber er läßt sie, kehrt um, wendet sich, winkt ... Was solls? Sie ist eine Klage.«

Auch das *kann* man – wie heißt es doch – nachvollziehen, wenn man unbedingt *will*, und man kann es auch deuten, gewiß. Ist das nicht unter anderem die »Anima« Carl Gustav Jungs, dessen Generationengedächtnis und kollektives Unbewußtes die »Dritte

Elegie« so grandios vorweggenommen hat? – Möglich. Aber in den nächsten Zeilen, die uns verraten, wie nur die jungen Toten mit der Klage in engere Berührung kommen, wird dann auch das Nachvollziehen herzlich schwer, bei aller Überredungskunst des Dichters, der sich hier wieder hinreißen ließ, offenbar auch vom Zusammenhang zwischen Toten und Klage als Totenklage. Das ist hier bei ihm die Klage der Toten, die den Toten nahestehende Klage – und nicht, wie gewöhnliche, noch nicht gestorbene Sterbliche meinen könnten, die Klage um die Toten:

»Nur die jungen Toten, im ersten Zustand
zeitlosen Gleichmuts, dem der Entwöhnung,
folgen ihr liebend. Mädchen
wartet sie ab und befreundet sie. Zeigt ihnen leise,
was sie an sich hat. Perlen des Leids und die feinen
Schleier der Duldung. – Mit Jünglingen geht sie
schweigend.

Aber dort, wo sie wohnen, im Tal, der Älteren eine, der Klagen, nimmt sich des Jünglings an, wenn er fragt: – Wir waren, sagt sie, ein großes Geschlecht, einmal, wir Klagen...«

Nein, auf die Gefahr hin, des Sakrilegs beschuldigt zu werden: Das ist ganz und gar mißglückt, vom Auftauchen der jungen Klage an, schon lange bevor uns wieder Totennachrichten vermittelt wurden. Auch die Sprachkraft, die Intensität der Bilder und Symbole ist mit dem Anfang der Elegie bis zum Auftauchen der ersten jungen Klage nicht zu vergleichen. Es wird Geschwätz. Rilke läßt sich von der Idee der Vermenschlichung der Klagen so hinreißen, daß er seine Klagen reden läßt wie Damen aus heruntergekommener Adelsfamilie, die der guten alten Zeit nachtrauern. Holthusen, der Rilke, weiß Gott, nicht wenig rühmt und bei dem selbst die Worte »von Innerlichkeit durchtränkte Atmosphäre« allem Anschein nach als Lob gemeint sind, kennt seinen von ihm über alles verehrten und auch imitierten Dichter dennoch gut genug, um auch zuzugeben, daß es zu Preziositäten und peinlichen Verzerrungen kommt und nicht selten zum Umschlagen ins unfreiwillig Komische. Holthusen zitiert einen Brief aus dem Jahr 1912, in dem Rilke Toledo rühmt und schreibt: »Aber draußen auch wieder, kaum hundert Schritte von dieser unübertrefflichen

Stadt, müßte es denkbar sein, auf einem der unverheimlichten Wege einem Löwen zu begegnen und ihn sich durch irgend etwas Unwillkürliches in der Haltung zu verpflichten.« – Nun ja. Ich bin gar nicht so sicher, ob nicht auch der Versuch des Jünglings, einer jungen Klage nachzugehen, und die Familiengeschichte der Klagen, die eine ältere Klage einem jungen Toten erzählt, später einmal ihren Platz neben Schillers »Gang nach dem Eisenhammer«* unter den unfreiwilligen Parodien der deutschen Literatur einnehmen werden.

Holthusen spricht mit Recht von der Zeitfeindlichkeit, vom intellektuellen Narzißmus Rilkes, und dann etwas zu allgemein von der Wirklichkeitslosigkeit, Gefühlsunsicherheit und religiösen Obdachlosigkeit des modernen Menschen... Das sind doch wohl alles nur Ansätze zu einer Diagnose, die lauten müßte: Entfremdung, Selbstentfremdung. Oft und oft, im »Malte« und in seinen besten Versen, stellt Rilke Opfer der Entfremdung dar, den Gefangenen, die Waise, den Schwachsinnigen. Der erste Teil der »Zehnten Elegie« ist – trotz allegorischer Brechungen, ja vielleicht gerade erst durch diese ermöglicht – eine der großartigsten Entfremdungsdarstellungen der Lyrik unseres Jahrhunderts und erinnert an den anderen Prager Dichter der Entfremdung, Franz Kafka. Aber immer wieder, und oft auf der Suche nach Schönheit – einer Suche, zu der der Mensch berechtigt ist, aber nicht um den Preis der Wirklichkeitsverfälschung –, wird Rilke weit mehr zum Opfer der Entfremdung, als Kafka es in seinen Werken je wurde. Der Sinn für das Mögliche – auch für das dichterisch Mögliche in einer poetischen Konstruktion – läßt ihn oft im Stich, wie etwa angesichts des Löwen, den er vor Toledo trifft (und gerade, weil er ihn ja in Wirklichkeit nicht getroffen hat!). Rilke ist – eben auf Grund der Entfremdung – von seinen Gedanken und Emotionen unendlich verführbar, auf eine Art, wie Kafka es in seinen Werken so gut wie nie war. Aber wo ihm das nicht widerfährt, dort hat er, zum Teil eben dank seiner Weigerung sich abzuhärten und abzustumpfen, soviel zu sagen, soviel Grandioses im einzelnen auch dort noch, wo seine Konzeption unhaltbar oder nur eine Scheinkonzeption ist, wie sonst in der modernen deutschen Lyrik vielleicht nur noch sein äußerster Antipode, Bertolt Brecht.

1966

Stanislaw Jerzy Lec

Drei, vier Aphorismen, auf gut Glück aus einem schmalen Bändchen. Zum Beispiel:

»Aus einer Reihe von Nullen macht man leicht eine Kette.« Oder, gewissermaßen als Beitrag zur Dialektik des Themas: »Das schwächste Glied einer Kette ist ihr stärkstes: An *ihm reißt* die Kette.« Oder: »Es gab Zeiten, da man die Sklaven legal kaufen mußte.« Oder: »Wenn ein Menschenfresser mit Messer und Gabel ißt – ist das Fortschritt?«

Diese Aphorismen sind in vielen Ländern bekannt, in der Bundesrepublik und in England, in Polen und in der Tschechoslowakei, aber in der DDR sind die Aphorismen-Bände des Dichters und Schriftstellers Stanislaw Jerzy Lec noch immer nicht erschienen, und auch die Ausgaben aus anderen Ländern wandern bei Ihnen höchstens heimlich in einigen wenigen Exemplaren von Hand zu Hand. Dabei war Deutsch die zweite Sprache von Lec, er hatte in Wien studiert, und als wir vor einigen Jahren in Wien* darüber sprachen, daß man seine Aphorismen in der DDR noch nicht veröffentlicht, sagte er mit täuschend österreichischem Tonfall: »Nur net brummen, wird schon kummen.« Dann fügte er zu diesem alten Sprüchlein in korrektem Hochdeutsch seinen eigenen Kommentar hinzu: »Allerdings, *ohne* Brummen kommt es erst recht nicht. Wir dürfen die fortschrittliche Funktion des Brummens nie unterschätzen!« Aber obwohl er, auch in seinen Aphorismen, viel gebrummt hat, war Stanislaw Jerzy Lec im Grunde ein Optimist, ein Optimist mit nicht allzu vielen Illusionen, wie er das nannte. Er glaubte, in einigen Jahren werde er auch in der DDR gedruckt werden und Vorlesungen halten können, ebenso wie in seiner Heimat, in Polen.

Nun, er hat es leider nicht mehr erlebt. Die Nachwehen des von ihm so gehaßten Stalinismus haben in der DDR zu lange gedauert, dauern immer noch, und Stanislaw Jerzy Lec ist am 7. Mai gestorben. Gewiß, er wird Recht behalten, seine Bücher *werden* auch in der DDR erscheinen. Wie er es in einem Aphorismus sagt: »Einen Leierkasten kann man rückwärts drehen, die Melodie nicht.« – Aber er selbst wird bei Ihnen drüben keine Vorlesungen mehr hal-

ten können. Nicht einmal 60 Jahre alt ist er geworden. Er wurde 1909 in Lemberg geboren. Seine Schulzeit hat er in Wien verbracht, dann wieder in Lemberg Jura studiert. (...) Im Krieg war er KZ-Häftling und entrann dem Tod wirklich nur wie durch ein Wunder, aber er war auch Offizier in der polnischen Widerstandsbewegung. Nach dem Krieg gehörte er dem diplomatischen Dienst der jungen polnischen Volksrepublik an. Damals war er wieder in Wien, als polnischer Kulturattaché, aber als der Stalinismus sich auch in Polen mehr und mehr zu konsolidieren schien, und *mit* dem Stalinismus auch der Antisemitismus, entschloß sich Lec schweren Herzens, sich loszumachen und verbrachte dann einige Zeit in Israel. Aber die Abwendung des alten Widerstandskämpfers und überzeugten sozialistischen Humanisten war keine dauernde: Nach Stalins Tod ging er wieder nach Polen zurück und wurde einer der klügsten, schärfsten und auch bekanntesten Schriftsteller des heutigen Polen. Sein erster großartiger Aphorismenband erschien 1959 in Krakau, und kurz danach in der Bundesrepublik. Karl Dedecius, der sich um die Übersetzung moderner polnischer Literatur ins Deutsche besondere Verdienste erworben hat, hat diese Aphorismen nicht nur übersetzt, sondern hat Lec für die deutsche Literaturwelt überhaupt erst *entdeckt* und den Carl Hanser-Verlag in München dazu überredet, dieses Buch zu veröffentlichen. Mittlerweile ist dort schon ein zweiter Band erschienen, die »Neuen unfrisierten Gedanken«. (...)
Besonders in den letzten Jahren wurde der Erfolg dieser Aphorismen immer größer. Und wirklich, sie stellen eine Hilfe beim Denken dar, eine Art Reinigungsmittel des Geistes, das besonders gut mit Heuchelei und Phrasen aller Art fertig wird, vor allem auch mit den Phrasen des Stalinismus. Denn wie gesagt, dieser gesprächige rundliche Mann Lec war ein guter sozialistischer Humanist. Drum schreibt er: »Im Kampf der Ideen fallen Menschen« oder: »Alles sollte man dem Menschen opfern. Nur nicht den Menschen«.
Als ich ihn zum ersten Mal in Wien traf – wir beide waren von der Österreichischen Gesellschaft für Literatur eingeladen worden –, hielten wir unsere Vorlesungen in einem alten Palais, nur zwei oder drei Minuten entfernt von der Kapuzinergruft, dem Erbbegräbnis der alten österreichischen Kaiser. Lec sagte nach seiner Vorlesung: »So, und jetzt werde ich einmal in die Kapuzinergruft

gehen und mich umschauen.« – »Was wollen denn Sie in der Kapuzinergruft, Meister«, fragten die Gastgeber den Besucher aus der Polnischen Volksrepublik. »Ja«, meinte er verschmitzt, »ich will schauen, ob der Kaiser Franz Joseph noch dort liegt. Heutzutage kann man das nämlich nie genau wissen.« Es war kurz nach der Verbannung der Mumie Stalins aus dem Lenin-Mausoleum.

Als ich Stanislaw Jerzy Lec zum letzten Mal sah, in London, blätterte er unter meinen Büchern und Manuskripten und fand auch Arbeiten von Professor Robert Havemann*, von dem er sofort zu sprechen begann, denn wie viele polnische Intellektuelle war er empört über die Schikanen und Anschuldigungen, mit denen man gegen Robert Havemann vorging. Wir kamen darauf zu sprechen, daß der Rektor der Humboldt-Universität, der mit salbungsvollen Phrasen über Sozialismus die Ausstoßung Havemanns von der Universität verkündet hatte, seinerzeit Nazi war, zum Unterschied von Havemann, der, ebenso wie Stanislaw Jerzy Lec im Zweiten Weltkrieg Widerstandskämpfer und Häftling der Nazis gewesen war. Lec sagte seine Meinung dazu auf eine für ihn besonders charakteristische Art. Er holte sein Büchlein »Die unfrisierten Gedanken« aus meinem Bücherschrank und sagte:

»Da haben Sie, Fried, Seite 14, Seite 24 und Seite 50.« Auf Seite 14 und Seite 24 standen Aphorismen, die sich auf den alten Nazi bezogen, der nun zum stalinistischen Einpeitscher geworden war: »Wer in der Hölle Litzen trug – trägt auch im Himmel Achselstücke.« Und zweitens: »Kanntest du vor Jahren eine Hyäne und begegnetest du ihr nach Jahren in der Gestalt eines Eichhörnchens wieder, dann möge dich das nachdenklich stimmen.« Allerdings, es stimmt mich immer noch nachdenklich. Namentlich, da es auch auf Professor Dr. Werner Hartke, ehemals Blockleiter und NS-Führungsoffizier von Schellenbergs Gnaden und heute immer noch Präsident der Deutschen Akademie der Wissenschaften zu Berlin, so verteufelt gut paßt, noch besser sogar als auf den Rektor der Humboldt-Universität!

Der dritte Aphorismus aber, den Lec mir in seinen »Unfrisierten Gedanken« gezeigt hatte, lautete: »Man bedenke, daß in demselben Feuer, das Prometheus den Göttern gestohlen hatte, Giordano Bruno* verbrannt wurde.« Es ist vielleicht kein Zufall, daß seither im Zusammenhang mit der Verfolgung Professor

Havemanns schon mehrere Menschen, im Westen und im Osten, auch in Polen, den Namen des Giordano Bruno aus Nola, den auch Brecht gefeiert hat, genannt haben. (...)

Beitrag für die BBC, 1966

1967, während der Tagung der »Gruppe 47«, mit reicher Pilzernte

Erich Fried und Günter Eich, 1967

Engagiertes Spiel

Das erste, was ich von Günter Eich kennenlernte, waren Hörspiele. Aber leider zuerst nicht im Funk, nur gedruckt. Schon damals beeindruckte mich besonders die Mischung von dem, was man später Theater des Absurden nannte, und von unmittelbarer Menschlichkeit, die das Eigentliche war, außer der großen Erfindungsgabe, die mich gleich packte. Ich weiß noch, ein Teil eines aus mehreren Teilen bestehenden Hörspiels »Träume« handelte davon, wie eine Mutter ihr Kind* an reiche Herrschaften verkauft, mit dem Kind hinkommt, das noch Angst hat und das sie zu beruhigen versucht. Den Käufern preist sie auch besonders die Intelligenz und die guten Manieren des Kindes an, aber es handelt sich in Wirklichkeit bei ihnen nur um Menschenfresser. Der reiche Mann glaubt, daß das Blut des Kindes für seine Gesundheit gut ist, und er trinkt es auch. Diese Szene, die vielleicht auch ein wenig an Swifts Aufforderung*, das Fleisch der Kinder der Armen zu essen, erinnert, spielt in einem sagenhaften China, nicht im heutigen China, auch nicht im gestrigen; und nicht nur dieser Schauplatz erinnerte mich an Bertolt Brecht, nein, auch das Lehrhafte im Absurden war es. Eigentlich sind alle Hörspiele von Günter Eich auch Lehrstücke, nicht im parteipolitischen Sinn natürlich, aber vom Menschlichen her kommt er zu gar nicht so ganz anderen Resultaten als Brecht. Nun, meine erste wirkliche Begegnung fand einige Jahre später statt, auch noch keine persönliche Begegnung, die kam erst viel später. Ich meine die Begegnung mit den Hörspielen nicht im Druck, sondern akustisch, lebendig. Ich war in Hamburg zu Besuch, der dortige Chef der Hörspielabteilung* bestand darauf, daß ich mir, gewissermaßen als Gegengewicht gegen mein Leben im Ausland, nun einige Tonbänder mit Hörspielen hintereinander anhören solle. Das war ziemlich erschrekkend. Aber dann hörte ich ein Hörspiel von Günter Eich: »Festianus Märtyrer«*, und dann hörte ich gleich noch drei Hörspiele von Günter Eich hintereinander an, aus freien Stücken, froh über diese Gelegenheit. Ich halte ihn überhaupt für den besten Hörspielautor, den ich kenne.

Auch in »Festianus Märtyrer« war es wieder diese merkwürdige Mischung von Absurdem und ungeheuer Aktuellem. Absurdes und Aktuelles gehen ja leider gut zusammen, und Günter Eichs Hölle war von Gestalten bevölkert, die aus der Erfahrungswelt des Dritten Reiches, aus dem Leben der Konzentrationslager-Beamten stammen. Und immer wieder wurde dabei auch das Einzelschicksal des gemarterten Menschen wirksam.
In seinem Christentum und in seinem Studium alter chinesischer Weisheit hat Günter Eich jedesmal die wirkliche Religiosität, die wirkliche Philosophie, ohne jede erstarrende Struktur, für sein Werk gewonnen. Es ist deshalb immer ein zeitnahes Werk. Und auch wenn er selbst nicht in aktuelle politische Kämpfe einzugreifen pflegt, ist es ganz klar, wofür und wogegen er steht. Es ist kein Zufall, daß heute in Deutschland junge Studenten, die gegen den Krieg in Vietnam, gegen die Bomben in Hanoi protestieren, in Günter Eichs Versen, die sie zitieren, die Aussprüche eines Verbündeten sehen. Jeder wirkliche Abstand von menschlichen Dingen ist für Eich etwas Unmenschliches. Daher gewinnen auch Günter Eichs Gedichte ihre Einfachheit, ihre Eindringlichkeit. Das ist nicht nur erlernte Poetik aus der klassischen chinesischen Literatur, sondern das ist viel mehr. Und deshalb hat es mich auch im Zusammenhang seines Gesamtwerks gar nicht gewundert, daß eines seiner neuen Werke ein groteskes Puppenspiel ist, ein Puppenspiel, das eine gespenstige Warnung vor einem dritten Weltkrieg oder vor den Folgen eines dritten Weltkriegs und Atomkriegs ist. Und deshalb war ich auch gar nicht erstaunt, sondern nur erfreut, daß ich von dem angeblich so unpolitischen und abseits stehenden Lyriker Günter Eich vor kurzem ein so engagiertes und in der Bundesrepublik so bitter nötiges wie bitteres Gedicht fand, wie die Verse »Seminar für Hinterbliebene«. Mit diesen Versen möchte ich heute schließen. Denn sie scheinen mir charakteristisch dafür, daß Günter Eich auch in einer Richtung, in der viele ihn gar nicht kennen, uns sehr viel weiterhin zu sagen hat.

Seminar für Hinterbliebene

Während die Toten
hurtig erkalten,
ein langsamer Walzer
für die SPD.
Genug von Rosenbouquets
für den richtigen Anlaß,
sprecht endlich von
zerknüllten Drucksachen
und der Gulaschsuppe,
die albern schwappt
über gestreifte Hosen.
Wir brauchen eine
heimatverbundene Zither
für fünf Plätze
in einem wirklichkeitsnahen
Regierungsbunker.

1967

Bemerkungen zu einem Kult

Über Ernst Jünger läßt sich viel aussagen: daß er ein Mann ist, für den zeitlebens das Militärische großen Reiz hatte; daß er Gegenstand eines Kultes ist (eine Minoritäts-Subkultur), könnte ein genügend boshafter Kritiker im Soziologenjargon sagen; daß er einen Stoß Bücher von sehr verschiedenem – meist nicht besonders großem – literarischem Wert geschrieben hat; daß er ein Schriftsteller der Rechten war, ein faschistischer Denker, soweit man ihn als Denker gelten lassen will; daß er sich vom offiziellen Naziliteraturbetrieb nicht integrieren lassen wollte und tatsächlich nicht ganz integrieren ließ; daß er beträchtliche Zivilcourage an den Tag legte (bei einem so soldatischen Menschen ein sonderbares Charakteristikum); daß er trotz dieser Zivilcourage und trotz seiner Verbindung zu Militärs des 20. Juli* nach Kriegsende aus den zwölf Jahren Hitlerherrschaft nicht allzuviel gelernt hat und in der Folgezeit keineswegs bessere oder wichtigere Bücher schrieb als zuvor; daß er in der Bundesrepublik hohe Ehren empfing, soweit angesichts aller sonst bekannten Umstände eine Ehrung etwa durch Heinrich Lübke* als solche gelten kann.
Im Krieg, in England, fand ich »Auf den Marmorklippen«* zwar literarisch nicht erheblich, aber tapfer. Es schien wichtig und interessant, daß es derlei gab. Ähnlich reagierte ich auf vieles in den Kriegstagebüchern*. Die erste große Enttäuschung war dann nach dem Krieg »Heliopolis«*. Ich hatte kein Recht, enttäuscht zu sein; es war nichts anderes zu erwarten gewesen.
Jünger war Faschist und ist es in Entscheidendem geblieben. Daß auch ein Faschist ein Mensch ist, sollte eine Binsenweisheit sein; Jünger gehört sicher nicht zu denen, die sich bemühten, einen das vergessen zu machen. Das spricht für ihn. Daß ein Mensch über interessante Bewußtseinsinhalte verfügen kann, die besonders dann auffallen, wenn die Unmenschlichkeit anderer Mitglieder seines Kollektivs einen wirksamen Kontrasthintergrund abgibt, ist ebenfalls nicht verwunderlich. Antifaschisten, die Humanisten waren (was man heute in der Bundesrepublik oft nur mehr dort vermerkt, wo auch dieses Wort schon als schimpflich gilt), waren so ausgehungert nach den geringsten Zeichen von Menschlichkeit

auf der anderen Seite, daß vielleicht deshalb Jünger von vielen jahrelang überschätzt wurde. Männer der Rechten haben ihn – manche erst nach Hitlers Ende – aus ganz anderen Gründen geschätzt und überschätzt: hier boten sich Alibimöglichkeiten!
Als nach dem Attentat auf Hitler Jüngers Leben gefährdet schien, habe ich um ihn gebangt. Als die Alliierten ihm nach Kriegsende keine Publikationserlaubnis* erteilen wollten, habe ich protestiert. Beides tut mir nicht leid. Aber heute ist der längst wieder deutliche Jüngerkult als ein gefährlicher Unfug zu erkennen, und viele, die ihm anhängen, halte ich für anrüchig. Ernst Jünger selbst kann man vielleicht am besten verstehen, wenn man an Walter Benjamins Worte* von der Ästhetisierung der Politik durch den Faschismus denkt. Die treffen für den Jünger der »Stahlgewitter« ebenso zu wie für den Verfasser der »Marmorklippen«, der »Kriegstagebücher« und der Arbeiten, die auf »Heliopolis« folgten. Von da aus sind seine subjektiv zweifellos echten, ehrlichen und zum Teil mannhaft bestandenen Konflikte zu begreifen und zu bewerten. Als kulturgeschichtliche Erscheinung (oder als Scheinkulturmensch in der Geschichte der Unkultur) ist Jünger von hohem Interesse. Ihn aber heute zu feiern, während ein Walter Benjamin (der 1967 75 Jahre alt geworden wäre, wenn er nicht 1940 auf der Flucht vor der Gestapo Selbstmord begangen hätte) immer noch den meisten Deutschen – und schon gar den meisten, die Jünger feiern – unbekannt bleibt, ist entweder fehl am Platz oder aber es verrät, daß es gar nicht fehl am Platz ist; dann aber sagt das nur einiges gegen den Platz, nämlich die heutige Bundesrepublik und ihr Kulturleben.

1968

Konflikte und Widersprüche
Überlegungen zum Antisemitismus Ezra Pounds

Ezra Pounds Tod am 1. November 1972, zwei Tage nach seinem 87. Geburtstag in einem Krankenhaus in Venedig, hat in England und in Amerika wieder die große Debatte über seinen Rang als Dichter, als Weiser oder Narr der modernen Literatur, als Neuerer und Reaktionär entfacht, die eigentlich nie mehr ganz aufgehört hatte, seit die Amerikaner am Ende des Zweiten Weltkrieges ihren schon 1907 nach Europa entflohenen Dichter als faschistischen Propagandisten Mussolinis festnahmen, viele Wochen lang in Pisa unter freiem Himmel in einem Käfig hielten (die »Pisan Cantos«*, die einige der bedeutendsten Passagen seines Spätwerks enthalten, entstanden in diesem Käfig) und als Verräter gefesselt nach den Vereinigten Staaten zurückbrachten, wo ihn ein Irrenhaus, in dem er dreizehn Jahre blieb, vor den Kugeln des Hinrichtungspelotons rettete.

Ezra Pound war der einzige umfassende literarische Neuerer – abgesehen von den eingleisigen und trotz ihrer lauten Manifeste im Vergleich zu ihm geringfügigen und fast pedantischen Futuristen –, der sich zu den Faschisten schlug. Ohne Pound ist die Erneuerung der englischen und amerikanischen Dichtung im ersten Drittel dieses Jahrhunderts undenkbar, nicht nur der Imagismus und T.S. Eliot, sondern auch die entscheidende Entwicklung der späteren Lyrik eines Yeats. Eliot, James Joyce, Wyndham Lewis*, Robert Frost* und viele andere verdanken ihm ihr erstes Bekanntwerden, die meisten von ihnen auch grundsätzlichen Rat und unermüdliche Einzelkorrekturen. Eliot, der ihn 1922 in seiner berühmten Widmung des »Waste Land«* den »besseren Dichter« genannt hat, sagte mir, Pound habe sich bei seinen Korrekturvorschlägen zum »Waste Land« nicht nur als der bessere Architekt eines langen Gedichtes erwiesen, nicht nur als feinfühliger, sondern auch als weit humaner und vorurteilsfreier als er selbst. Der Nobelpreis hätte eigentlich Pound weit mehr als ihm gebührt.

Nach Eliots Tod, als auch die von Pound zusammengestrichene Urfassung des epochemachenden Gedichtes veröffentlicht wurde,

zeigte sich, daß Pound tatsächlich dem »Waste Land« überhaupt erst Gestalt gegeben, daß er aber auch antisemitische und andere gehässig-kleinliche Abschnitte rigoros weggestrichen hatte. Diese Kritik hat zweifellos auch Eliots Denken beeinflußt.
Andererseits sind Pounds antisemitische Äußerungen in seinen Rundfunkreden im Zweiten Weltkrieg und seine blutrünstigen Kommentare zum Krieg gegen die Sowjetunion barbarischer als etwa die Äußerungen Mussolinis, ja selbst Himmlers, zu diesen Themen, und auch in seinen »Cantos« finden sich immer wieder antisemitische Äußerungen, die durch nichts zu rechtfertigen oder zu entschuldigen sind.
Vielleicht wegen seines für einen Faschisten höchst ungewöhnlichen, in der Literatur der Hitlerzeit jedenfalls völlig fehlenden Avantgardismus, vielleicht auch wegen seiner vielen dichterisch und menschlich sympathischen Eigenschaften wurde diese Seite Pounds in Deutschland in den letzten 25 Jahren meist taktvoll verschwiegen oder unterbelichtet, und auch die Kritiker, von dem Amerikaner Kenner* (dessen Leistung an Prof. Donald Davie*, »Ezra Pound: Poet as Sculptor«, nicht heranreicht) bis zu Frau Gerhard*, fanden oft gerade in ihrer Eigenschaft als Apologeten und Entschärfer besonderes Gehör. Durch solches Vorgehen aber erweist man weder dem kulturgeschichtlichen Verständnis noch dem, was an Pounds Einfluß und Werk wertvoll ist, einen wirklichen Dienst.
Zunächst muß man vielmehr feststellen, daß Pound trotz einer ausgeprägten romantischen Tendenz seiner früheren Gedichte nicht durch den Konservatismus, sondern durch eine subjektiv ehrliche Rebellion gegen die schlechte und entfremdete bestehende Kultur zum Faschismus gekommen ist. Die ungeheuerlichen Mißverständnisse aber, deren Opfer er während dieser Rebellion wurde, sind weniger erstaunlich, wenn man Pounds Maske umfassender Bildung nicht zu ernst und ihn nicht für den »poeta doctus« nimmt, als den er sich ausgibt.
Sein Interesse für Literatur und Kunst und für ihre gesellschaftlichen Kreuz- und Querverbindungen ist in der Tat umfassend und erstarrte nie, auch nicht gegen Ende seines Lebens. Sein philosophisches, historisches und gesellschaftswissenschaftliches Wissen hingegen war nicht gut fundiert, auch nicht wirklich funktionell, sondern erinnert mit seiner Überschätzung ausgefallener

Einzelinformationen oft an ein Kuriositätenkabinett aus alter Zeit.
Wo ein autodidaktisches Bildungskonzept dieser Art mit großer Bereitschaft, Urteile zu fällen, mit großer Zivilcourage und dem Bedürfnis, die Ästhetik zum Kriterium und Zufluchtsort auch für ethische und gesellschaftliche Fragen zu machen, zusammenfällt, dort entsteht – teils durch Ästhetisierung der Politik, wie Walter Benjamin* einmal erklärt hat – leicht eine faschistische Haltung, bei uns etwa der Ernst Jüngers* zu vergleichen, dessen Geschmack sich so wenig wie der Pounds mit den langweiligen, altbackenen Kunstvorschriften des Nationalsozialismus zufriedengab. Freilich konnte bei Pound wie bei Jünger das konsequente Festhalten an der eigenen Ästhetik die Integrität des Individuums auch manchmal retten, wenn sie auch nicht den Ausweg aus dem verhängnisvollen Fehler der Ästhetisierung der Politik zeigen konnte, der in Pounds Werk schon lange vor seiner manifesten Parteinahme für den Faschismus in seinem großen Gedicht »Hugh Selwyn Mauberley«* zutage tritt.
Von Pounds Antisemitismus muß gesagt werden, daß er gewissermaßen abstrakter Art ist, zum Unterschied etwa von Eliot, der – niemand weiß, wie lange, ganz sicher aber in jüngeren Jahren – körperlichen Abscheu vor Juden empfand, eine Eigenschaft, die Pound erschreckte und von ihm kritisiert wurde. Ob von den beiden Freunden nicht Eliot eigentlich der reaktionärere und weniger humane war, wie er gelegentlich selbst angedeutet hat, ist überhaupt noch die Frage. In diesem Fall wäre Pounds offenes Bekenntnis zum Faschismus zum Teil durch sein größeres Draufgängertum, durch seine geringere Rücksicht auf gute Manieren und gesellschaftliche Konventionen zu erklären, wie er sie ja auch in seinem Privatleben gezeigt hat.
Fest steht, daß Pound – zum Unterschied von Eliot – immer auch persönliche Freunde und Schüler hatte, die Juden waren, und daß er ihnen oft geholfen oder zu helfen versucht hat. Was ihn vor allem zu judenfeindlichen Äußerungen veranlaßte, waren nicht jüdische Schwächen oder Eigenarten wie bei Eliot, sondern die fixe Idee, daß Judentum und Wucher (»usury«) gleichzusetzen seien. Wenn von Pound-Apologeten darauf hingewiesen wird, daß sich Ähnliches beim jungen Karl Marx in seinen Äußerungen zur Judenfrage finde, so schneidet bei allen interessanten Einzel-

heiten eines solchen Vergleichs Ezra Pound dabei doch schlecht ab. Während Marx auf dem Wege zu einer umfassenden gesellschaftlichen Erkenntnis mit beißender Schärfe gegen jede etwaige Voreingenommenheit zugunsten des eigenen Milieus reagiert und dadurch en passant auch die erzreaktionären Grundlagen der Ideologie des Zionismus noch vor dessen Geburt entlarvt, macht Ezra Pound sich aus zwei oder drei Informationsbrocken über die Familie Rothschild (wovon die wichtigste, ein Brief aus dem 19. Jahrhundert, noch dazu falsch war!) ein Teufelsbild und aus Major Douglas'* Schwundgeldtheorie vom »Social Credit« eine Heilslehre, die ihn ohne gewissenhafte historische oder philosophische Arbeit schnurstracks zum Faschismus geführt hat. Wäre Pound aus dem jüdischen Milieu eines Marx gekommen, so wäre er zweifellos ein verbissener Zionist geworden (allerdings im guten Glauben, damit eine rebellische Neuererfunktion zu erfüllen).

Die Widersprüche bei Pound werden auch selten dialektisch fruchtbar, sondern zeigen sich als Widersprüche zwischen einer Großzügigkeit und literarischen Feinfühligkeit, die sich gegen die Entfremdungen und Verzerrungen auflehnt, die die Vorurteile einer engstirnigen reaktionären Heilslehre und einer, um mit Ernst Bloch zu sprechen, »schiefen Rebellion« ihnen immer wieder aufzuzwingen suchen. Aber zu einer denkerischen oder dichterischen Auseinandersetzung zwischen diesen Gegensätzen ist es bei Pound nie gekommen, es blieb eine Zerrissenheit, die auch manchmal seine »Cantos« zerstört.

Daß die reaktionäre Kultur einer reaktionären herrschenden Klasse das Werk eines Dichters verzerrt, ist weiter nicht erstaunlich. Auch Eliot und Yeats, auch Rilke und Benn, auch Hamsun und Celine, ja auch Thomas Mann und H.W. Auden sind größeren oder geringeren Verzerrungen dieser Art nicht entgangen. Erstaunlicher ist schon, was von Ezra Pound an wichtigen und brauchbaren Einflüssen übrigbleibt. Jedenfalls unvergleichbar mehr als von einem Benn oder Auden.

1972

Paul Celan

DAS FREMDE
hat uns im Netz,
die Vergänglichkeit greift
ratlos durch uns hindurch,

zähl meinen Puls, auch ihn,
in dich hinein,

dann kommen wir auf,
gegen dich, gegen mich,

etwas kleidet uns ein,
in Taghaut, in Nachthaut,
fürs Spiel mit dem obersten, fall-
süchtigen Ernst.

Auch ein Liebesgedicht

Oft wird behauptet, Paul Celans Gedichte, namentlich die späteren, seien unverständlich, und sein Ansehen stütze sich auf den schönen Klang, auf die Dunkelheit seiner Verse und auf die Eindringlichkeit der wenigen verständlichen Stellen. In diesem Gedicht hier – aus dem Nachlaßband »Zeitgehöft« – sind Sprache, Inhalt, Lebens- und Sterbensgefühl unverkennbar Celans Eigenart. Das Gedicht ist auch auf den ersten Blick als einheitlich zu erkennen. Es fordert die Frage, wieviel verstanden werden kann, geradezu heraus.

Die ersten zwei Zeilen geben die Grundsituation an. Ein Schicksal hat uns im Netz. Ein Schicksal, das anscheinend von außen kommt, mit dem der Dichter sich nicht identifizieren und das er nicht ganz enträtseln kann. Daher »Das Fremde«.

Eine Macht, die auch *in* diesem Netz waltet, ist die Vergänglichkeit. Sie ist unser Los und macht uns zuletzt zunichte, gleichviel wie wir uns zu unserem Dasein im Netz stellen, ob es uns fremd ist, ob wir mitspielen wollen. Die Vergänglichkeit greift durch uns hindurch und beweist so, daß unsere Körper, und nicht nur sie, nicht so fest sind, wie wir manchmal meinen. Dieses Durch-uns-Hindurchgreifen der Vergänglichkeit hat aber auch etwas vom rücksichtslosen, gnadenlosen Durchgreifen einer Tyrannei oder ihrer Behörde, der der Dichter sich im Leben ausgesetzt fühlt. Aber auch diese mächtige Vergänglichkeit (deren Macht freilich nur im Vergehen und Vergehenmachen besteht) hat nicht Sinn und Zweck. Sie greift »ratlos« durch uns hindurch.

Durch *uns*. Es ist ein Gedicht vom Ausgesetztsein, aber es ist kein Einsamkeitsgedicht. Das »uns« steht nicht für ein Kollektiv, nicht für viele, sondern offenbar für Zwei. Für zwei durch eine innige Beziehung verbundene Menschen.

»... zähl meinen Puls, auch ihn, / in dich hinein« – das ist die engste Vereinigung, die Menschen möglich ist; sie wurde noch nie zuvor so in Worte gefaßt. Auch ein Liebesgedicht also, wenn man es in der Verdüsterung im Netz so nennen darf. Diese innige Vereinigung, in der das Du neben anderem auch den Puls des Ich in sich hineinzählt, hat außerdem auch Bündnischarakter. Nur ist es ein sonderbares Bündnis: »dann kommen wir auf, gegen dich, gegen mich«.

Ein Liebesbündnis gegen das Schicksal (»auch gegen die Vergänglichkeit?«), das dann aber zuweilen wie ein Abkommen zwischen dem Schicksal und jeweils einem der Partner gegen das Aufkommen des anderen wirken kann? Vielleicht ist die Partnerin, die den Puls, auch ihn, in sich hineinzählen soll, auch die Vergänglichkeit selbst; oder seine Gefährtin im Netz erscheint ihm als die Vergänglichkeit, weil die Vergänglichkeit so oder so immer mit im Spiel ist.

Die letzte Strophe macht die Situation der Ausgesetztheit wieder deutlich: »etwas kleidet uns ein«. Offen bleibt, ob dieses *etwas* das Fremde ist, das uns im Netz hat. Die Einkleidung ist Einkleidung für ein Auftreten, für ein Spiel, aber für ein Spiel mit einem ungleich stärkeren Partner, »fürs Spiel mit dem obersten, fall-/süchtigen Ernst«.

Wer das ist, das schimmert durch die Umschreibung durch. Die Silben- und Zeilentrennung »fall-süchtigen« betont noch stärker das schließliche Fallen, und wie krankhaft der oberste Ernst auf dieses Fallen versessen ist. Taghaut und Nachthaut sind die beiden Hüllen, in die wir für dieses Spiel mit vorbestimmtem Ausgang eingekleidet sind.

Also eigentlich ein sehr verständliches Gedicht. Verständlich auch dort, wo es mehrdeutig wird oder einen fast schon unverhüllten Gegensinn enthält, etwa wenn wir *aufkommen*, wenn aber einschränkend dazugesagt wird »gegen dich, gegen mich« (abwechselnd wie Taghaut und Nachthaut). Das ist natürlich ein sehr fragwürdiges Aufkommen, durch das auch gleich der Sinn des Liebesbündnisses in Frage gestellt wird: Ist der Pulsschlag der innigen Vereinigung nicht zugleich Zeitmaß der ratlosen Vergänglichkeit? Mir bedeutet dieses Gedicht unter anderem deshalb soviel, weil es das alles ungleich kürzer und einfacher und vielfacher sagt, als diese meine Erklärung es kann.

1976

Über Gedichte Ilse Aichingers

Hier soll einiges über Gedichte von Ilse Aichinger vermittelt werden, Gedichte aus dem Band »Verschenkter Rat«*, der Verse aus der Zeit zwischen 1958 und 1978 enthält.
Ich will versuchen, von den Texten selbst auszugehen. Fast nur von ihnen, auch wenn die Art dieser Gedichte eine vollständige Erklärung nicht zuläßt, wobei es natürlich fraglich bleibt, ob lyrische Gedichte überhaupt vollständig erklärbar sind.
Was diese Gedichte schwerer erklärbar macht als z. B. fast alle Brecht- oder Rilke-Gedichte, ist, daß in vielen dieser Verse die Grundstimmung die einer Verzweiflung ist, die sich nicht zu überwinden versucht, indem sie ihre eigenen Ursachen aufgraben und aufdecken will, sondern die ihre Klage über den Zustand der Verzweiflung beziehungsweise darüber, daß Menschen in diesen Zustand getrieben werden, einfach durch die Darstellung des Zustandes selbst lautwerden läßt. Es ist aber niemals eine geschwätzige Klage oder geschwätzige, vielredende Darstellung; es ist nie eine Klage, die sozusagen ihre eigene Geschichte und ihr eigenes Leid mitteilen will – diese Gedichte wären sonst unendlich weniger gut –, sondern es ist eine Klage, die das Mitteilenwollen fast aufgibt, bis auf jenen letzten Trost Grabbes*: »Aus der Welt kann ich nicht fallen.« Die Klage teilt sich mit, indem sie *gerade noch* in der Welt ist, indem sie sich an keinen Menschen anzuklammern versucht, sondern traurig mit ihren eigenen Inhalten spielt. – Eine vulgär-marxistische Kritik hat bei Ilse Aichinger vor Jahren bedauernd festgestellt: »Metaphern, Symbole, Chiffren, Parabeln, bislang als poetisch erhöhtes Verständigungsmittel gebraucht, sind austauschbar geworden, ihre Bindung an Wirklichkeit und Sprachrealität ist aufgegeben.« (Lexikon deutschsprachiger Schriftsteller, Bibliographisches Institut, Leipzig 1967). *Fast* ganz richtig festgestellt, aber *ganz* falsch verstanden und bewertet! Die Austauschbarkeit *als Vorwurf* trifft nämlich nicht, weil in den hier dargestellten Bereichen tatsächlich die Austauschbarkeit von Bildern, die *Trennung* von der Sprachrealität höchste Realität ist. Genausogut hätte man Shakespeare vorwerfen können, daß er seine Ophelia gelegentlich wirres Zeug reden läßt!

Und wenn der Kritiker gesagt hat, die Bindung an Wirklichkeit und Sprachrealität sei *aufgegeben*, so hat er ein Wort gefunden, das wahrer ist, als er selbst gemeint hat: Sie ist nämlich *uns* allen *aufgegeben*. Das, was sich aufgibt, kann uns zur Aufgabe werden: Durch Eingehen auf diese Texte die vielfachen Querverbindungen zur Sprachrealität – allerdings nicht zu einer bloß unaufgeklärt aufklärerischen* – wieder zu entdecken. Verzweiflung in einem Text ist in diesem Sinne auch die äußerste Herausforderung an uns, durch Verstehen und Sympathie den Ursachen dieser Verzweiflung entgegenzuwirken.
Dies will ich an einigen Textbeispielen erläutern.
In dem Gedicht mit dem Titel »Restlos« lautet die erste Zeile: »Die Jungen mit den Totenscheinen«, die letzte Zeile: »und ihr Untergang«. Es ist ein Gedicht über den restlosen Untergang, über einen Ritt der Vergangenheit in die Vergangenheit. »Auf gewesenen Pferden« – Das Wort wirft die Frage auf, ob auch ein Anklang an *Verwesen* in den gewesenen Pferden liegt? Nichts so Absichtliches wie eine gewollte Anspielung, ich beschränke mich auf das Wort »Anklang«.
Und schließlich in der viertletzten Zeile des Gedichts: »die Spuren der Verwerfung« ist es eine Verwerfung der geologischen Schichten, die uns von den Sauriern trennen, also ein Fachausdruck dafür, daß Schichten nicht nur verzerrt sind, sondern ihre Kontinuität zerstört ist? Oder ist es die Verwerfung des Weiterlebens, oder sind wir jenseits der Kontinuität die vom urzeitlich Älteren Verworfenen? Ich ergehe mich abermals nur in Assoziationen, unterstelle keine unbedingt bewußte oder gar von der Dichterin listig konstruierte Anspielung. Einfälle sind größer, vielschichtiger als die jeweilige Absicht des Schreibenden, und Ilse Aichinger hat schon immer, auch schon in der dichterischen Prosa ihres ersten Buches »Die größere Hoffnung« glücklicherweise zu jenen Dichtern gehört, die *mehr* tun, als sie selbst beim Schreiben wissen. Zurück zum Text.
Die beiden letzten Zeilen lauten:

»Hilfe und Hinweis
und ihr Untergang.«

Im Zusammenhang war klar, daß uns dies zu bedenken bleibt, zunächst die List der Saurier, wie sie kleiner wurden bis zu unserem Maße. Zu bedenken auch, daß dies die eigentlichen Saurier nicht retten konnte, auch wenn unsere kleinen Echsen noch leben ... Vielleicht ist es aber auch der Untergang der Jungen mit den Totenscheinen und ihrer gewesenen Pferde, ja auch der Basare – also der Exotik, etwa des Todes in Samara, in die der Gedichtanfang uns flüchtig versetzt hat. »Hilfe und Hinweis« ist dann vielleicht das Denken sowohl an den *Versuch* der *listigen* Anpassung als auch an die *Verwerfung*, die dennoch folgt, ans *blanke Ende*.

Wenden wir uns einem anderen Gedicht zu: »Schneeleute«.

Schneeleute, also Schneemänner, Schneefrauen ... vermutlich auch Schneekinder, warum nicht? Und obwohl das Gedicht mit den Worten anfängt »Ich mische mich nicht leicht/unter die Fremden aus Schnee«, hat die Dichterin sich doch gerade mit diesen Worten irgendwie unter sie gemischt und uns mitgezogen. Indem sie sie die »Fremden aus Schnee« nannte, hat sie zwar für sich (und für uns) Abstand gewahrt, gleichzeitig aber den »Schneeleuten« von vornherein Menschenrang zugebilligt, ja sogar eine *scheinbare* Überlegenheit den anderen Menschen gegenüber: »Manche mit mehr Gesichtern/als einem.« Wenn ein Mensch mehr als ein Gesicht hat, dann stellt er es gewöhnlich nicht *heiter prangend* zur Schau. Und nun wird in das Gedicht ein gespenstischer Rollentausch eingeführt. Wenn das Tauwetter den Bann, die Starrheit der Schneeleute tödlich zu lösen beginnt, daß sie in ihrer Hinfälligkeit vorübergehendes Leben zu gewinnen scheinen, wenn die Kohlenaugen und die Rübennasen fallen, Knöpfe und rote Lippenbänder sich zu lösen beginnen, dann sieht die *Ichperson* des Gedichtes, der Mensch, »es steif mit an/und ohne Laut«, starr also, wie ein gefrorener Schneemann oder eine Schneefrau; »ich eile nicht zu Hilfe«, sagt sie noch und, ein wenig später: »Es soll nicht ans Licht kommen. Und darum Stille.«

In dem Augenblick, in dem die »Schneeleute« aufhören, erstarrt zu sein, erstarrt die menschliche Ichperson des Gedichtes –, vielleicht, um ihnen nicht zu Hilfe zu kommen. Aber wir wissen, daß Hilfe ohnehin nicht möglich gewesen wäre. Ja, der Gedanke, daß man »Schneeleuten« möglicherweise helfen *wollen* könnte, wird in dieser Verneinung überhaupt erst eingeführt! Doch sie sieht sich auch als Konkurrentin dieser »Schneeleute«. Das deutet sich vielleicht schon in der Beschreibung an, daß sie »heiter prangen/ manche mit mehr Gesichtern/als mit einem.« Viel deutlicher aber deutet es sich an, nachdem schon vom Zerfallen der Schneeleute die Rede war. Nach den Worten »ich eile nicht zu Hilfe«, und vielleicht als Begründung dieser Worte, heißt es:

»Vielleicht sprechen sie
das Mailändische
schöner als ich, es soll nicht ans Licht kommen.«

Fragt sich, was das Mailändische in diesem Gedicht sein soll. Das könnte man eigentlich am besten die Dichterin selbst fragen. Als spezifischer italienischer Dialekt könnte es ihr kaum so intensiv aufgefallen sein, daß sie jetzt einzig und allein deshalb »das Mailändische« sagt. Vielleicht ist es, zumindest unter anderem, *auch* eine querlaufende Assoziation, vielleicht bedeutet es auch *Mai*, den ersten Monat ohne »R« und ohne Schnee. Vielleicht ist *das Mailändische* eine Sprache des ganzen Bereiches ohne »R«, also mindestens Italiens, des Südens, der Wärme, des Frühlings? Und darüber hinaus einer dieser Orte, wie Dover in einem ihrer Prosatexte?* Ganz zuletzt aber, wenn es heißt, daß das Licht die Schneeleute »leicht/genommen hat«, sagt sie auch noch, daß das Licht *sie* genommen hat »mit allem, was sich da/zwischen mailändisch/ und mailändisch verbirgt«, und sie fügt hinzu, ganz einfach, gerade dadurch erschütternd und erschüttert: »dann auch mit mir«. Zuletzt also teilt sie doch das Schicksal der vergänglichen Schneeleute.

Nicht *alle* Gedichte dieses Bandes haben den Grundton Verzweiflung. Eines der ersten, »Marianne«, das dem Titel *und* dem Inhalt nach eine konkrete, an einen bestimmten Menschen anknüpfende Kommunikation ist, sucht und vermittelt *Trost*.

Aber das ist in diesem Band eher eine Ausnahme.

Häufig sind Fragegedichte oder Fragen *in* Gedichten, Fragen sehr verschiedener Art. In dem Gedicht »Mägdemangel« heißt es:

»Wer hilft uns noch,
wer läßt der Sonne jetzt
ihr leichtes Spiel?
Sind wir von Baum zu Baum
allein geblieben
oder bewegen sich die Schatten

diese Tröster,
aus ihren Netzen
bald herab zu uns?«

Das sind trostlose verlassene Fragen, nicht zuletzt, weil die tröstenden Schatten, die vielleicht bald aus ihren Netzen zu uns herabkommen, eine so unheimliche Ähnlichkeit mit Spinnen haben. Aber auch schon der Anfang des Gedichts: »Wer bleibt den Felsen auf der Spur,/wer säumt die Gräser,/wer riegelt uns die Plätze/ jenseits der Straßen ab?« besteht aus Fragen. – Nicht alle gleicher Art. »Wer bleibt den Felsen auf der Spur« ist eine ganz andere Art Frage als etwa »Wer hilft uns noch«.
In anderen Gedichten tauchen Fragen auf, die stark an Fragen in Hans Arps Gedichten erinnern, etwa in seiner »Klage um Kaspar«.

»Wer ißt nun mit der ratte am einsamen tisch,
wer verjagt den teufel, wenn er die pferde verführen will.
Wer erklärt uns die monogramme in den sternen.«

Oder:

»Wer trägt nun die brennende fahne im zopf.
Wer dreht die kaffeemühle.
Wer lockt das idyllische reh.«

Ilse Aichingers Gedicht »Bobingers Klage« hat folgenden Text:

Meine Freunde sind ausgegeben,
zwischen den Blättern und Ästen
verlor ich sie.
Wer löst mir das Bild,
wer holt ihre leichten Gestalten
neu aus dem Regen hervor,
wer fängt ihnen Wolkenhauben,
wer dreht mir die Sonnenuhr?

Die Ähnlichkeit mit Arps Fragen in seiner »Klage um den Tod des guten Kaspar« ist unverkennbar, aber dennoch bleibt in Arps Fragen in der ausufernden Unmöglichkeit ihrer Zusammenstellung etwas *mehr* verzweifelte Lustigkeit.

Wobei wir vielleicht bedenken sollten, daß es sich bei scheinbar sinnlosen Fragen, wie bei allem, was in den Bereich des Nonsensgedichts oder Unsinnsgedichts hineinspielt, um eine tiefe Verzweiflung an der Sinnhaftigkeit des Tuns und Treibens dieser Welt handeln kann, bei Christian Morgenstern und Hans Arp genau wie bei Ilse Aichinger oder bei Günter Bruno Fuchs.
Zu dem Gedicht »Bobingers Klage« sei hier noch erwähnt, daß der Anfang:

»Meine Freunde sind ausgegeben,
zwischen den Blättern und Ästen
verlor ich sie«

ja sogar die zwei Rätselfragen der nächsten drei Zeilen:

»Wer löst mir das Bild,
Wer holt ihre leichten Gestalten
neu aus dem Regen hervor«

ihre Lösung möglicherweise in dem unmittelbar hervorgehenden, aber ebenso langen Gedicht finden, das im Buch links von »Bobingers Klage« auf der gegenüberliegenden Seite abgedruckt ist und »Kartenspiel« heißt.

Die schwarzen Winkel vergessend,
Gesichter
und das Gold unter der Mauer,
wir lassen alles dahin,
die Schaukel mit den Eisenmännern,
die Muster, die uns blind machten,
und unter der Küchenbank
ein Nashorn, vom Lichte erwärmt.

Vielleicht sind die ausgegebenen Freunde, verloren zwischen den Blättern und Ästen, einfach Spielkarten als Symbol für das Spiel des Lebens, in dem wir Karten, Spieler, Einsatz und fragende Beobachter unserer Umgebung sind, alles zugleich.
Mitten in dem kurzen Gedicht gibt es die Formulierung: »Wir lassen alles dahin.« Ungewöhnlich im Deutschen, eine Zusammenziehung aus »wir lassen« und vielleicht auch aus »dahin fahren

lassen« (Ich denke z.B. an die Zeile »laßt fahren dahin« aus Luthers »Eine feste Burg ist unser Gott«), aber trotz der Ungewöhnlichkeit sofort völlig verständlich. Und was wir dahinlassen, ist »die Schaukel mit den Eisenmännern«, was allenfalls noch an Arp erinnern könnte, dann aber sind es »die Muster, die uns blind machten«. Das ist schon todernst und wirft die Frage auf, ob nicht vielleicht auch schon die Eisenmänner recht ernstgenommen werden könnten, z.B. als gepanzerte Krieger, und schließlich, wieder an Arp erinnernd, surrealistisch oder dadaistisch: »unter der Küchenbank/ein Nashorn, vom Lichte erwärmt«.

Entschieden kein Verzweiflungsgedicht, auch abgesehen vom heiter anmutenden Schluß, dem vom Licht erwärmten Nashorn unter der Küchenbank. – Freilich, so ganz heiter auch wieder nicht. Immerhin ist das Nashorn nur ein Teil der Aufzählung dessen, was wir lassen – dahinlassen – müssen. Und was an Heiterkeit da zu sein scheint, ist vielleicht nur das Ergebnis einer zeitweiligen Verdrängung. Nicht umsonst beginnt das Gedicht programmatisch mit den Worten: »Die schwarzen Winkel vergessend.«

Aber wenn schon das vom Licht erwärmte Nashorn unter der Küchenbank etwas Märchenhaftes hat, so finden sich in einem anderen Fragegedicht die Märchenfragen noch viel deutlicher: Es heißt: »Winterantwort« und ist das zweite Gedicht im Band. »Großmutter, wo sind deine Lippen hin?« Nicht der *Inhalt* dieser und der folgenden Fragen, wohl aber die Form der Frage an die Großmutter – und auch der Wald – erinnern (wohlgemerkt nur auf *einer* der vielen Ebenen dieses überdeterminierten Gedichtes) an das Märchen von Rotkäppchen und dem Wolf, den es für seine Großmutter hält. Vier Seiten später in diesem Gedichtband findet sich das Gedicht »Widmung«, in dem es heißt:

> »Wir ließen uns sacht die Monde hinunter
> und läge die erste Rast noch bei den wollenen Herzen,
> die zweite fände uns schon mit Wölfen und Himbeergrün«

Die Lebens- und Sterbensreise, von der auch in diesem Gedicht die Rede ist, kann also durchaus durch eine Märchenlandschaft mit gefährlichen Wäldern, Wölfen und (der Form nach rotkäppchenhaften) Fragen an die Großmutter stattfinden. – Diese Fragen aber, in dem vorhin zitierten Gedicht »Winterantwort«, sollen jetzt noch etwas genauer angesehen werden.

»Großmutter, wo sind deine Lippen hin,
um die Gräser zu schmecken,
und wer riecht uns den Himmel zu Ende,
wessen Wangen reiben sich heute
noch wund an den Mauern im Dorf?«

Ich will nicht unterlassen, einen pedantischen Einwand zu erwähnen, den ich beim Vorlesen des Gedichtes einmal gehört habe: »Man schmeckt doch nicht mit den Lippen, sondern mit der Zunge, vielleicht auch mit dem Gaumen.« – Dagegen ist natürlich zu sagen, daß ein *Kind* findet, man schmeckt mit dem Mund. Der Mund ist ihm vor allem durch die Lippen gekennzeichnet. Die Frage, wie anatomisch falsch gestellt sie auch sein mag, ist also als Kinderfrage an die Großmutter ganz richtig. – Doch weiter: Wenn die Großmutter keine Lippen mehr hat, ist sie vermutlich tot, ein Schädel. Und tatsächlich wird hier die Welt von einer Stelle schon jenseits der Sinnesorgane her betrachtet »keine Augen mehr, um die weißen Wiesen zu sehen« (Weiß vom Schnee, das Gedicht heißt ja »Winterantwort«). Keine Ohren, und vermutlich, wie aus der Frage nach dem Zu-Ende-Riechen des Himmels und den Wangen hervorgehen dürfte, auch keine Nase und keine Wangen mehr... Der finstere Wald, die Kinder, die an seinem Rand wohnten, kommen wieder ganz und gar aus dem Märchenreich, archetypisch, auch dann, wenn es längst nicht nur der Kindermärchenwald ist, sondern auch der gefährliche Wald, in den sich Dante am Anfang seiner Reise durch die Unterwelt auf halbem Weg des Menschenlebens verschlagen findet.

Stimmt die Antwort, daß der Wald nicht finster ist? Ja und nein. Sie stimmt, wenn diese Welt aus dem Stoff ist, der Betrachtung nicht nur mit den Sinnesorganen verlangt. Aber wie ist es mit Betrachtungen nach Wegfall der Sinnesorgane, wenn es keine Augen, keine Ohren, keine Lippen mehr gibt? Betrachtungen *nach* diesem Leben? Hier verlieren wir uns in metaphysische Bereiche. Ich könnte natürlich sagen, daß ich mir vorbehalte, falls wir uns nach dem Tod wiedertreffen, noch weitere wichtige Ergänzungen zur Erklärung dieser Texte vorzuschlagen; – aber auch vielleicht noch diesseits des Todes *aller* von uns gäbe es da eine Bemerkung zu machen: Nämlich diese Gedichte sind von der Art, die von einigen Überlebenden *nach* einem Atomkrieg, falls es die gibt und

falls sie noch an Gedichte denken, leichter und besser verstanden werden könnte als heute. Dies nur nebenbei.
Ich will auch nebenbei darauf hinweisen, daß die Gestalt der Großmutter, als Bezugsperson, die stirbt, auch in Ilse Aichingers Roman »Die größere Hoffnung« eine wichtige und ebenso inhaltlich wie literarisch bemerkenswerte Rolle spielt.
Mit diesem Hinweis will ich ganz bewußt auf Querverbindungen aufmerksam machen. Man kann das Werk einer Dichterin wie Ilse Aichinger im Grunde überhaupt nicht verstehen, ohne solcher Querverbindungen zumindest eingedenk zu sein. Die Querverbindungen verbinden Prosa, Gedichte, Hörspiele sowohl als ein Gedicht mit dem anderen. Erinnern wir nur noch einmal an das Gedicht »Widmung« und die Zeile: »die zweite fände uns schon mit Wölfen und Himbeergrün«, so finden wir im unmittelbar vorhergehenden Gedicht »Außer Landes« die Erwähnung von Orten »mit ihrem Himbeergesträuch«. Daß zwischen diesen Texten irgendein Zusammenhang bestehen muß, ist anzunehmen. Aber zu glauben, daß Himbeergrün und Himbeergesträuch für Ilse Aichinger nur irgendeinen mystischen oder gar künstlich ausgeklügelten Stellenwert oder Symbolwert haben müssen, wäre wohl vorschnell. Ich glaube, sie fußt auf vielen starken Eindrücken, die sie von ihrer Umgebung tatsächlich empfangen hat, teils, vielleicht sogar vor allem, Eindrücken aus der Kindheit, die deshalb paradigmatisch werden konnten, aber vielleicht auch Eindrücken, die später erlebt oder doch neu aufgefrischt und bestärkt wurden, etwa, wenn sie sie mit ihren Kindern wiedererlebte. Ich will jetzt noch ein ganz anderes Beispiel für solche Bildungssprünge aus der wirklichen Kindheitsumgebung geben: Das Gedicht »Die trüben Stunden nutzend« lautet:

Laß das Gelichter
auf den Feldern rasten
im Dunst, der aufsteigt
denn nichts leuchtet dir.
Die Grottenbahnen auf den Hügeln
sind jetzt geschlossen,
die Rüben lange aus der Erde,
die Kinder fort.
Die Blumenflechter sind die letzten,

die noch blieben
sie brennen Öl,
mit ihnen läßt sich reden.

Da haben wir die Zeilen: »Die Grottenbahnen auf den Hügeln sind jetzt geschlossen.« Manche Leser könnten da ohne weiteres etwa an Hügel mit Tropfsteingrotten denken, durch die Bahnen führen, die aber jetzt, vielleicht weil es Nacht ist, geschlossen sind. Natürlich, wer die Wiener Umgebung der jungen Ilse Aichinger kennt, wird diesen Fehler nicht machen, sondern genau wissen, was die Grottenbahn im Prater bedeutet. Es liegt nahe, daß viele Bildelemente in diesen Gedichten ähnlich zustande kamen, auch wenn ihre Spur nicht so leicht verfolgbar ist wie die der Grottenbahnen.
Dieses Gedicht »Die trüben Stunden nutzend« steht im Band als übernächstes nach dem Gedicht »Widmung«, in dem eine erste, zweite und dritte Rast beschrieben war. Die erste Rast »noch bei den wollenen Herzen,/die zweite fände uns schon mit Wölfen/ und Himbeergrün«. – Hier, in diesem Gedicht nun, soll man »das Gelichter auf den Feldern rasten« lassen und dann erkennen, daß nichts mehr leuchtet, daß die Grottenbahnen geschlossen sind, die Rüben geerntet, die Kinder fort sind. Es ist eine ziemlich verlassene Welt, wieder eine Landschaft der Trauer, nicht weit von Verzweiflung »Die Blumenflechter sind die letzten,/die noch blieben«. Blumenflechter? Das sind vielleicht Flechter von Grabkränzen. – »Sie brennen Öl,/mit ihnen läßt sich reden.« – Das könnte sich auch auf Ölöfchen beziehen, wahrscheinlich ist aber an Öllampen gedacht, eine uralte und fast so trübe Beleuchtungsart wie das innere Licht. Öllampen, die auch auf Gräbern brennen. Eine Beleuchtungsart, die Transzendenz-Tendenzen Vorschub leistet und übertragene Bedeutungen, und mit solchen operieren diese Gedichte immer wieder.
Das kurze Gedicht, das in diesem Gedichtband darauf folgt, heißt »Dorfweg«:

Die Stare lästern im Herbst
und manchmal höre ich die Türen zweimal schlagen,
einmal davon im Traum.
Wer gab uns die Bilder,

die roten Äpfel
im Garten des Kohlenbrenners,
ungereimt, aber gesonnen zu unterliegen mit uns.

Dieses Gedicht könnte zum Teil geradezu zur Bestärkung dessen dienen, was wir zuvor zu erarbeiten suchten. Wurde im vorigen ein bedeutungsträchtiger Beruf erwähnt, die Blumenflechter, so befinden wir uns diesmal im Garten des Kohlenbrenners. Und dieser ebenfalls schon archetypische Beruf kommt in einem Satz vor, der geradezu nach der Herkunft der Bilder fragt, zuletzt aber auch etwas über die Funktion dieser Bilder aussagt:

»Wer gab uns die Bilder,
die roten Äpfel
im Garten des Kohlenbrenners,
ungereimt, aber gesonnen zu unterliegen mit uns.«

Es wird ausdrücklich gesagt, daß die Bilder ungereimt sind, und es wird ausdrücklich gesagt, daß die Tendenz dieser Bilder nicht ist, irgendeinem lehrhaften oder politischen Zweck zu dienen, irgendein positives Ziel zu erreichen. Ihr Sinn ist es, »zu unterliegen mit uns«.
Sprengen wir hier nur wenigstens einmal den Rahmen, den diese Ermittlung sich gesteckt hat, um die wichtige Frage zu stellen, ob das denn wirklich nur ein »Unterliegen« ist. Die Frage stellen heißt sie verneinen. Ein Unterliegen, das nicht auch der Entfremdung unterliegt, der Verdinglichung, ein Freibleiben davon, sei es auch um den Preis des Unterliegens, ist kein völliges, kein wirkliches Unterliegen. So wie schon in dem Buch »Die größere Hoffnung« Ellen und ihre Großmutter und all die anderen Unterlegenen nicht die wirklichen Unterlegenen waren. Ein Trost, der nicht genügt, und doch ein Trost.

»ungereimt, aber gesonnen zu unterliegen mit uns.«

Auch deshalb »gesonnen zu unterliegen mit uns«, weil sie sich um keinen Preis einen Reim auf das machen wollen, was gegen uns steht, weil sie sich nicht mit einem Reimwort einfügen und anpassen wollen, weil hier Kritik an dieser Welt geübt wird, die darum, weil sie nicht tagespolitisch ist, um nichts weniger radikal ist. Als

dieser Gedichtband »Verschenkter Rat« erschienen war, hat Gisela Lindemann*, eine der genauesten, sensitivsten unter den Interpreten deutscher Lyrik, in ihrer Rezension in der »Zeit« (20. Oktober 1978) auch *da*rauf hingewiesen.
Sie nimmt ein vierzeiliges Gedicht zum Anlaß:

Nachruf

Gib mir den Mantel, Martin,
aber geh erst vom Sattel
und laß dein Schwert, wo es ist,
gib mir den ganzen.

Es ist nicht das erste Mal, daß St. Martin in deutschen Versen *nicht* getreu der Legende angegangen wird. Vielleicht kannte auch Ilse Aichinger die Bettelreime:

»Sankt Martin, der du dem Bettelmann
deinen halben Mantel teiltest,
ach, wenn du mir doch dann und wann
meinen ganz zerrissenen heiltest!«

Aber Ilse Aichingers Gedicht ist radikaler. Gisela Lindemann trägt der Schärfe der Dichterin Rechnung und sagt: »Zu Grabe getragen wird eine Heldenlegende.« Sie sagt auch: »Für Begütigung und Akklamation ist keine Zeit mehr, denn auf die Gewährenden ist kein Verlaß... Der glänzende Ritter, dem erst der Bettler zu seinem Glanz verhalf, ist dem ›plebejischen Blick‹ ausgesetzt, er steht nun eher halbherzig da und mit zu groß geratener Geste. Mißtrauen gegen seine Güte ist angezeigt, das Anrecht auch des Schwächeren wird eingeklagt. Das Wort Schwert ist ein anderes in diesem Gedicht als das Wort Schwert in der Legende; auch hoch zu Roß heißt hier etwas anderes als dort.«
Ganz ähnlich zeigt Gisela Lindemann auch im Gedicht »In und Grimm« die unerbittliche Kritik, die Anklage, aber auch, wie die zwei Wörter »In« und »Grimm«, deren Verlust das Gedicht beklagt, gerade durch diese Klage wieder gerettet werden.
»Wo warst du«, fragt Ilse Aichinger keinen Geringeren als den »jüngsten Richter«, wenn er kommt:

Auf euch will ich mich versteifen,
wenn der jüngste Richter kommt
und will ihn fragen:
weshalb hast du mich nicht geweckt,
damals im Juli,
wo warst du,
als die beiden Wilden ertranken,
meine Rotfelle und deine,
von denen eines hoffte,
das andere nicht?

Die Rezensentin zeigt vieles anhand dieses Gedichtes, wie Ilse Aichinger »den entferntesten Fluchtpunkt beschwört, den je Menschen erdacht haben«, daß die List ihrer Gedichte, das gleichsam kindliche, scheinbar verspielte Durchschauen der Welt (wieder wie in dem Buch »Die größere Hoffnung«) immer aufs Ganze geht, daß sie nur so ihre zwei Wilden, deren Verlust sie beklagt, vor der Welt der Planierer, die den Ingrimm entwertet haben, wieder retten kann – »wieder wild machen«, möchte ich hinzufügen. Und ich möchte vielleicht auch noch hinzufügen, daß sie – zum Unterschied etwa von Karl May (laut Ernst Bloch dem deutschen Indianerutopisten) – nicht Rothäute sagt, sondern Rotfelle, vielleicht weil es ja nicht Menschen sind, sondern Wörter, und möglicherweise auch, weil das Gedicht nicht nur von heute handelt, sondern auch von gestern und morgen, von Fällen, die schon vorgefallen sind, und von solchen, die erst fällig werden.
Hier könnten die Erklärungen und Deutungen weitergehen. Wir sind weit davon entfernt, alles in ihnen erklären zu wollen. Ich bezweifle auch, ob es Absicht der Dichterin war, alles zu erklären, alles auszuplaudern, was in ihr anklang. Aber durch die Querverbindungen der Worte und Bilder, durch das, was eines über das andere immerhin aussagt, sind wir vielleicht doch in der Lage, ein wenig besser zu erkennen, was uns in der Landschaft dieser Gedichte anspricht, vielleicht bewegt, vielleicht nur betroffen und traurig macht. Man kann Gedichte mehrmals lesen, mehrmals sich durch den Kopf gehen lassen, manchmal mehrmals hören, im Wachen und vielleicht auch anders – so wie Ilse Aichinger gesagt hat: »und manchmal hörte ich die Türen zweimal schlagen/einmal davon im Traum.«

1981

Georg Trakl

De profundis

Es ist ein Stoppelfeld, in das ein schwarzer Regen fällt.
Es ist ein brauner Baum, der einsam dasteht.
Es ist ein Zischelwind, der leere Hütten umkreist.
Wie traurig dieser Abend.

Am Weiler vorbei
Sammelt die sanfte Waise noch spärliche Ähren ein.
Ihre Augen weiden rund und goldig in der Dämmerung
Und ihr Schoß harrt des himmlischen Bräutigams.

Bei der Heimkehr
Fanden die Hirten den süßen Leib
Verwest im Dornenbusch.

Ein Schatten bin ich ferne finsteren Dörfern.
Gottes Schweigen
Trank ich aus dem Brunnen des Hains.

Auf meine Stirne tritt kaltes Metall
Spinnen suchen mein Herz.
Es ist ein Licht, das in meinem Mund erlöscht.

Nachts fand ich mich auf einer Heide,
Starrend von Unrat und Staub der Sterne.
Im Haselgebüsch
Klangen wieder kristallne Engel.

Ein Verlorener in welcher Welt?

Wenige Gedichte erschüttern mich immer wieder wie dieses. Warum eigentlich? Widerspricht es nicht allen Regeln für ein wirksames Gedicht? Zahllose Adjektive – schwarzer Regen, brauner Baum, sanfte Waise, spärliche Ähren, süßer Leib, finstere Dörfer, kristallne Engel – und noch sieben weitere in nur einundzwanzig Textzeilen! Und welcher Aufwand: Gott und Engel werden bemüht, Landschaft, Wetter, ein Todesfall oder Mord. Pathos: »Gottes Schweigen / Trank ich aus dem Brunnen des Hains.« »Im Haselgebüsch / Klangen wieder kristallne Engel.«
Im ganzen Gedicht nichts Scharfsinniges, ja, es ist nicht einmal klar formuliert: Ist die Ich-Person einer, der den Tod der sanften Waise nur beklagt, oder ist es ihr Mörder, der dieses »De profundis«* spricht? Und ist die Landschaft keine Kitschkulisse, die Figur der sanften Waise nicht Klischee, von der nächtlichen Heide, die schon von König Lear* her wohlbekannt ist, und vom kalten Metall auf der Stirne ganz zu schweigen? Und heißt es nicht eigentlich »erlischt« statt »erlöscht«?
Über alle Einwände dieser Art triumphiert das Gedicht, ja vielleicht besteht sein Zauber gerade auch aus all dem. Es hat die Kraft und Einfachheit – und gelegentlich die Unbestimmtheit – des Volksliedes, ohne das Volkslied nachzuahmen. Bei den ersten drei Worten fällt mir das Lied vom Schnitter Tod ein, später auch »Es dunkelt schon in der Heide«, »Es zog eine dunkle Wolke herein« und andere mehr.
Ich kenne kaum ein Gedicht, bei dem expressionistische Diktion und Volksliedhaftes so eng verbunden sind. Manches wird gerade dadurch gestaltet, daß es nur einfach gesagt wird, ohne einen Versuch der Gestaltung, etwa: »Wie traurig dieser Abend.«
Und was ist die Rolle der vermeintlichen Klischees, des Kitschigen (als wüßten wir wirklich, was Kitsch ist und was nicht)? Wird hier nicht das Unheil ganz und gar aus den Bausteinen der »heilen Welt« vor uns aufgebaut? Wird nicht dadurch die Sehnsucht nach der unverletzten Welt, nach dem zerstörten Schönen und Liebenswürdigen so stark in uns, daß wir uns – lange nach dem Lesen des Gedichtes – vielleicht auch noch fragen, ob nicht die so verbreitete

Ablehnung der »heilen Welt« durch die Kritik gerade der Sehnsucht nach ihr und der Bitterkeit entspringt, daß sie uns genommen ist? Hier aber sind Armut, Mord oder doch Tod und Verwesung und verzweifeltes Herumirren so dargestellt, daß die Schönheit, die Idylle zugleich zerstört und noch da ist. Ohne diese Sehnsucht inmitten des Entsetzlichen, der Verlassenheit, könnte das Gedicht nicht »De profundis« heißen.

Die Kunstmittel sind so unauffällig, daß man nicht sagen kann, ob sie dem Dichter bewußt waren, etwa wenn »sanfte Waise« auch etwas von einer sanften Weise – Melodie – vermittelt oder wenn die beiden Worte »spärliche Ähren« ihren Inhalt durch ihren Klang verdeutlichen, ebenso wie zuletzt, wenn es heißt: »Klangen wieder kristallne Engel.« Auch die Alliterationen sind unaufdringlich.

Wie gewaltig das Gedicht Grenzen zu überschreiten vermag, zeigt sich auch darin, daß es eigentlich gar nicht mehr wichtig ist, ob die Ich-Person um das arme Mädchen nur klagt oder selbst von der Schuld an ihrem Tod in die Irre getrieben wurde.

1981

Persönliche Erinnerungen an Peter Weiss

Zur Gedenkfeier von Peter Weiss kann ich nicht kommen, weil ich krank bin. Vor mir liegt noch eine etwa zwei Wochen alte Postkarte von ihm mit guten Genesungswünschen und der Versicherung, daß er an mich denkt.

Wenn ich die Augen zumache, sehe ich ihn vor mir, in London, in Stockholm, in Princeton in den Vereinigten Staaten, in Berlin, im alten Theater in Drottningholm* und im neuen Schauspielhaus in Düsseldorf.

In Drottningholm hat die ganze »Gruppe 47« mit seltener Einhelligkeit das alte Schloßtheater aus dem 18. Jahrhundert, in dem genau nach den alten Rollenbüchern, mit den alten Kulissen und in den alten Kostümen gespielt wird, bewundert. Peter Weiss, Günter Grass und ich waren darüber einer Meinung.

Bei der Konferenz in Princeton* war das nicht so. Günter Grass griff dort – mitten im Vietnam-Krieg – Peter Weiss an und nannte ihn einen Hofnarren Walter Ulbrichts, weil Peter gegen den Vietnam-Krieg und gegen den Kalten Krieg geschrieben hatte. »Und wir mochten Günter doch immer so gerne«, sagte Peter völlig verblüfft zu mir. Ich veröffentlichte ein Gedicht* zur Verteidigung Peters. Für mich war das der Anfang eines Konflikts mit Günter Grass, der lange dauerte.

In London habe ich Peter Weiss unmittelbar vor und nach der englischen Erstaufführung seines Marat-Sade-Stückes* in Erinnerung. Regie Peter Brook. Ein ungeheurer Erfolg.

In seinem Arbeitszimmer in Stockholm habe ich ihn zweimal besucht, einmal als die »Gruppe 47« in Schweden* war, das andere Mal im August 1968 unmittelbar nach dem Einmarsch der Warschauer-Pakt-Mächte in Prag. Wir veröffentlichten eine gemeinsame Erklärung*. In seiner ersten Empörung fand Peter den Einmarsch der Russen genau so arg wie den Vietnam-Krieg der Amerikaner. Diese Gleichsetzung fand ich politisch und sachlich falsch, wovon ich Peter auch schnell überzeugen konnte. Aber seine Empörung, die ihn dazu bewegt hatte, fand ich sympathisch. Nein, ein linientreuer Einäugiger war er nicht.

Erich Fried, links dahinter Peter Weiss, in Berlin, 1965

In unserer Erklärung sagten wir dann, wer sich über Amerikas Vietnam-Krieg nicht empört habe, der habe auch kein moralisches Recht, sich jetzt über den Einmarsch in Prag zu empören.
In Düsseldorf fand die Uraufführung des Trotzki-Dramas* von Peter statt. Eine sehr aktive kleine Gruppe von meist jugendlichen DKP-Anhängern demonstrierte dagegen und griff ihn ungeheuer scharf und ziemlich unsachlich an. Am heftigsten war die Aggressivität eines großen rotblonden Mädchens, die ich ganz originell, aber auf die Dauer mit der DKP schwer vereinbar fand, was ich ihr auf einen Zettel schrieb. Sie blieb auch nicht lange bei der DKP. Es war Karin Struck*, die später als Schriftstellerin bekannt wurde.
Das Trotzki-Drama wurde Peter auch in der DDR und in der Sowjetunion verübelt.

Am lebhaftesten ist mir in Erinnerung, wie wir bei der großen Vietnam-Demonstration* in West-Berlin im Februar 1968 nebeneinander gingen und immerzu gereimte Losungen dichteten, die dann von vielen Demonstranten laut gerufen wurden. Peter war von Ulrike Meinhof aus Ost-Berlin herübergeholt worden, wo man ihm geraten hatte, diesen abenteuerlichen und antiautoritären Anhängern Rudi Dutschkes doch lieber fern zu bleiben. Ich war aus England zur Demonstration gekommen. Ich weiß noch, wie froh Peter war, gekommen zu sein, und wie er sich bei jeder neuen Losung freute…

Ich muß nur die Augen zumachen und ich sehe ihn vor mir. Er ist zeitlebens sehr lebendig geblieben und hat nie auf sein Eigenleben verzichtet. Er hat sich gerne auf ein Marx-Zitat aus dem Kommunistischen Manifest berufen, daß »die freie Entwicklung eines jeden die Bedingung für die freie Entwicklung aller ist.« Das machte es ihm auch leichter, zu seiner Einsicht zu stehen, daß ein Schriftsteller am besten durch sein Schreiben wirken und helfen kann. Dieses Wirken und Helfen wird mit Peters Tod nicht aufhören.

1982

Ich grenz noch an ein Wort und an ein andres Land

Daß Ingeborg Bachmann die Meeresküste Böhmens in Shakespeares »Wintermärchen« gefunden hat, das zum großen Teil an dieser Küste spielt, ist aus ihren Äußerungen allgemein bekannt. Sie ist also an den Ort der Handlung – Shakespeares Fabel-Böhmen – entrückt, ebenso wie dieses Böhmen

»... eines schönen Tags
ans Meer begnadigt wurde und jetzt am Wasser liegt.«

Freilich mußte das bis dahin weit höher gelegene Böhmen ebenso wie die Dichterin erst erniedrigt werden, tief hinunter, bis auf den Meeresspiegel, um dieser Gnade teilhaftig zu werden. Ein Dahinfahrenlassen jeder eigenen Höhe war Voraussetzung für diese Gnade, für die Entrückung in ein Zwischenreich, eine Märchenwelt mit heilen Brücken, mit einem noch glaubhaften Meer, mit einem Land, auf das man noch hoffen darf. Dieses Verzichten auf jede eigene Höhe lautet im Gedicht:

»Ich will nichts mehr für mich. Ich will zugrunde gehn.«

Dieses Zugrundegehn ist ein letzter Anfang, der Zusammenbruch als Vorbedingung des Weiterlebenkönnens, der Tod im Leben als Voraussetzung einer Wiedergeburt in diesem Leben, wenn auch vielleicht nur der Wiedergeburt in eine schon an Untergang grenzende Traumwelt. Die Dichterin muß zugrunde gegangen sein, um von Grund auf wissen zu können, um den Dingen auf den Grund gehen zu können, um sagen zu können:

»Sind hierorts Häuser grün, tret ich noch in ein Haus.
Sind hier die Brücken heil, geh ich auf gutem Grund.
Ist Liebesmüh in alle Zeit verloren, verlier ich sie hier gern.«

Daß sie hier ihre Liebesmüh gern verliert, ist sicher eine weitere Anspielung auf Shakespeare, nämlich auf die Komödie »Verlorene Liebesmüh«. Vielleicht spielt sie aber auch auf die Vertauschbarkeit der Personen in Shakespeares Komödien an, »die lachen machen/Und die zum Weinen sind«:

> »Bin ich's nicht, ist es einer, der ist so gut wie ich.«
> und »Bin ich's, so ist's ein jeder, der ist soviel wie ich.«

Diese beiden Gedichtzeilen sind aber in ihren Anspielungen mehrschichtig. Nicht nur an die Personenvertauschung in Shakespeares Komödien wird erinnert, sondern Ingeborg Bachmann findet sich selbst austauschbar, alles andere als einmalig, und gerade in dieser Formulierung eines Ansatzes zum Ichverlust findet sie auch Trost, denn dieses Ich ist es ja, das zugrunde gehen will. Die Austauschbarkeit bedeutet auch, daß es keine Rolle spielt, welche Rolle sie weiterhin spielt, oder wer ihre Rolle weiterspielt. Dadurch versetzt sie sich selbst in eine der Komödien, kann auch die unveränderlichen Dinge der Welt vertauschen und verändern, wie Böhmen, wenn es am Meer liegen darf und dadurch *begnadigt wurde* und nun ein Teil einer heilen Welt ist, die nur über die Brücke des Zugrundegehens im Unheil erreichbar wurde, Heimat der Heimatlosen.
Die Vielfalt der Bedeutungen hat sich schon in den ersten zwei Zeilen des Gedichts gezeigt:

> »Sind hierorts Häuser grün, tret ich noch in ein Haus.«

enthält mindestens zwei Worte, die noch eine zusätzliche Botschaft haben, »grün« und »noch«. Die Farbe, die zuerst willkürlich gewählt scheinen könnte, ist nicht nur die herkömmliche Farbe des Wachstums und Lebens, sondern kann, auf die Dichterin bezogen, auch heißen, daß sie eintreten kann, wenn die Häuser ihr hier grün sind. Die Redensart, jemand sei einem grün, also gewogen, wohlgesinnt, günstig, dürfte da doch sehr nahe liegen. Das zweite Wort: »noch« deutet schon darauf hin, daß es der Dichterin sonst kaum mehr möglich ist, in ein Haus einzutreten, Obdach zu finden. Hingegen bereiten in der nächsten Zeile die Worte »geh ich auf gutem Grund« den Boden dafür vor, das Zugrundegehen auch als Schicksalsgeschenk, als etwas Gutes aufzufassen.

Dieses Verstecken geheimer Sinninhalte in Worten ließe sich durch das ganze Gedicht hindurch verfolgen. Zunächst nur noch ein Beispiel. In der dritten Zeile heißt es:

»Ist Liebesmüh in alle Zeit verloren,...«

Das heißt, genaugenommen, nicht nur, daß Liebesmüh vielleicht für alle Zeit verloren sein kann, sondern eben auch *in* alle Zeit, in die die Liebe ausgestreut wird und hier, im Zwischenreich dieses Gedichtes, *gern* verlorengegeben wird, was ein Teil der Bejahung des Zugrundegehens ist.

Ingeborg Bachmann zeigte mir das Gedicht als Manuskript in der Halle ihres Hotels in Kensington, London, im Jahr 1967. Sie war eben aus Italien gekommen, wo sie es bei einem Dichtertreffen – ich glaube in Bari – vorgelesen hatte. Sie habe es schon vor längerer Zeit geschrieben, aber sie wolle es jetzt auch in England vorlesen. Sie hatte auch eine englische Übersetzung mitgebracht, die sie mir zeigte. Die Übersetzung war völlig unzulänglich, ich rief meinen Freund und englischen Übersetzer, Georg Rapp*, an, der sofort kam und eine wesentlich bessere Übersetzung zuwege brachte. Außerdem holte er Ingeborg Bachmann aus ihrem Hotel, in dem sie sich unglücklich fühlte, zu seiner Frau in sein Landhaus, wo sie sich erholte.

In dem Hotel hatte ich sie in einer Verfassung angetroffen, die dem Inhalt des Gedichtes ziemlich genau entsprach. Einerseits fühlte sie sich – kurz nach einer schmerzlichen Trennung – auf einem Tiefpunkt, andererseits sah sie nach diesem »Gescheitertsein«, wie sie es nannte, eine Fülle von Unzerstörtem und Unzerstörbarem und konnte daher, meinte sie, »fast guter Dinge sein«.

»Zugrund gerichtet, wach ich ruhig auf.
Von Grund auf weiß ich jetzt, und ich bin unverloren.«

Sie sprach damals von ihrem Gefühl des Verlorenseins in ihrem Hotel, überhaupt in England, auch davon, daß nicht einmal Italien als Gegengewicht gegen dieses Verlorenheitsgefühl mehr ausreiche. Andererseits sprach sie davon, daß alles Zerstörbare nun schon zerstört sei und daß alles, was übriggeblieben sei, unzerstörbar sei, so daß sie sich nicht verloren geben müsse. Sie verglich

ihren Zustand mit dem der beiden Antihelden in Becketts »Warten auf Godot«, nur daß sie auf keinen Godot warte.
»Wenn man die Welt ohne sich sieht, sieht man sie wieder besser.« Ich glaube, das waren ziemlich genau ihre Worte, die sie zur Erklärung des Lebens- und Weltgefühls in ihrem Gedicht sagte. Sie setzte auch ihre Worte »ich bin unverloren«, ferner die Worte »so gut wie ich« und »soviel wie ich« in Beziehung zu den Worten »ich grenz, wie wenig auch, an alles immer mehr«. Der wirkliche Ichverlust schien ihr Vorbedingung für ein weiteres Leben, allerdings nur für ein *Grenzen* an das Leben der Anderen,

> »begabt nur noch, vom Meer, das strittig ist, Land meiner Wahl zu sehen«.

Sie stimmte zu, als ich an Moses erinnerte, der das Verheißene Land sehen, aber nicht betreten durfte, auch als ich Prospero erwähnte, der zuletzt auf Zauberstab und magisches Buch verzichtet*.
Bei ihrer Selbstbeschreibung »ein Böhme, ein Vagant, der nichts hat, den nichts hält« dachte sie an ihre Beziehung zu Böhmen, auch an Rilkes Verse* »Mich rührt so sehr/böhmischen Volkes Weise«, aber auch an das Wort Bohemien: »Das war vor vielen Jahren für uns in Österreich ein häufiger gebrauchter Begriff als jetzt«, sagte sie, ziemlich wörtlich zitiert. Übrigens gehörten in ihrer und meiner Kindheit in Österreich zu den herumziehenden Gelegenheitsarbeitern böhmische Scherenschleifer und Kesselflikker, die man Rastelbinder nannte.
Ich erinnere mich, daß sie zu dem Satz

> »Und irrt euch hundertmal
> wie ich mich irrte und Proben nie bestand,
> doch hab ich sie bestanden, ein um das andre Mal.«

die Erinnerung an das gute Gefühl nach einer Mathematik-Schularbeit assoziiert, »daß das überstanden und bestanden ist, sogar wenn man sie verhaut hat«.
Noch eines fällt mir zu unserem Gespräch ein: Ich wies auf Worte wie »tret, verlier, geh« hin, ohne ein weiteres »e« nach dem letzten Konsonanten, was durch den nachfolgenden Vokal von »ich« zwar hinlänglich erklärt sei, weil so ein Hiatus vermieden werde,

von der Kadenz der Zeile ganz zu schweigen. Doch habe sie trotz der folgenden Konsonanten auch in den Worten »Ich grenz noch…« und »Ich grenz, wie wenig auch…« das zweite »e« weggelassen. Ich sagte, ich glaube mich zu erinnern, daß solche für den österreichischen Sprachgebrauch charakteristische Auslassungen in ihren frühen Texten häufig gewesen seien, später aber habe es eine Bemühung um Anpassung an ein »Gesamtdeutsch« bei ihr gegeben. Sie meinte, im hier beschriebenen Zustand sei eine solche Anpassung eben nicht mehr nötig, und so entspreche die Ausdrucksweise zum Teil dem Inhalt des Gedichtes.

Es widerstrebt mir eigentlich, noch allzuviel eigenes zu diesen Erinnerungen hinzuzufügen. Daß die Erwähnung der Illyrer, Veroneser und Venezianer konkrete Anspielung auf andere »Komödien« Shakespeares ist, versteht sich von selbst. Vielleicht aber spielt Ingeborg Bachmann damit auch auf ihre sogenannte Wahlheimat Italien an, in der sie sich gleichfalls nicht wirklich behaust fühlte.

Wichtig dürfte es sein, das Wort »Liebesmüh« wörtlich zu nehmen, und nicht nur als Anspielung auf Shakespeares Komödie. Dasselbe gilt für ein Wort wie »unverankert«, das schon durch seine Stellung besonderes Gewicht hat. Ebenso das Wort »gerichtet« in »Zugrund gerichtet«. Für mich klingen dabei die beiden Stimmen am Ende von »Faust I« an: »Sie ist gerichtet.« – »Sie ist gerettet.«

Aber hier, gerade durch die Intensität der Assoziativwirkung des Gedichtes, droht schon Gefahr, daß die Interpretation zu eigenwillig, zu frei wird und mehr über den Interpreten als über den Text aussagt. Verläßlicher ist es, sich an die einzelnen Zeilen und Worte zu halten. Auch das, was wir schon verstanden zu haben glauben, sagt bei wiederholter und genauerer Erwägung noch mehr aus, zum Beispiel das Wort »noch«, auf das wir zuvor schon aufmerksam geworden sind. Dieses kommt im Gedicht nicht weniger als fünfmal vor und könnte uns nicht nur zeigen, was die Dichterin der Verzweiflung *noch* entgegensetzen will, sondern auch, von welchen Bedingungen sie dieses Sich-Sträuben abhängig macht, ob sie sich wirklich noch sträubt, ob diese Gegenwehr nicht durch die Unmöglichkeit dieser von ihr festgestellten Bedingungen in Wahrheit keine Gegenwehr mehr ist, sondern schon das Zugrundegehenwollen und Zugrundegehen selbst.

»Liegt Böhmen noch am Meer, glaub ich den Meeren wieder.
Und glaub ich noch ans Meer, so hoffe ich auf Land.«

Da Ingeborg Bachmann in Wirklichkeit genau weiß, daß Böhmen nur bei Shakespeare und in ihrer eigenen verzweifelten Gegenwelt noch am Meer liegt – das Wort »noch« zeigt, daß sie den Zustand nicht für dauerhaft hält –, enthalten diese Zeilen, die alles von Böhmens Lage am Meer abhängig machen, schon die kaum mehr verkappte Absage an Glauben und Hoffnung.
Dem entspricht auch der Unterschied zwischen der ersten Zeile des Gedichtes:

»Sind hierorts Häuser grün, tret ich noch in ein Haus.«

und der letzten Zeile:

»begabt nur noch, vom Meer, das strittig ist, Land meiner Wahl zu sehen.«

In der ersten Zeile tritt sie unter gewissen Voraussetzungen (wenn es grün ist oder ihr grün ist) noch in ein Haus. In der letzten Zeile ist daran gar nicht mehr zu denken. Sie ist unbehaust, nur vom »strittigen« Meer aus kann sie das Land ihrer Wahl noch sehen; es zu betreten, ist sie nicht mehr »begabt«, ist ihr nicht mehr gegeben. Und sie läßt zuletzt weder Land noch Meer glaubhaft bleiben, oder doch nicht glaubhafter, als ihr ihre eigene Lebensfähigkeit ist. Dieses Land und dieses Meer ist ja auch sie selbst. Wenn sie sagt:

»Grenzt hier ein Wort an mich, so laß ich's grenzen«

und, gegen Ende

»Ich grenz noch an ein Wort und an ein andres Land«,

so faßt sie Wort und Meer und Böhmens Küste und sich selbst in ein einziges System der Verbindung und Identifikation (auch mit dem so hoffnungslos wie Böhmen vom Meer Getrennten) zusammen. Gleichzeitig aber betont auch hier wieder das Wort »noch«

die Flüchtigkeit, das bevorstehende Ende dieses lebendigen Zusammenhanges. Wenn das eine Mal ihr Ich an das Wort grenzt, das andere Mal das Wort an sie, so entsteht dadurch, ebenso wie durch ihre Wort- und Sinnvariationen »auf gutem Grund, zugrunde gehn, von Grund auf«, durch das Ineinander von Form und Inhalt ihrer Aussagen eine Art Wellenschlag, der nicht nur an das Meer erinnert, sondern an das Schwanken des ganzen Systems, das sie als *unverankert* darstellt. Die Gegenwelt, in der sie Zuflucht vor der Verzweiflung findet oder doch sucht, wird der Verzweiflung zum Verwechseln ähnlich, so ähnlich wie in Shakespeares Komödien.
In diesem Zusammenhang ist es wichtig, die einzige grammatikalisch unklare Stelle des Gedichtes genau zu beobachten:

»Von Grund auf weiß ich jetzt, und ich bin unverloren.«

Was die Ichperson weiß, wird nicht gesagt, nur daß sie weiß. Der scheinbar unvollendete Satz schneidet ins Ohr und ins Herz.

1983

Lion Feuchtwanger und Oskar Maria Graf

Begegnungen mit dem Werk von Schicksalsgenossen

Mehr als einmal, während ich mich auf dieses Thema vorbereitete, sagte ich mir: Ich bin ein Schriftsteller, kein Germanist, und ich weiß eigentlich zu wenig, sowohl von Lion Feuchtwanger als auch von Oskar Maria Graf, verglichen mit denen, die jahrelang über das Leben und Schreiben dieser beiden Schriftsteller gearbeitet haben.

Meine einzige Rechtfertigung ist vielleicht die, daß ich die beiden Schriftsteller – persönlich habe ich leider keinen von ihnen gekannt – in mancher Hinsicht anders erlebt habe als viele andere, besonders die, die erst kurz vor oder erst nach ihrem Tod mit ihren Werken in Berührung gekommen sind.

Obwohl ich 37 Jahre jünger bin als Feuchtwanger und 27 Jahre jünger als Oskar Maria Graf, war ich doch noch ihr Zeitgenosse und in mancher Hinsicht – als vom Hitlerfaschismus aus seiner Heimat Vertriebener, der nach den Wurzeln dieses Übels suchte und etwas gegen es zu tun versuchte – auch ihr Schicksalsgenosse. Ich bin 1921 in Wien geboren und habe relativ früh angefangen, ernste Bücher zu lesen, die mein Vater mir gab. 1934, ein Jahr nach Hitlers Machterhebung in Deutschland, kannte ich von Feuchtwanger den historischen Roman »Die häßliche Herzogin«, »Jud Süß« und »Erfolg«. Von der häßlichen Herzogin Margarete Maultasch hatte ich, weil sie ja sozusagen zur österreichischen Geschichte gehört, schon in der Schule ein ganz klein wenig gelernt, und der Roman machte mir deutlich, was an menschlichem Leben hinter solchen dürftigen Geschichtsbrocken stecken kann. Von dem Hofjuden Süß wußte ich nichts, dennoch bedeutete er mir mehr als die häßliche Herzogin. Das war keine literarische Wertung. Ich weiß noch genau, wie ich das las. Nämlich so, daß ich dabei immer die Stimmen im Ohr hatte, die zu uns in Wien auf der Straße sagten: »Wartets nur: Bis der Hitler kommt, hängt er euch alle auf!« Erst viel später wußte ich, daß Feuchtwanger mit seinen historischen Romanen den Menschen auch ganz bewußt die Augen für ihr eigenes Lebensgefühl und ihre eigenen Zeitzusammenhänge öffnen wollte. Die Wirkung aber blieb auch ohne dieses Wissen nicht aus. Noch viel stärker allerdings beeindruckte mich in dieser Hinsicht »Erfolg«. Die Ähnlichkeiten zwischen den bayerischen und österreichischen Verhältnissen waren unübersehbar groß, und die Gefahren, die in der biederen Hinterhältigkeit oder in der klerikalen Verstocktheit, in der rachsüchtigen Schlauheit lagen, waren für mich auch eine Spiegelung der Gefahren meiner unmittelbaren Umgebung und eine Warnung vor ihnen. Um diese Zeit (ich las »Erfolg« wahrscheinlich um die Jahreswende 1932/33) hatte bei uns der Vorstoß der ganz Rechten (Dollfuß im Verein mit den Heimwehrleuten) schon deutlich begonnen, und vieles in dem Buch konnte man nicht nur verstehen, sondern auch spüren. Ich erinnere mich aber auch, daß ich den Stil des Buches, zum Beispiel das gelegentliche Vorziehen des Verbums, ungewöhnlich und sehr eindrucksvoll fand.

Von Oskar Maria Graf hatte ich vor 1933 eigentlich nur bayerische Bauerngeschichten gelesen, hatte sie spannend gefunden, auch Anteil daran genommen. Im Buch »Dorfbanditen« war mir die Kindheit von Jungen unter mir recht fremden Lebensbedingungen nähergerückt worden, und auch ein Buch, das »Bayerisches Lesebücherl« hieß, hatte mich interessiert und zum Teil auch amüsiert, aber als Stadtkind in Wien war mir das Leben auf dem Land nur in den Ferien von ferne begegnet, und bei der damaligen politischen Lage in Österreich fühlte ich mich dem »Ländlichen« gegenüber ein wenig unsicher und wußte damals – zu meiner Schande muß ich es gestehen – noch nicht ganz sicher, wohin dieser Oskar Maria Graf eigentlich gehörte. Er gefiel mir, aber ich hatte auch von den »Bodenständigen« gehört und war noch nicht soweit, damals schon den Unterschied zwischen ihm und ihnen deutlich zu erkennen. Daß Graf und Feuchtwanger einander auch persönlich kannten und schon in den zwanziger Jahren im »Neutralen Komitee für die Befreiung von Max Hölz*« zusammengearbeitet hatten, erfuhr ich erst viel später im Exil in England.

Und dann kam die Machterhebung Hitlers in Deutschland – auch in Österreich von uns als furchtbarer Schlag empfunden –, und Feuchtwangers Bücher wurden verbrannt, und von Oskar Maria Grafs Büchern wollten die neuen Herren die meisten als echt bodenständig empfehlen, und da brachte in Wien die »Arbeiter-Zeitung«, wenige Tage nach meinem 12. Geburtstag, die Worte

Grafs, in denen er die Nazis verdammte und mitverbrannt zu werden forderte:

»Das Dritte Reich hat fast das ganze deutsche Schrifttum von Bedeutung ausgestoßen, hat sich losgesagt von der wirklichen deutschen Dichtung, hat die größte Zahl ihrer wesentlichsten Schriftsteller ins Exil gejagt und das Erscheinen ihrer Werke in Deutschland unmöglich gemacht. Die Ahnungslosigkeit einiger wichtigtuerischer Konjunkturschreiber und der hemmungslose Vandalismus der augenblicklich herrschenden Gewalthaber versuchen all das, was von unserer Dichtung und Kunst Weltgeltung hat, auszurotten und den Begriff ›deutsch‹ durch engstirnigen Nationalismus zu ersetzen. Ein Nationalismus, auf dessen Eingebung selbst die geringste freiheitliche Regung unterdrückt wird (schrieb Graf in seinem offenen Brief), ein Nationalismus, auf dessen Befehl alle meine aufrechten sozialistischen Genossen verfolgt, eingekerkert, gefoltert, ermordet oder aus Verzweiflung in den Freitod getrieben werden!
Und die Vertreter dieses barbarischen Nationalismus, der mit Deutschsein nichts, aber auch schon gar nichts zu tun hat, unterstehen sich, mich als einen ihrer ›Geistigen‹ zu beanspruchen, mich auf die sogenannte weiße Liste zu setzen, die vor dem Weltgewissen nur eine schwarze Liste sein kann!
Diese Unehre habe ich nicht verdient!
Nach meinem ganzen Leben und nach meinem ganzen Schreiben habe ich das Recht, zu verlangen, daß meine Bücher der reinen Flamme des Scheiterhaufens überantwortet werden und nicht in die blutigen Hände und die verdorbenen Hirne der braunen Mordbanden gelangen!
Verbrennt die Werke deutschen Geistes! Er selber wird unauslöschlich sein wie eure Schmach!
(Alle anständigen Zeitungen werden um Abdruck dieses Protestes ersucht. Oskar Maria Graf)«

Die »Arbeiter-Zeitung«, die im Februar 1934, noch nicht einmal ein ganzes Jahr später, selbst Opfer des österreichischen Faschismus wurde, druckte das am 12. Mai 1933 ab; ein verspätetes Geburtstagsgeschenk für mich. Oskar Maria Graf war für mich mit einem Schlag ein Held geworden. Natürlich verstand ich auch

den Einwand: Wenn seine Bücher, die daraufhin ebenfalls verbrannt wurden, länger unverbrannt geblieben wären, wäre das nicht nur für ihn vielleicht noch von persönlichem Vorteil gewesen, sondern dann wären von diesen Büchern auf ihre Leser, denen sie nun entzogen wurden, noch gute Wirkungen ausgegangen, im Gegensatz zur Blut-und-Boden-Ideologie der Nazis, mit der ich ihn nun nie mehr verwechselte. Aber das Farbe-Bekennen Grafs schien mir damals und scheint mir auch heute noch viel wichtiger. Und viel später, als ich das lange Zögern und Zaudern Thomas Manns kannte und die zweifelhaften Eintragungen, die er in seine Tagebücher machte, fand ich auch Grafs scharfe Kritik an Thomas Mann völlig gerecht.
In den Jahren zwischen Hitlers Machtantritt in Deutschland und der Gleichschaltung Österreichs las ich auch Feuchtwangers »Geschwister Oppenheim«, heute wieder mit ihrem ursprünglichen Titel »Geschwister Oppermann« genannt. Natürlich identifizierte ich mich vor allem mit dem Gymnasiasten, der Selbstmord begeht. In diesem Buch begegnete ich auch zum ersten Mal – und mit Entsetzen! – Kleists Gedicht »Germania an ihre Kinder«. Mit Entsetzen, weil dieser Geist offenbar immer noch weiterlebte! In »Geschwister Oppenheim« sah ich deutlich, was auch meiner Familie bevorstand, falls Hitler nach Österreich kommen sollte – und was dann meine Familie auch wirklich vernichtet hat.
Aber das andere, was mich in diesem Buch ungemein beeindruckte, war die Gestalt des Schriftstellers – eigentlich eines unpolitischen Schriftstellers, der sich aber doch dazu bringt, gegen die Nazis zu wirken. – Natürlich hatte sich auch schon im Roman »Erfolg«, bei dem Schriftsteller Tüverlin, eine Entwicklung in vergleichbarer Richtung gezeigt. Den »Erfolg« las ich jetzt nochmals und schrieb mir einen Absatz in mein Tagebuch*. Den nahm ich dann 1938 mit, als ich aus dem von Hitler besetzten Österreich nach England ins Exil ging. Der Text ist der Johanna Krain in den Mund gelegt:

> »›Man hat mir gesagt‹, sprach sie, ›daß es Fälle krasseren Unrechts gibt und daß Männer zu Unrecht in den Gefängnissen sitzen, wichtiger für das Gemeinwohl als dieser Martin Krüger, der nun tot ist. Aber ich will das nicht begreifen, mir ist dieser Martin Krüger wichtiger als alles auf der Welt. Sagen

Sie mir nicht, dem Mann ist nicht mehr zu helfen. Ich will ihm nicht helfen, ich will mir helfen. Ich hab' gesehen, daß Unrecht geschah. Ich hab' gesehen, und seitdem ich es sah, ist mir das Essen verekelt und das Schlafen und meine Arbeit und das Land, in dem ich lebe und immer gelebt habe. Das Unrecht, das ich sah, ist nicht gestorben mit dem Mann, es ist immer da, es ist rings um mich, es ist am meisten da von allem Unrecht in der Welt. Ich muß davon reden, Gerechtigkeit beginnt zu Hause.‹ «

Diese Sätze haben für mich ihre Gültigkeit behalten, auch heute, auch in der Bundesrepublik. Daß Feuchtwanger überhaupt im Grunde ein vernunftgläubiger Moralist war, eine Geisteshaltung, die vielleicht auch aus seiner Herkunft aus dem jüdischen Bürgertum seiner Zeit, aus seiner Rebellion gegen dessen religiöse Orthodoxie zu erklären ist, wurde mir damals noch nicht klar. Auch heute ist es vielen unklar. Er wird oft für einen Kommunisten oder gar Mitläufer des Stalinismus gehalten, was er nicht war. Solchen Mißverständnissen leistet gelegentlich die Verstümmelung seiner Texte in der DDR Vorschub, wenn z.B. in dem Roman »Erfolg« eine Stelle, wo Feuchtwanger Leo Trotzki als den bedeutendsten marxistischen Historiographen bezeichnet, glatt gestrichen wird, ebenso wie die Erwähnung der Tatsache, daß manche Kommunisten zu den Nazis übergelaufen sind. Dafür wird an anderer Stelle, dort, wo Feuchtwanger von einem »sowjetischen Agenten« schrieb, ein »iranischer Agent« daraus gemacht. Nicht nur in der DDR, sondern leider auch in heutigen bundesdeutschen Feuchtwanger-Ausgaben, die nämlich Lizenzausgaben des DDR-Verlages sind. Ein Verzeichnis solcher Auslassungen und Textänderungen wäre ein verdienstvolles Unterfangen.
Doch zurück zu den Worten der Johanna Krain: Am 25. Mai 1938, als die Nazis meinen Vater umgebracht hatten und ich nicht einschlafen konnte, aber wußte, daß ich mich nicht gehenlassen durfte, wenn ich meiner verhafteten Mutter, meiner Großmutter und mir selbst helfen wollte, versuchte ich erst, irgendein beruhigendes Buch zu lesen, um mich abzulenken. Das endete mit einem Wut- und Verzweiflungsausbruch. Dann las ich wieder diese Worte der Johanna Krain aus dem Buch »Erfolg«, die ich mir abgeschrieben hatte, und meinen Ausschnitt aus der »Arbeiter-

Zeitung« vom 12. Mai 1933 mit Oskar Maria Grafs Forderung, auch seine Bücher zu verbrennen, und das half mir. Diese beiden Texte bestärkten mich auch in meinem Entschluß, selbst Schriftsteller zu werden, wenn ich den Nazis lebend entkomme. Auch im Herbst 1938, nach meiner Ankunft in England, als man im Jüdischen Flüchtlingskomitee in London nach meinen Berufsabsichten gefragt hatte und auf meine Antwort hin: »Ich will ein deutscher Dichter werden«, verächtlich gesagt: »Junger Mann, je schneller Sie sich diese Wahnsinnsidee aus dem Kopf schlagen, desto besser wird es für Sie sein«, fand ich bei diesen beiden Texten von Graf und Feuchtwanger Bestärkung, die ich dringend brauchen konnte. Bei ihnen und auch bei Brecht, Feuchtwangers Freund, von dem ich aber erst einige Gedichte und die »Dreigroschenoper« kannte.

Im Londoner Exil war ich unter anderem längere Zeit Bibliothekar* in einer der linken Flüchtlingsorganisationen, dem »Austrian Centre«. Die Leihbibliothek war nicht ungeheuer stark besucht, und ich hatte viel Zeit zum Lesen. Unter den ersten Büchern, die ich las, waren Oskar Maria Grafs Roman »Der Abgrund« und Feuchtwangers politischer Reisebericht »Moskau 1937«, der später ein Hauptgrund seiner zwiespältigen und meines Erachtens ganz und gar ungenügenden Rezeption in der Bundesrepublik wurde. Beide Bücher waren für mich von großer Wichtigkeit. »Der Abgrund« – nach dem Krieg in einer von Graf leicht redigierten und ergänzten Ausgabe unter dem Titel »Die gezählten Jahre« wiedererschienen – hatte damals, in der alten Malik-Verlag-Ausgabe, auf dem Umschlag die vielleicht schönste aller Photomontagen von Johnny Heartfield*, den ich im englischen Exil gerade kennengelernt hatte, mit dem ich gut Freund wurde und der auch einer der ersten war, der mir von Graf und Feuchtwanger etwas erzählen konnte. »Der Abgrund« handelte nicht nur vom Beginn der Antifaschisten und vom schrittweisen Machtgewinn des Faschismus in Österreich, sondern er ergänzte dann auch mein Wissen um Vorgänge und um Menschengruppen in meiner eigenen Heimat, ja in meiner Geburtsstadt Wien, von denen ich zu wenig gewußt hatte. Er behandelte aber auch das andere für mich ungemein wichtig gewordene Problem, die Auseinandersetzung zwischen den Sozialdemokraten (mit ihren Schwächen, selbst im sogenannten Austromarxismus Otto Bauers*) und dem anschei-

nend entschlosseneren und tatkräftigeren Antifaschismus der Kommunisten, der aber wieder durch allzuviel Disziplin und Parteigläubigkeit seine tiefen Schattenseiten zeigte. Diese Auseinandersetzung, ja der erbitterte Streit der beiden Seiten, gehörte auch damals schon zu unseren Exilproblemen und ist aus einer Diskussion über Oskar Maria Graf und Feuchtwanger auch heute nicht wirklich wegzudenken.
Im Lexikon deutschsprachiger Schriftsteller, das in der DDR in Grafs Todesjahr 1967 erschienen ist, steht freilich nur Freundliches. Etwa:

> »Leben und Werk Grafs sind erfüllt von einem echten und starken Gefühl für unzerstörbare Menschlichkeit, das in seiner tiefen Liebe zum Volk begründet ist. Eigene Erlebnisse und autodidaktische Studien brachten Graf der sozialistischen Bewegung nahe. Seine (oft autobiographischen) Bücher zeichnen sich durch Anschaulichkeit und eine volkstümliche sprachliche Gestaltung aus.«

Nun ja. Ganz schön, bis auf den salbungsvollen und fast gönnerhaften Ton dieser Belobigung und auf die Tatsache, daß Oskar Maria Graf das Wort »volkstümlich« ebensowenig leiden konnte wie Bertolt Brecht. Aber noch ein Bedenken: Was sollen die Worte heißen: »brachte Graf der sozialistischen Bewegung nahe«? Wirklich nur nahe? Das hängt vielleicht davon ab, was man unter sozialistischer Bewegung versteht. Zu Grafs Lebzeiten, obwohl er immer ein Gegner der verschiedenen Bruderkriege innerhalb der Linken war, sah die Sache weniger einfach aus. Jean Améry*, selbst ein Opfer des Hitlerfaschismus, berichtet, im Nachwort »Ein deutscher Realist« zur Neuausgabe des Buches, über den »Abgrund«:

> »Graf hatte es mit diesem Buch nicht leicht. Heinrich Mann trat dafür ein und schrieb an den Autor, er sei nach Herkunft, Körperbau und geistigem Wuchs ›einer der Glücksfälle der deutschen Opposition‹. Aber die Russen machten Schwierigkeiten bei der Herausgabe im Malik-Verlag: Grafs Haltung der KPD gegenüber sei teils falsch, teils gehässig. Und die Sozialdemokraten ihrerseits monierten die ›kommunistische Tendenz‹. In Zürich zirkulierte in den sozialdemokratischen Par-

> teibuchhandlungen ein Brief an den Malik-Verlag, er solle gefälligst die schon ausgelieferten Bücher wieder zurücknehmen...
> ›Gesang zwischen den Stühlen‹ hieß ein noch vor Ausbruch des Dritten Reiches herausgekommener Lyrikband von Erich Kästner. Zwischen den Stühlen, allen Stühlen, saß schließlich auch der Provinzschriftsteller und Realist Oskar Maria Graf. Er war nach dem Krieg politisch in der Bundesrepublik so wenig erwünscht wie literarisch.«

Soweit Jean Améry. Aber ich will noch nicht allzuweit vorgreifen. – Zum Buch »Der Abgrund« hier nur noch die Ergänzung, daß das einzige Buch, das mir damals Ende der dreißiger Jahre ebensoviel über die Hintergründe des Untergangs meiner Heimat Österreich beibrachte, ein Sachbuch war, nämlich G.E.R. Gedye, »Fallen Bastions«, »Gefallene Bastionen«, das ich ebenfalls in der Bibliothek des Austrian Centre in der englischen Ausgabe des Left Book Club las, ebenso wie ich Feuchtwangers »Moskau 1937« zuerst in der englischen Left-Book-Club-Ausgabe und erst dann in der deutschen Ausgabe des Querido Verlags, Amsterdam 1937, in die Hand bekam.
Die 1976 in der DDR bei Reclam erschienene Feuchtwanger-Biographie von Josef Pischel widmet diesem Buch »Moskau 1937« ein ganzes Kapitel, voll des Lobes. Ein wesentlicher Absatz sagt von Feuchtwanger:

> »Er übersieht nicht die tausend Mißlichkeiten und Sorgen des Alltags jener Zeit; er verschweigt nicht seine Vorbehalte gegen bestimmte Praktiken in der Kulturpolitik, noch sein Befremden über den Kult um die Person Stalins, noch seine Skepsis gegenüber der Beweisführung in den Prozessen gegen Radek und Pjatakow. Aber Feuchtwanger stellt um dieser für ihn offenen Fragen willen die welthistorische Leistung der Sowjetmacht überhaupt nicht in Frage.«

Dieser Absatz ist zwar ein kleines diplomatisches Meisterwerk – ähnlich wie zuvor eines anderen Autors Worte über die bloße *Nähe* Oskar Maria Grafs zur sozialistischen Bewegung, aber bei dieser Beschreibung kann ich es unmöglich bewenden lassen.
Es ging uns damals im Londoner Exil bei Feuchtwangers Buch ja

nicht so sehr um den Stalinkult, obgleich auch dieser uns nicht wenig störte, sondern um die sogenannten »Säuberungsaktionen«, um die Trotzkistenprozesse, um die Massenverhaftungen und um die Hinrichtungen. Trotz der von seinem Biographen erwähnten »Skepsis gegenüber der Beweisführung in den Prozessen gegen Radek und Pjatakow« schreibt das Buch »Moskau 1937« all dies natürlich klein im Verhältnis zur grimmigen russischen Wirklichkeit dieser Jahre, die die welthistorische Leistung der Sowjetmacht von innen heraus aushöhlte und durchaus in Frage stellte, auch wenn Feuchtwangers Buch dies nicht zeigt. Daß das Buch es nicht zeigt und daß Feuchtwanger nicht nur gegen André Gide*, der schließlich auch nicht gerade ein wilder Antikommunist war, ungerecht war, ist für den heutigen Leser schwer zu verstehen oder zu rechtfertigen.

Ich finde, daß diese Feuchtwanger-Biographie mit ihrem Umgehen des Problems dem Dichter keinen guten Dienst erweist, zumal gerade »Moskau 1937« immer wieder als Beweis für Feuchtwangers Kritiklosigkeit gegenüber der Sowjetunion angeführt wird.

Auch meine Freunde und ich in London taten uns mit dem Buch nicht leicht. Trotzdem wendeten sich damals, ich spreche von der ersten Hälfte des Jahres 1939, sehr wenige von uns gegen das Buch oder gegen die Sowjetunion oder griffen Stalin und den Stalinismus offen an. Das hat mehrere Gründe. Einer war natürlich, daß wir die wirklichen Ausmaße der Verfolgungen und Greuel ebensowenig kannten wie Feuchtwanger oder sein Freund Brecht. Ein weiterer Grund war der ständige Vormarsch Hitlers, den die Politik Englands und seit München 1938 auch wieder Frankreichs, in der Hoffnung, Hitler werde für sie in einem Hakenkreuzzug die Sowjetunion vernichten, de facto ermutigt hatte. Angesichts all dessen versuchten viele von uns, alle Kritik hinunterzuschlucken, was dann allerdings, je mehr Informationen durchsickerten, desto schwerer wurde.

Ein Hauptgrund aber war das Buch »Moskau 1937« selbst. Es hatte für mich, aber auch für einen erfahreneren Freund, den großen österreichischen sozialistischen Dichter Theodor Kramer, der es um die gleiche Zeit wie ich las und mit mir diskutierte, eine Art Ventilfunktion. Von den üblen Vereinfachungen und den Phrasen, die die kommunistische Propaganda jener Zeit so unattraktiv machten, enthielt »Moskau 1937« so gut wie nichts. Hier war ein

offensichtlich ehrlich bemühter, auch wohltuend kritischer Bericht zu lesen, sogar Negatives über Stalin war darin zu entdecken. Und das Ganze wirkte trotzdem so, daß wir glauben konnten, an dem, was uns Halt gab, nicht nur gegen die Nazis, sondern was uns Hoffnung für eine bessere Zukunft verlieh, nicht verzweifeln zu müssen. So hatte das Buch für uns, vielleicht wie für Feuchtwanger selbst, eine Art Sicherheitsventilfunktion. Wer das las, mußte keine plumpe Propaganda mehr nachbeten, konnte aber manches Beunruhigende noch leichter als Unvollkommenheit, als Kinderkrankheit der Geschichte tolerieren, ohne zu verzweifeln.
Ich war damals erst knapp 18 Jahre alt, ließ mich von der größeren Erfahrung der erfahreneren Genossen beeindrucken, etwa bis zu meinem 22. Jahr, 1943. Ich verstehe aber auch heute noch gut, daß auch nach 1937, auch nach Anfang des Krieges, als in England in Kreisen der Chamberlain-Regierung erwogen wurde, ob man den Finnlandfeldzug der Sowjetunion nicht zum Anlaß nehmen sollte, »to switch the war«, den Krieg umzudrehen und mit Hitler als natürlichem Verbündeten gegen die Sowjetunion zu ziehen, Antifaschisten nicht unbedingt Lust hatten, ihr wachsendes Entsetzen über Stalin an die große Glocke zu hängen. Brecht, dem vor dem Stalinismus graute, der unter anderem seine Freundin Carola Neher und seinen Freund Tretjakow auf dem Gewissen hatte (der übrigens auch Grafs Freund war), gab dies lange Zeit auch nur in Andeutungen zu erkennen, die nicht für das Verständnis oder den Konsum von kalten Kriegen gedacht, für Freunde aber desto deutlicher zu verstehen waren.
Oskar Maria Graf, der kein »Moskau 1937« geschrieben hat und sich in seinem eigenen Werk nie um allzu sorgfältige politische Diplomatie bemüht hat, wovon z.B. »Der Abgrund« – »Die gezählten Jahre«, aber vor allem auch seine Briefe Zeugnis ablegen, hat Feuchtwanger dennoch zeitlebens bewundert, ebenso wie Brecht (der übrigens von Feuchtwanger mehr als von irgendeinem anderen einzelnen Menschen »entdeckt« worden war, soweit man einen solchen Ausdruck gebrauchen kann). Jeder Versuch, Graf gegen Feuchtwanger auszuspielen, wäre gegen den Sinn beider Schriftsteller.
Als Feuchtwanger im Juli 1957 den Kultur- und Literaturpreis der Stadt München erhielt, nicht ohne Widerstände im Stadtrat, und als er dann im Herbst desselben Jahres ein Glückwunschtele-

gramm in die Sowjetunion sandte, zum 40. Jahrestag der Oktoberrevolution, zu einer Zeit, als Chruschtschow den Stalinterror weltweit hörbar verurteilt hatte und die Rehabilitierung der Opfer im Gang war, hielt der Münchner Stadtrat offenbar einen solchen Glückwunsch für unerlaubt für einen seiner Kultur- und Literaturpreisträger und verfaßte die Resolution:

> »Der Stadtrat stellt fest, daß er bei der Verleihung des Kulturpreises der Stadt München nur die künstlerische Leistung, nicht die politische Haltung des Geehrten anerkennt, von der er sich ausdrücklich distanziert.«

Schon vor dieser Distanzierung, unmittelbar nach der Preisverleihung, als Oskar Maria Graf seinem bayerischen Landsmann Feuchtwanger zum Preis gratulierte, schrieb er ihm am 30. Juli 1957 unter anderem:

> »Großhut berichtete mir auch, was hinter den Kulissen vor der Preisverteilung alles vorging – mein Gott, wie schmählich das ist von dieser ›Kunststadt‹.
> Einst haben sie dort Rilke vertrieben, nach dem jetzigen Krieg schickten sie – nachdem sie ihn feierlich empfangen hatten! – Thomas Mann in die Schweiz eine Rechnung für die Aufräumungsarbeiten seiner zerstörten Bogenhauser Villa!
> Oft hat man das Gefühl, man sollte, wie ich es in einem bayerischen Dorfbild einmal formuliert habe, diesem ›verbrunzten Mittelstand‹ noch viel gröber das Licht aufsetzen.«

Soweit Oskar Maria Grafs Brief zu Feuchtwangers Preis.
Warum ich heute so ausführlich auf diese Fragen eingehe, möchte ich hier klarmachen: weil für mich Feuchtwanger und Graf Schriftsteller waren, die mir halfen, menschliche Verhaltenszusammenhänge zu sehen, gegen Entfremdung, gegen Unmenschlichkeit zu kämpfen. Sicher auch sie – wie wir alle – nicht ohne vereinzelte Schwächen. Bei Feuchtwanger habe ich das am Beispiel »Moskau 1937« gezeigt, bei Oskar Maria Graf könnte man vielleicht die Schilderung der Verführung Josephs in den »Gezählten Jahren« durch Babette Hochegger und überhaupt die Schilderung Babettes als allzu böse, zu wenig verständnisvoll für die alternde Frau, bemängeln. Das wäre wieder Feuchtwanger nicht so leicht widerfahren. Doch viele solcher Schwächen wird man auch bei

Graf nicht finden. – Was aber diese beiden Schriftsteller, von denen hier die Rede ist, der breit erzählende, ungemein wahrheitsliebende Graf und der fast überbewußt konstruierende Feuchtwanger, gemeinsam hatten, das ist ihr immer wieder neuer Wille, für Menschlichkeit und gegen Unrecht zu schreiben. Das hatte ich damals als junger Emigrant und auch noch später, als Zeitgenosse des kalten Krieges, so bitter nötig, als Vorbild, als Beispiel, als Ermutigung. Und das ging nicht nur mir so, sondern auch zum Beispiel dem Lyriker Theodor Kramer, mit dem ich im englischen Exil befreundet war. Kramer, ein Landkind wie der drei Jahre ältere Oskar Maria Graf, nannte Graf und Feuchtwanger, wenn er von ihnen sprach, fast immer seine großen Brüder. – Lange, ehe das Wort »der große Bruder« durch Orwell eine ganz andere Bedeutung hatte! Übrigens hatte ich damals im englischen Exil, als ich Not litt und aus dem Beispiel Feuchtwangers und Grafs Mut schöpfte, keine Ahnung, wie elend schlecht es Graf viele Jahre lang in Amerika ging. Für mich war er einfach ein großer Schriftsteller. Hätte ich von seinen Sorgen gewußt, so hätte mich das vielleicht nur traurig gemacht, vielleicht aber mir auch noch mehr Mut gemacht.

Heute, da sie beide tot sind, da aber noch nicht alles tot ist, was aus demselben Schoß kroch wie das, wogegen sie gekämpft haben, denke ich darüber nach, warum diese beiden Menschen im Exil steckengeblieben sind, ja warum Oskar Maria Graf bei Kriegsende zu seiner Frau gesagt hat: »Jetzt beginnt das Exil erst eigentlich.«

Ich bin Jahrzehnte jünger und nicht ganz so im Exil steckengeblieben wie Feuchtwanger und Graf. Ich verbringe seit vielen Jahren fast das halbe Jahr wieder im deutschen Sprachgebiet, auch viel in meiner engeren Heimat, Österreich. Aber ich glaube zu verstehen, was beiden die Beziehungen zu ihrem eigenen Land auch nach dem Krieg schwergemacht hat. Ein Hinweis: Graf beendet sein Buch »Der Abgrund« in der nach dem Krieg kurz ergänzten Neufassung »Die gezählten Jahre« wie folgt:

> »Alsbald wurden auch die Gründungen politischer Parteien wieder genehmigt und Joseph als betont fortschrittlicher ›Linker‹ und bester Redner in den sozialdemokratischen Parteivorstand gewählt.

Einmal in den chaotischen Nachkriegsjahren hielt er eine vielbeachtete Rede auf einer Massenversammlung, in welcher er in flammenden Worten den unseligen deutschen Militarismus verdammte, der im ›demokratischen Deutschland der Zukunft mit Stumpf und Stiel ausgerottet würde‹. Doch, um das schließlich zu erreichen, meinte er, dazu sei nötig, daß das ›deutsche Volk endlich zu einem politischen Bewußtsein erwache‹.
Unter frenetischem Beifall endigte er mit den pathetischen Worten: ›Denn schon Napoleon der Erste hat gesagt ›Politik ist Schicksal‹... Ja, Genossen und Genossinnen, jeder muß endlich erkennen, daß sie unser aller Schicksal ist!‹
Später, als sich der Saal leerte, ging ein älterer Genosse auf ihn zu, drückte ihm unter vielen Lobworten die Hand und zwinkerte beifällig: ›Ganz recht hast du gehabt, Genosse Hochegger, politisch müssen wir uns durchgebissen haben... Abwarten heißt's jetzt. In etlichen Jahren ist alles ganz anders, da wett' ich!... Anders und vielleicht viel besser! Bloß der Unterschied zwischen denen, die sich politisch betätigen, und denen, die sie dann doch anders bestimmen, muß radikal aufhören, radikal!‹
Man weiß, wie unverdrossen sich die deutschen Massen aus dem Grauen und Elend hochgearbeitet haben. Bei diesem Werkeln und Rackern verwischte sich der überstandene Schrecken mehr und mehr, und schließlich wurde er vergessen wie nie gewesen. Zu essen, zu trinken, zu rauchen und zu wohnen haben die Menschen wieder, gut angezogen gehen sie lachend durch die Straßen der neuaufgebauten Städte mit ihren modernen Hochhäusern, ihrem heftigen Verkehr, ihren technisch vollendet funktionierenden Fabriken. Regierungen, Parlamente, Gesetze, Gerichte und eine Polizei gibt es wieder und – nicht zu vergessen – auch wieder eine exakt funktionierende Armee mit den modernsten Waffensystemen. Politik? Wen interessiert sie schon noch? Höchstenfalls die Leute, die davon leben.
Auch da hat sich nichts geändert. Der Unterschied zwischen denjenigen, die sich politisch betätigen, und jenen, die sie bestimmen, besteht wie seit eh und je.«

Damit ist eigentlich schon viel über Grafs und Feuchtwangers Verhältnis zum Deutschland jener Nachkriegsjahre gesagt. Ihre Heimatliebe, auch Sehnsucht nach Wiedersehen dieser Heimat, war deshalb nicht geringer. Graf kam zu Besuch, ist aber schließlich als amerikanischer Staatsbürger drüben gestorben. Feuchtwanger hätte Deutschland gerne wiedergesehen, konnte aber nicht fort, weil er nicht wußte, ob ihn die Vereinigten Staaten wieder einlassen würden. Feuchtwanger war, so gesehen, ein Opfer des *kalten Krieges*, und auch seine Rezeption in der Bundesrepublik hat unter dem *kalten Krieg* gelitten. Weil er in der DDR hochgeschätzt wurde, war er hier, in der westlichen Demokratie, als Sympathisant des Kommunismus verschrien. Ich möchte wissen, wie viele von den Mitgliedern des Münchner Stadtrats, die 1957 die Distanzierung von Feuchtwanger ausgesprochen haben, sich selber in ihrer Vergangenheit, zumal in den Hitlerjahren, nicht das geringste vorzuwerfen hatten, daß sie glaubten, ideologische Steine werfen zu dürfen?!
Ich will nicht, daß meine Gedanken an Feuchtwanger und Graf so nivellierend versöhnlich entschärfend wirken, daß dadurch der Blick auf das verschleiert wird, wofür und wogegen beide waren. Denn sie waren beide nicht entschärft durch ihre Zeit, sondern sehr scharf; man lese etwa die Bemerkungen gegen das Zaudern von 1933 und die spätere Selbstgerechtigkeit Thomas Manns in einem Schreiben Grafs vom 10. Juni 1940. Es ist zu lang, um es hier zu zitieren, aber es zeigt Dinge sehr klar; viele Jahre, bevor wir Thomas Manns Tagebücher kannten. Allerdings ist dieser Brief nur Entwurf, wurde nicht abgeschickt. Graf war niemals skandalhungrig oder skandalfreudig und schätzte anderes an Thomas Mann doch sehr.
Oder Graf am 14. Juli 1963 in einem Brief an Kurt Desch über Franz Josef Strauß:

> »Geärgert hat mich, daß man über eine so anrüchige politische Figur, über so ein aufgeblähtes bundesdeutsches Karl-May-Männchen mit hitlerischen Ambitionen derart dicke, geradezu tierisch ernst aussehende, repräsentativ wirkende Bücher auf den Markt bringt und den sauberen Herrn immer wieder zu einer Wirklichkeit macht, die nur mehr ganz ordinär belacht werden kann.«

Soweit das Zitat. Graf schreibt noch lange weiter über ihn. Es kann leicht sein, daß Graf aus der Ferne die Intelligenz und das Format von Franz Josef Strauß unterschätzt hat. Auch das mit den hitlerischen Ambitionen ist meines Erachtens vereinfacht. Aber wenn man liest, was Strauß gerade fünfzig Jahre nach Hitlers Machteinsetzung in Bayern, im März 1983, über Kultur und Kunst und Erziehung gesagt hat, lange nach Grafs Tod, dann kann man dem Oskar Maria Graf auch in dieser Richtung einen gewissen Weitblick nicht absprechen.
Und um nicht die privaten Gedanken eines anderen Alten, von Hitler Vertriebenen, bei dieser Gelegenheit ganz und gar totzuschweigen – nämlich meine eigenen! –, will ich doch auch nicht vergessen und vergeben, daß hier im Lande Bayern auf Befehl des Kultus- und Erziehungsministers Gedichte von Wolf Biermann und Walraff und Erich Fried – und die Friedgedichte, um die es ging, waren sogar ganz unpolitisch! – aus einem Schulbuchwerk entfernt* wurden. Das könnte man auch noch an Feuchtwangers Roman »Erfolg«, etwa des Anwalts Geyer »Geschichte des Unrechts im Lande Bayern« anreihen. Ich will das nicht breittreten, und ich will auch nicht Streit suchen, sondern ich will lieber nochmals an beider Werk und Leben denken, an Feuchtwanger und an Graf, an ihre Verschiedenheiten und an ihre Gemeinsamkeit. Wenn ein Schriftsteller, der auch einen politischen Aspekt hat, tot ist, kommt es öfter vor, daß die verschiedensten Gruppen versuchen, sich ihn, wie Graf gesagt hätte, »unter den Nagel zu reißen«. Das ist auch bei Graf und bei Feuchtwanger der Fall gewesen.
Eigentlich sei er für die Sozialdemokraten gewesen, eigentlich sei er für die Kommunisten gewesen, oder eigentlich sei er ein volksverbundener, volkstümlicher Bayer gewesen und habe sich nur nach links verirrt... Da hilft vielleicht ein Zitat aus einem Brief Grafs an Rolf Recknagel vom 14. Januar 1967.

> »Sie dürfen, lieber Rolf Recknagel, meinen kleinen spöttischen Einwand gegen die fortwährende Bezeichnung »volksverbundener Schriftsteller« nicht so ernst nehmen. Mir hängt jedenfalls so ein schulmäßiges oder gar parteipolitisches Klassifizieren stets zum Hals heraus. Ich bin seit eh und je auf seiten der ausgebeuteten Kleinen gegen die macht- und raffgierigen Großen, bin nie Mitglied irgendeiner Partei gewesen,

weder der SPD noch der KPD, weil ich gegen die Bonzen und für die Arbeiter bin und war. Ich bin seit vor dem Ersten Weltkrieg etwas wie ein religiöser Sozialist und selbstverständlich Pazifist, wie ich das ja immer bewiesen habe... Also paßt so ziemlich gar keine Bezeichnung auf mich, am ehesten noch ›linksradikal‹.«

Nicht zufällig hatte Graf sich mit Mühsam und Feuchtwanger für den Anarchisten Max Hölz eingesetzt. Vielleicht sehnte er sich nach etwas wie einer Synthese zwischen sozialistischen und nichtterroristisch-anarchistischen Ideen. Wahrscheinlich hätte er auch an den Grünen vieles sympathisch gefunden. Vom Religiösen lag ihm mehr an ursprünglicher christlicher Ethik und Liebe als an kirchlichen Institutionen.

Ansonsten wissen wir, daß Graf es in der Tschechoslowakei ablehnte, Vorsitzender des Volksfront-Komitees zu werden, und daß er viele Jahre später sogar seinem alten Freund und Verleger Wieland Herzfelde in einem Brief vom 19. Oktober 1963 die Freundschaft aufkündigte, weil er dessen Huldigung zu Walter Ulbrichts 70. Geburtstag und die anderen Huldigungen im damaligen Heft von »Sinn und Form« – ich zitiere – »tief verlogen und ekelhaft kriecherisch« fand. Ich kannte Wieland Herzfelde, den Bruder meines Freundes Johnny Heartfield und Mitbegründer des Malik-Verlages, persönlich, und so gut ich Oskar Maria Grafs Ärger und Bitternis verstehe, bedauere ich es doch, daß er ihm nicht verziehen hat. Herzfelde hatte doch sehr große Verdienste, literarisch und menschlich. Aber die Zeit und das Exil konnten einen schon bitter machen, und der Personenkult unseligen Andenkens war wirklich arg, auch wenn Ulbricht kein Stalin war.

Daß Graf gleichzeitig, ebenso wie Feuchtwanger bis zu seinem Tode, den McCarthyismus, den kalten Krieg gegen die Sowjetunion und die DDR und den Alleinvertretungsanspruch der Bundesregierung für Deutschland gehaßt hat, ganz zu schweigen vom Vietnamkrieg der USA, versteht sich von selbst.

Beide, Feuchtwanger und Graf, wurden in der Bundesrepublik nicht zuletzt wegen ihrer »Linksradikalität« nicht nur unverhohlen angegriffen, sondern auch angeblich »objektiv« kritisiert. Dabei geschah es schon einmal, daß ein und derselbe Kritiker, solange er noch im Osten war, Feuchtwangers Werke fast über-

schwenglich gelobt und dann, im Westen angelangt, diese selben Werke als literarisch nicht mehr wertvoll abgetan hat. So deutlich ging's nur selten her, aber gelegentlich kann man schon den Kopf schütteln, wenn man die Rezeptionsgeschichte von Graf und Feuchtwanger in der damaligen Bundesrepublik – und manchmal wohl bis auf den heutigen Tag – näher betrachtet. Feuchtwangers Methode und Methodik beim Schreiben ist nicht die meine. Aber was in der Bundesrepublik gegen ihn an Kritik laut wurde, weil er dem Konstruieren einen zu großen Raum gebe, das geht doch zum Teil allzu naiv von der Voraussetzung aus, daß der Kritiker über das einzig richtige Mischverhältnis von Bewußtsein und Inspiration theoretisch und praktisch genau Bescheid wisse! Ich finde das nicht nur lächerlich, sondern manchmal steckt der alte Vorwurf gegen die Intelligenzbestie dahinter. Sehr arg! Die umfassende Bildung, Feuchtwangers Spannweite als Vertreter einer vielleicht manchmal spezifisch jüdisch-liberalen deutschen Kultur mit ihrem Optimismus des Geistigen wird dabei übersehen oder mißachtet.
Feuchtwanger und Graf haben auch nach dem Krieg noch große Werke veröffentlicht und geschrieben, beide sind zwar auch in der Bundesrepublik verlegt worden, aber noch lange nicht zu ihrem Recht gekommen. Grafs Roman »Unruhe um einen Friedfertigen«, der schon 1947 erschien, gehört zu den ganz wenigen ganz großen und ganz wahrhaftigen Darstellungen deutscher dörflicher Wirklichkeit. Sein anderes Buch, von dem das auch gilt und das ebenfalls 1947 erschien, ist ein ungemein wichtiges autobiographisches, darüber aber weit hinausgehendes Werk, »Das Leben meiner Mutter«. Die Ausgabe des Deutschen Taschenbuchverlages enthält auch ein Nachwort von Hans-Albert Walter, einem der relativ wenigen Menschen in Deutschland, die wirklich über Exilliteratur Bescheid wissen. Die Arbeit an dem Buch hat Graf schon vor dem Zweiten Weltkrieg in der Emigration begonnen und konnte sie in Amerika dank der finanziellen Hilfe durch Hubertus Prinz zu Löwenstein fortsetzen. Ich möchte die Verdienste von Hubertus Prinz zu Löwenstein hier ganz besonders betonen, im Krieg und auch in der ersten Zeit nach dem Krieg, auch weil Graf ihn und sein Wirken über alle Grenzen politischer Meinungsverschiedenheit so hoch geschätzt hat. Das tue auch ich, auch wenn ich vor einigen Jahren ein von ihm unterstütztes Buch,

»Weißbuch zur Rettung der Sprache«*, sachlich angreifen mußte. Feuchtwangers Werke nach dem Krieg sind, wie die Grafs, zahlreich. Mir waren besonders sein »Goya« und die »Jüdin von Toledo« wichtig. Er hat im Exil einige Spracheigentümlichkeiten abgestreift, aber daß seine Sprache leblos wurde, glaube ich nicht.
Nun möchte ich aber zum Andenken an Graf und an Feuchtwanger mit einem Gedicht schließen, mit einem Gedicht eines anderen toten Dichters, den zumindest Graf auch persönlich gekannt und gern gemocht hat und der seinerseits Graf und Feuchtwanger geliebt hat. Nämlich Theodor Kramer, den ich schon vorhin erwähnt habe.
Kramer ist 1958, also wenige Monate vor Feuchtwanger und neun Jahre vor Graf, gestorben, ein halbes Jahr nach seiner Heimkehr nach Österreich. Das Gedicht ist eines aus dem Nachlaß:

Uns, die wie Spreu über Länder und Meere es weht...

Uns, die wie Spreu über Länder und Meere es weht,
denen der Tod auf der Stirne geschrieben schon steht,
uns ist gemeinsam kein Weg, doch gemeinsam ein Ziel;
unstet Vertriebene, wollen wir alle noch viel.

Brot von dem Brot, das sie buken, indessen wir fern,
Fleisch von dem Fleisch, das sie aßen (wie aßen wir gern!)
Raum von dem Raum, die wir liegen am äußersten Rand,
Macht von der Macht, die entfällt der geschlagenen Hand.

Die wir das Recht wollten, Unrecht nur ward uns zuteil.
Die wir das Heil wollten, wenig an uns ist noch heil.
Uns ward das Auge zu Salz und das Herz ward zu Stein.
Uns blieb die Zeit nicht, um gütig und weise zu sein.

Nehmt unsre Bitternis; Lehre aus ihr läßt sich ziehn,
die ihr nach uns kommt... Wir schwinden auch bald schon dahin.
Gönnt Brot und Wein uns, solange wir wandeln im Licht.
Geht nicht zu streng mit uns, ruft es uns ab, ins Gericht.

1987

Erich Frieds Schriften zur Literatur

Eine Auswahlbibliographie
(ohne Rundfunkbeiträge, vgl. Nachbemerkung; zu den Abkürzungen und Siglen, S. 213)

1 *Die Todesstimmung in der Nazilyrik.* In: Zeitspiegel (London), Nr. 34 v. 24. 8. 1941, S. 8.

2 *Kampflieder der Alliierten.* In: Zeitspiegel (London), Nr. 3. v. 17. 1. 1942, S. 9.
■ Rezension der Anthologie »Kampflieder der Alliierten – November 1941«, hrsg. von Jugendlichen aus einem englischen Internierungslager.

3 *Menschen von heute.* John Steinbeck: »The Moon is Down«. In: Zeitspiegel (London), Nr. 35 v. 29. 8. 1942, S. 7.
■ Kurzrezension.

4 *Ein Gedichtband.* Georg Rapp »Der Narrenspiegel«. In: Zeitspiegel (London), Nr. 2 v. 9. 1. 1943, S. 7.
■ Kurzrezension von Georg Rapps »Das Narrenspiel« (London 1942). Vgl. die Berichtigung des falsch angegebenen Titels in Zeitspiegel, Nr. 3 v. 16. 1. 1943, S. 7. – Der Beitrag ist mit *E.Fr.* gezeichnet. Die Verfasserschaft Frieds gilt als gesichert.

5 *H. Karpeles »Flieder«.* In: Zeitspiegel (London), Nr. 22 v. 26. 6. 1943, S. 7.
■ Kurze Besprechung der Lesung des Stücks »Flieder« von Heinz Karpeles durch Martin Miller im Freien Deutschen Kulturbund. – Der Beitrag ist mit *E.F.* gezeichnet. Die Verfasserschaft Frieds gilt als gesichert.

6 *Die größere Hoffnung.* In: Das Goldene Tor, 4. Jg. (1949), S. 252 [unter dem Titel: *Ilse Aichinger: »Die größere Hoffnung«*]. – Dasselbe in: »Nicht verdrängen«, S. 155–156.

7 *Norman Douglas gestorben.* Ein englischer Dichter – Sohn einer deutschen Mutter. In: Englische Rundschau (Köln), Nr. 8 v. 22. 2. 1952, S. 99.

8 *Englische Dichtung in der Zeit Georgs VI.* In: Englische Rundschau (Köln), Nr. 13 v. 28. 3. 1952, S. 158–159.

9 *Moderne deutsche Lyrik in englischen Übertragungen.* In: Englische Rundschau (Köln), Nr. 38 v. 12. 9. 1952, S. 471.

10 *Dichter in England.* In: Hier spricht London (London), Nr. 256 v. 9. 1. 1953, S. 2.
■ Vorankündigung der BBC-Sendung: »Der Dichter in England«, eine Hörfolge im Rahmen der Sendereihe »Der Engländer – privat«, verfaßt von Heinrich Fischer; als »Muster« der englische Dichter C. Day Lewis (German Service, 14. 1. 1953).

11 *Alte englische Kinderreime*. In: Englische Rundschau (Köln), Nr. 19 v. 8. 5. 1953, S. 227.

12 *Nach des Engels Wort*. Die Weihnachts-Szenen aus dem Yorker Mysterien-Zyklus. In: Hier spricht London (London), Nr. 357 v. 17. 12. 1954, S. 2. – Dasselbe in: Englische Rundschau (Köln), Nr. 50 v. 17. 12. 1954, S. 699.

13 *Stimmen ohne Haß*. In: Hier spricht London (London), Nr. 375 v. 15. 4. 1955, S. 2.
■ Vermutlich Auszug aus dem Manuskript von Frieds Beitrag »Stimmen ohne Haß – deutsche und englische Kriegsgedichte«, den der German Service der BBC am 17. 4. 1955 (3. Programm) ausstrahlte.

14 *Nach-christliche Welt?* In: Hier spricht London (London), Nr. 384 v. 17. 6. 1955, S. 2.
■ Vermutlich Auszug aus dem Manuskript von Frieds Beitrag »Der große Trennungsstrich – eine Diskussion im Anschluß an die herausfordernden Vorlesungen des Cambridger Literaturhistorikers C.S. Lewis«, den der German Service der BBC am 19. 6. 1955 (3. Programm) ausstrahlte.

15 *Rebell, Poet, Professor*. In: Hier spricht London (London), Nr. 454 v. 19. 10. 1956, S. 2.
■ Zur BBC-Sendung: »W.H. Auden« – ein Dichter zwischen New York und Oxford. Hörbild von Hans Flesch (German Service, 3. Programm. 25. 10. 1956).

16 [Einleitende Bemerkung zu Dylan Thomas' »Ich werde jetzt laut vorlesen«]. In: Merkur, 11. Jg. (1957), Heft 1, Januar, S. 30–31.
■ »Ich werde jetzt laut vorlesen« war ein Vortrag von Dylan Thomas in Boston am 3. Juli 1952, den Fried für das genannte Merkur-Heft übersetzt hat.

17 *Gedichte einer Gequälten*. In: Die Zeit, Nr. 37 v. 12. 9. 1957, S. 6.
■ Rezension von Ilse Blumenthal-Weiss' Sammlung »Mahnmal – Gedichte aus dem KZ« (Hamburg 1957).

18 *Manchmal große Lyrik*. Wichtige Dokumente und einige Gedichte, ohne die ich nicht mehr sein möchte. In: Die Zeit, Nr. 49 v. 5. 12. 1957, S. 32a.
■ Rezension von Marie Luise Kaschnitz' Sammlung »Neue Gedichte« (Hamburg 1957).

19 [Einleitende Bemerkung zu: Dylan Thomas, »Am frühen Morgen«]. In: Dylan Thomas: Am frühen Morgen. Autobiographisches. Radio-Essays. Gedichte und Prosa. Ins Deutsche übertragen von Erich Fried. Heidelberg 1957, S.‹5›.

20 *Lyrik aus zweiter Hand*. In: Die Zeit, Nr. 8 v. 20. 2. 1958, S. 8.
■ Rezension von Peter Härtlings »In Zeilen zuhaus« (Pfullingen 1957).

21 *Moderne Faust-Tragödie aus einem alten Stoff*. Filmstoff von Dylan Thomas wird als Hörspiel vom Norddeutschen Rundfunk uraufgeführt. In: Die Welt (Hamburg), Nr. 14 v. 17. 1. 1959.

22 *Der Doktor und die Teufel*. Zu einem historischen Drama von Dylan Thomas. In: Frankfurter Allgemeine Zeitung v. 1. 4. 1959.

23 *Nachwort.* In: Dylan Thomas: Der Doktor und die Teufel. Drama für einen Film. Deutsche Nachdichtung von Erich Fried. Frankfurt/M. 1959, S. 113–115.

24 *Mein Gedicht. Franz Baermann Steiner (1909–1952). Kleiner Traumchor.* In: Die Zeit, Nr. 17 v. 22. 4. 1960, S. 9.

25 *Den Leser einbeziehen.* In: Deutsche Zeitung, Nr. 223 v. 24./25. 9. 1960.
■ Zu Frieds Roman »Ein Soldat und ein Mädchen« (1960).

26 *Hinter der Sprache.* In: Die Zeit, Nr. 46 v. 11. 11. 1960, S. 15.
■ Rezension von Wieland Schmieds »Das Poetische in der Kunst« (Nürnberg 1960).

27 *Schweigen über Schweigen.* In: Die Zeit, Nr. 53/1 v. 30. 12. 1960, S. 15.
■ Rezension von Hans Leberts »Die Wolfshaut« (Hamburg 1960).

28 *Zeitkritik beim Pferderennen.* Bosper spricht die Sprache dreier Generationen. In: Die Zeit, Nr. 5 v. 27. 1. 1961, S. 11.
■ Rezension von Albert Bospers »Belinda oder das große Rennen« (Stuttgart 1960).

29 *Ketzerverbrennung in Berlin?* In London erregten »Die Teufel« keinen Anstoß. In: Tagesspiegel (Berlin) v. 13. 3. 1962.
■ Zur Diskussion über die Inszenierung von John Whitings »Die Teufel« am Schiller-Theater Berlin. Vgl. »Anfragen«, S. 28–29/267–268.

30 *Einleitung.* Das Werk Elias Canettis. In: Elias Canetti: Welt im Kopf. Eingeleitet und ausgewählt von Erich Fried. Graz/Wien 1962.
■ Nach mündlicher Auskunft Frieds wurden die Auswahl und die Einleitung weitgehend von Véza Canetti gestaltet.

31 *Die fragwürdige Tradition.* In: Die Zeit, Nr. 12 v. 20. 3. 1964, [Literatur] S. VI. – Dasselbe in: Nicht verdrängen, S. 136–138.
■ Rezension von: Wolfgang Kraus u. a. (Hg.), Frage und Formel – Gedichte einer jungen österreichischen Generation (Salzburg 1963).

32 *Die Verhinderung eines Romans.* Walter Jens demonstriert den Konflikt zwischen Fiktion und Gültigkeit. In: Die Zeit, Nr. 40 v. 4. 10. 1963.
■ Rezension von Walter Jens' »Herr Meister« (München 1963).

33 *Scheitert die Kunst am Engagement?* In: Die Zeit, Nr. 1 v. 3. 1. 1964, S. 9.
■ Reaktion auf eine Auseinandersetzung zwischen Marcel Reich-Ranicki und Alain Robbe-Grillet in der Hamburger »Zeit« (Nr. 48 v. 29. 11. 1963).

34 *Epilegomena zu einigen Shakespeareübersetzungen.* In: Ruperto-Carola (Heidelberg), 16. Jg. (1964), Band 35 / Juni 1964, S. 197–207.
■ Vortrag am 15. April 1964 in der Neuen Universität Heidelberg.

35 *Warngedichte.* In: Der Tagesspiegel (Berlin) v. 20. 9. 1964.
■ Vgl. Auszug daraus auf dem Klappentext der »Warngedichte« in GW 1/645.

36 *Gewöhnung an das Unerträgliche?* In: Die Welt der Literatur, Nr. 7 v. 1. 4. 1965, S. 166–167.
■ Zu einer Debatte zwischen Gody Suter und Helmut Heißenbüttel.

37 *Elf Antworten auf zehn Fragen.* In: Wort in der Zeit (Wien), 11. Jg. (1965), Heft 12, S. 12–15.
■ Frieds Beitrag zu einer Umfrage anläßlich der vom 27.–29. 10. 1965 in Wien von der Österreichischen Gesellschaft für Literatur durchgeführten Diskussionsrunde »Unser Jahrhundert und sein Roman« (vgl. den Schlußbeitrag: Nr. 44).

38 *Bestandsaufnahme eines Tatbestandes.* In: Die Zeit, Nr. 49 v. 3. 12. 1965, [Literatur] S. 1–2.
■ Rezension von Robert Neumanns »Der Tatbestand oder der gute Glaube des Deutschen« (München 1965). Vgl. dazu Frieds *Dringende Korrektur*, in: Die Zeit, Nr. 51 v. 17. 12. 1965, S. 15.

39 *Beim Übersetzen der »Tragödie von Julius Caesar«.* In: [Programmheft des Hessischen Staatstheaters Wiesbaden, Spielzeit 1965/66, Heft 17 zur Aufführung von Shakespeares »Julius Caesar« in der Übertragung Erich Frieds], S. 10–14.

40 *Allerlei Theater.* In: kürbiskern 1/1966, S. 116–122.

41 *No-Spiele.* In: Literatur und Kritik (Salzburg), 1. Jg. (1966), Heft 2 / Mai 1966, S. 47–54.

42 *Rede in der Hand.* In: Merkur 20. Jg. (1966), S. 432–434 [unter dem Sammeltitel: Das Gedicht zwischen Autor und Leser]. – Dasselbe in: Hilde Domin (Hg.), Doppelinterpretationen. Das zeitgenössische Gedicht zwischen Autor und Leser. Frankfurt/M. 1966, S. 245–249.
■ Interpretation des Gedichts *Rede in der Hand.*

43 *Zum Thema.* In: Streit-Zeit-Schrift (München), Heft V/2, September 1966, S. 60.
■ Zum Verhältnis von Literatur und Politik.

44 [Unser Jahrhundert und sein Roman. Resumée einer Diskussion]. In: Akzente, 13. Jg. (1966), S. 245–249.
■ Frieds Schlußbeitrag auf der vom 27.–29. 10. 1965 in Wien von der Österreichischen Gesellschaft für Literatur durchgeführten Diskussionsrunde »Unser Jahrhundert und sein Roman« (vgl. *Elf Antworten auf zehn Fragen*, Nr. 37).

45 *Schriftsteller, Erfolg und Wohlstandsgesellschaft.* In: kürbiskern 4/1966, S. 99–107. – Dasselbe u. a. in: »Anfragen«, S. 44–54.
■ Rede auf der Princeton-Tagung der Gruppe 47.

46 *Else Lasker-Schüler.* In: Zur Eröffnung des Schauspielhauses der Stadt Wuppertal. Else Lasker Schüler. Die Wupper. Wuppertal o. J. [1966], S. 2–9. – Dasselbe in: Else Lasker-Schüler: Der Malik. Kiel 1983, S. 153–164.

47 *Nachwort.* In: Der Stern der tat sie lenken. Alte englische Lieder und Hymnen. Deutsch von Erich Fried. München 1966, S. 141–143.

48 *In diesem besseren Land.* Gedichte der Deutschen Demokratischen Republik seit 1945. In: kürbiskern 1/1967, S. 94–102. – Dasselbe in: »Gedanken«, S. 20–30.

49 *Zu meinem Libretto*. In: [Programmheft zur Uraufführung des von Alexander Goehr vertonten Fried-Librettos »Arden muß sterben«; Hamburgische Staatsoper, 5. 3. 1967], S. 75–80.

50 *Von der Gegenwehr der Künstler heute*. In: Zeitdienst (Zürich), Nr. 5 v. 14. 4. 1967, S. 85–86. – Dasselbe in: Tagebuch (Wien), Juni/Juli 1967, S. 30–31 [dort unter dem Titel: *Versuch einer engagierten Oper*].
■ Erklärung zur Reaktion auf die Uraufführung von »Arden muß sterben« an der Hamburgischen Staatsoper, 5. 3. 1967. Bei der »Zeitdienst«- Version handelt es sich um Auszüge.

51 *Ist »Ausgefragt« fragwürdig?* Erich Fried über die neuen Gedichte von Günter Grass. In: Konkret, 7/1967. – Dasselbe in: Gert Loschütz (Hg.), Von Buch zu Buch. Günter Grass in der Literaturkritik. Neuwied und Berlin 1968, S. 183–188.
■ Vgl. die Replik von Hans Mayer (»Das lyrische Tagebuch des Günter Grass«, in: Tagesspiegel (Berlin), Nr. 6647 v. 23. 7. 1967, S. 35) und Frieds Reaktion darauf (Nr. 52).

52 *Hans Mayer oder der nachhinkende Schweinskopf*. In: Konkret, 9/1967, S. 34–35.
■ Reaktion auf Hans Mayer (vgl. Nr. 51).

53 *Stärken und Schwächen*. Die 20.[!] Tagung der Schriftstellervereinigung Gruppe 47. In: Frankfurter Rundschau v. 10. 10. 1967.

54 *Grass oder die Gruppe*. In: Konkret, November 1967, S. 54–55.

55 *Shakespeare into German*. In: Must 1967. Edinburgh: Edinburgh University Dramatic Society, p. 28–31.
■ Beitrag in englischer Sprache.

56 *Nachwort des Übersetzers*. In: Dylan Thomas: Ausgewählte Gedichte. Zweisprachige Ausgabe. Übersetzt von Erich Fried. München 1967, S. 75–77. – Dasselbe minimal gekürzt in: Kaukoreit/Vahl, S. 70–72.

57 *Hohn und Spott*. In: Konkret, Nr. 2 / Februar 1968, S. 51.
■ Zum Prozeß gegen die sowjetischen Literaten Alexej Dobrowolskij, Jan Galanskow, Alexander Ginsburg und Vera Laschkowa.

58 *Der Lyriker Yaak Karsunke*. In: Tagebuch (Wien), September/Oktober 1968, S. 21.

59 *Der Dichter und der Hunger*. In: Zeitdienst (Zürich), Nr. 50 v. 20. 12. 1968, S. 315–316.
■ Gekürzte Fassung des gleichnamigen Vortrags auf einer Veranstaltung im Zürcher Kino Nord-Süd am 8. 12. 1968.

60 *Nachwort*. In: Erich Fried: Shakespeare-Übersetzungen. Romeo und Julia/Julius Caesar/Hamlet. München 1968, S. 301–309.

61 *Ja, aber… und … Der Warencharakter der Kunst ist kein Grund zur Verzweiflung*. In: Die Zeit, Nr. 3 v. 17. 1. 1969, S. 13. – Dasselbe in: »Gedanken«, S. 49–52.

62 *Lyrik gibt es nicht.* In: Literatur und Kritik (Salzburg), Nr. 32, März 1969, S. 74–75.

63 *Wie ich Shakespeare übersetze.* In: Theater heute, 10. Jg. (1969), Heft 6, S. 25–26.

64 *Anmerkungen des Übersetzers.* In: Erich Fried: Shakespeare-Übersetzungen Richard II / Heinrich V. Berlin 1969, S. 133–134.

65 [1.] *Zum Agitprop-Gedicht.* [2.] *Eigene Erfahrungen mit Agitprop-Gedichten.* In: Agitprop. Hrsg. v. Fuhrmann u.a.; Hamburg: o.J. [1969], S. 187–188 u. 214–216.

66 *Zugang durch Übersetzung?* In: [Programmheft zur Premiere der Euripides-Übersetzung »Die Bacchantinnen« im Düsseldorfer Schauspielhaus am 19. 1. 1970].

67 *Warten auf Rot.* Peter Schneiders »Ansprachen«, ein Beispiel engagierter Literatur. In: Konkret, Nr. 26 v. 17. 12. 1970, S. 55.

68 [George Tabori: »Die Kannibalen«]. In: Tribüne (Frankfurt/M.), 9. Jg. (1970), Heft 34, S. 3646–3648.
■ Diskussionsbeitrag zu Robert Neumanns Rezension von George Taboris »Die Kannibalen« (Heft 33/1970).

69 *»Die Besten sind unbotmäßig geblieben«.* Zur Frage der Unteilbarkeit deutscher Lyrik. In: Hans Abich (Hg.), Versuche über Deutschland. Referate und Gespräche. Bremen 1970, S. 201–210. – Dasselbe in: die horen, Nr. 85/1972, S. 5–10.
■ Vgl. zur »horen«-Fassung die Replik von Hans Leip (in: die horen, 1. Quartal 1974, Nr. 93, S. 114).

70 *Wieder ein Abschied.* In: Konkret, Nr. 20 v. 28. 9. 1971, S. 52.
■ Rezension von Gaston Salvatores »Der langwierige Weg in die Wohnung der Natascha Ungeheuer« (Darmstadt/Neuwied 1971).

71 *Nach Kräften gegen das Unrecht.* In: Volksstimme (Wien) v. 25. 3. 1973. – Dasselbe in: »Nicht verdrängen«, S. 13–14.
■ Rede am 22. 3. 1973 anläßlich der Verleihung des »Österreichischen Würdigungspreises für Literatur«.

72 *Pablo Neruda* [Nachruf]. In: Konkret, Nr. 39 v. 4. 10. 1973, S. 17. – Dasselbe in: »Gedanken«, S. 64–66.

73 *Mit dem scharfen Gehör für den Fall.* Zum Tod von Ingeborg Bachmann. In: Die Zeit, Nr. 44 v. 26. 10. 1973, S. 18 [dort unter dem Titel: *Mit scharfem Gehör für den Fall*]. – Dasselbe u.a. in: »Nicht verdrängen«, S. 149–153.

74 *»Gespräch über Bäume«.* Zum Beitrag von Jürgen Haupt über das Natur- und Entfremdungsproblem in sozialistischer Lyrik der Gegenwart, Horen 88. In: die horen, 18. Jg. (1973), Ausgabe 89, S. 87–88.
■ Vgl. den Beitrag von Jürgen Haupt (»Gespräch über Bäume«. Zum Natur- und Entfremdungsproblem in sozialistischer Lyrik der Gegenwart, in: die horen, Nr. 88/1972, S. 8–23) und die Replik auf Erich Fried von Gabriele Ter-

git (»Von 12 bis 13 Uhr Naturkunde und Geschichte«, in: die horen, 1. Quartal 1974, Nr. 93, S. 87–89).

75 *Für wen schreibt der eigentlich?* In: Manfred Bosch/Klaus Konjetzky (Hg.), Für wen schreibt der eigentlich? München 1973, S. 151–154.

76 *Trotz Biermann und Thorwald Proll: Peter Schneiders »Lenz«.* In: Der Lange Marsch (Berlin), Nr. 8, Februar 1974, S. 21.

77 *Lust auf Lebenslust.* Günter Kunerts neue Gedichte: »Im weiteren Fortgang«. In: Die Zeit, Nr. 42 v. 11. 10. 1974, [Literatur] S. 4.

78 *Zur Othello-Übersetzung.* In: [Düsseldorfer Schauspielhaus. Programmheft 20. Spielzeit 1974/75:] Du sollst ehrlich sein. Klug sollt ich sein! »Othello« von William Shakespeare. Düsseldorf 1974.

79 *Wer oder was ist Timon von Athen?* In: [Programmheft Schauspielhaus Zürich 1975/76:] William Shakespeare: Timon von Athen. Zürich 1975, S. 15–19.

80 *Ein Meister der Aussparung.* In: Frankfurter Allgemeine Zeitung, Nr. 119 v. 22. 5. 1976. – Dasselbe in: Erich Fried/Helga M. Novak/Initiativgruppe P. P. Zahl (Hg.), Am Beispiel Peter-Paul Zahl. Eine Dokumentation. Frankfurt/M. 1976, S. 172–174.
■ Interpretation des Gedichts »mittel der obrigkeit« von Peter Paul Zahl.

81 *Literatur und Politik.* In: Erich Fried / Helga M. Novak / Initiativgruppe P. P. Zahl (Hg.), Am Beispiel Peter-Paul Zahl. Eine Dokumentation. Frankfurt/M. 1976, S. 165–171.
■ Rede anläßlich der Römerberggespräche (Auszug).

82 *Rede zur Verleihung des Preises der Sieben.* In: diskus (Frankfurt/M.), Heft 4/5 v. 25. 10. 1977, S. 31–33. – Dasselbe u. a. in: »Gedanken«, S. 121–127 [dort unter dem Titel: *Zur Verleihung des Preises der Sieben*].

83 *Gut Nacht, Deutschland.* Kurt Tucholsky: »Die Qu-Tagebücher«. In: Die Zeit, Nr. 14 v. 31. 3. 1978, S. 49.

84 *Maiers feiger Index.* In: Konkret, 3/1978, S. 31.
■ Reaktion auf Hans Maier (»Mehr gefuchtelt als gefunkelt«, in: Die Welt, Nr. 19 v. 23. 1. 1978), der Stellung nimmt zu den Vorwürfen in der Hamburger »Zeit« bezüglich der Verbannung von Texten Wolf Biermanns, Hubert Fichtes, Erich Frieds und Günter Wallraffs aus bayerischen Schulbüchern (Johann Dietrich Bödecker: Bayerischer Index. Die neue Inquisition ist in München fest am Werk, in: Die Zeit, Nr. 3 v. 13. 1. 1978, S. 29). Vgl. auch Nr. 85.

85 *Hans Maier will nicht Inquisitor sein.* In: Blätter für deutsche und internationale Politik (Köln), Heft 2/1978, S. 29.
■ Weitere Reaktion auf Hans Maier (vgl. Nr. 84).

86 *Sinnlichkeit statt Innerlichkeit.* In: literatur konkret, Heft 3, Herbst 1978, S. 37.
■ Rezension von Aras Örens »Deutschland, ein türkisches Märchen« (Düsseldorf 1978).

87 *An die Nachgeborenen.* In: Walter Hinck (Hg.), Ausgewählte Gedichte Brechts mit Interpretationen. Frankfurt/M. 1978, S. 92–97.
■ Interpretation des Brecht-Gedichts »An die Nachgeborenen«.

88 *Der Übersetzer zum Stück.* In: [Programmheft zur Aufführung der Shakespeare-Übersetzung »Troilus und Cressida« am Schauspielhaus Zürich (Spielzeit 1978/1979)], S. 23–24.

89 *Über die Relevanz von Schriftstellern.* In: Knipperdolling (Münster), Nr. 3/ März 1979, S. 18–20 [unter dem Titel: *»alle türen offen«. Über die Relevanz von Schriftstellern insbesondere Peter Paul Zahls*]. – Dasselbe u.a. in: Erich Fried: Und nicht taub und stumpf werden. Unrecht, Widerstand und Protest. Reden, Polemiken, Gedichte. Dorsten 1984, S. 97–106.
■ Rede auf einer Veranstaltung zum Verbot eines Seminars über Peter-Paul Zahl an der Universität Münster in Münster am 12. 1. 1979. Vgl. dazu ergänzend das ebenfalls Frieds Rede enthaltende Heft 8/9 der »Schriftenreihe Zeitgeschichtliche Dokumentation« (Münster), Mai 1979, S. 47–61.

90 *Liebesgedichte heute.* Ein Versuch von Erich Fried anhand eigener Texte. In: Basler Magazin, Nr. 30 v. 28. 7. 1979, S. 7.

91 *Neue Innerlichkeit.* Erich Fried über zwei Lyrikbände von Frauen. In: avanti (Hamburg), Mai 1979, S. 59.
■ Zu Angela Sommer (»Sarah bei den Wölfen«, Frankfurt/M. 1979) und Karin Kiwus (»Ausgenommen später«, Frankfurt/M. 1978).

92 *Streit um Tucholsky.* In: Der Lange Marsch (Berlin), Nr. 45/46, Oktober 1979, S. 28–29.

93 *Der Schmutz und das Nest.* In: Die Zeit, Nr. 46 v. 9. 11. 1979 [innerhalb des Beitrages »Kunst unter der Diktatur: Belastung oder Befreiung«, S. 57–60, hier S. 59].
■ Stellungnahme zum Artikel von Fritz J. Raddatz »Wir werden weiterdichten, wenn alles in Scherben fällt« (Die Zeit, Nr. 42 v. 12. 10. 1979).

94 *Ein abgewehrter Angriff.* In: diskus (Frankfurt/M.), Heft 6 v. 15. 12. 1977, S. 29–30. – Dasselbe in: Uwe Wandrey (Hg.), Kein schöner Land? Deutschsprachige Autoren zur Lage der Nation. Hamburg 1979, S. 95–101 (dort mit dem nachgestellten Gedicht *»Klage um eine Klage«*; vgl. GW 3/592–597).
■ Zum Gedicht »Auf den Tod des Generalbundesanwalts Siegfried Buback« (GW 2/316–318) und zur Bremer Bürgerschaftsdebatte. Vgl. ergänzend dazu »Anfragen«, S. 168–177/278–279.

95 *Das Exil fängt jetzt erst an?* In: Bernt Engelmann (Hg.), VS Vertraulich, Bd. 3. München 1979, S. 313–315.

96 *Gesang aus dem Gefängnis.* Werner Schlegels erster Lyrikband »Die Sympathisanten«. In: Die Zeit, Nr. 20 v. 9. 5. 1980, S. 39.

97 *Alles andere als bloße Agitpropliteratur.* In: literatur konkret, Herbst 1980, S. 62–63.

98 [Statements zur Gruppe 47]. In: die horen, Ausgabe 120, 4. Quartal 1980, S. 19, 21 u. 29.

99 *Zu den Israel-Sprüchen* [Vorwort]. In: Arthur West: Israel-Sprüche. Gedichte. Wien 1980, S. 6–9 [unter dem Titel: *Zu diesen Gedichten*]. – Dasselbe u. a. in: »Nicht verdrängen«, S. 171–175.

100 *Für Volker von Törne*. In: Deutsches Allgemeines Sonntagsblatt (Hamburg), Nr. 2 v. 11. 1. 1981.
■ Nachruf.

101 *Das zweifingrige Lachen*. In: Deutsche Volkszeitung (Düsseldorf), Nr. 16 v. 16. 4. 1981.
■ Rezension von Erich Arendts »Das zweifingrige Lachen« (Düsseldorf 1981).

102 *Die Freiheit, zu sehen, wo man bleibt*. In: Zirkular (Wien), Nr. 5, April 1981, S. 3–11 [unter dem Titel: *Rede zum ersten österreichischen Schriftstellerkongreß, 6. 3. 1981*]. – Dasselbe u. a. in: »Anfragen«, S. 193–201.

103 *Späte Ehren*. Rudolf Schaller wird neunzig. In: Frankfurter Allgemeine Zeitung, Nr. 187 v. 15. 8. 1981, S. 19.

104 *Die Melodie ungewohnt, und doch zwingend*. In: Die Zeit, Nr. 38 v. 11. 9. 1981, S. 51.
■ Rezension von Peter Hamms »Der Balken« (München 1981).

105 *Geistreich und um Erkenntnis bemüht*. Alain Finkielkraut »Der eingebildete Jude«. In: Lesezeichen. Zeitschrift für neue Literatur (Frankfurt/M.), Heft 4, März 1982.

106 *Mehr als Wortspielerei*. In: Basler Zeitung, Nr. 152 v. 3. 7. 1982, S. 39.
■ Rezension von Ewald Kasers Gedichtband »Bei der Sprache genommen«.

107 *An der Grenze*. Keine Trennung zwischen Dichtung und Wahrheit – Elke Erb: »Trost«. In: Die Zeit, Nr. 42 v. 15. 10. 1982, S. 55.

108 *Zur Österreichischen Literatur seit 1945*. In: 3. Österreich-Gespräch. Literatur – Vom Schreiben und vom Lesen. Wien o. J. [1982], S. 191–197. – Dasselbe in: »Nicht verdrängen«, S. 23–27.

109 *Es wird auf uns ankommen*. In: Ingrid Krüger (Hg.), Mut zur Angst. Schriftsteller für den Frieden. Darmstadt und Neuwied 1982, S. 124–125.
■ Begründung der Unterzeichnung des »Friedensappells der Schriftsteller Europas« (1981).

110 [Statement]. In: Berliner Begegnung zur Friedensförderung. Protokolle des Schriftstellertreffens am 13./14. Dezember 1981. Darmstadt und Neuwied 1982, S. 120–123.

111 *Kalokagathie* [Faksimiliertes Typoskript]. In: Ein Autor schafft Wirklichkeit. Heinrich Böll zum 65. [Eine nicht in den Buchhandel gelangte Festschrift für Heinrich Böll]. Köln und Bornheim 1982, S. 79–80.

112 *Ich soll mich nicht gewöhnen*. In: »Ich soll mich nicht gewöhnen«. Bremer Literaturpreis 1983. Reden anläßlich der Verleihung. Herausgegeben vom Senator für Wissenschaft und Kunst und von der Rudolf Alexander Schröder-Stiftung. Bremen 1983, S. 16–23. – Dasselbe u. a. in: »Gedanken«, S. 171–178.

113 *Mein Gedächtnis ist mein Körper*. In: Die Zeit, Nr. 20 v. 13. 5. 1983, S. 45. – Dasselbe in: »Gedanken«, S. 179–182.
■ Rezension von Anne Dudens »Übergang« (Berlin 1982).

114 *Spinnt Thomas Bernhard?* In: Die Wochenpresse (Wien), Nr. 50 v. 13. 12. 1983. – Dasselbe in: »Nicht verdrängen«, S. 205–208.

115 *Irrtum schafft Kälte/Kälte ruft Feuer*. In: Die Zeit, Nr. 46 v. 11. 11. 1983, [Literatur] S. 8. – Dasselbe in: »Gedanken«, S. 190–194.
■ Rezension von Anne-Marie Salome Brenners »Isolde im Winter« (Tübingen 1983).

116 [Statement: *Es ist wichtig, die Freiheit der Kultur vor dem staatlichen Würgegriff zu schützen*.] In: Inge Karst-Staeck/Klaus Staeck (Hg.), Verteidigt die Kultur. Gegen Zensur – für Meinungsfreiheit. Göttingen 1984, S. 108.

117 *Vorwort*. In: Theo Schneider (Hg.), Die Tiefe der Haut. Liebesgedichte. Rhodt unter Riedburg 1984, S. 5–8.

118 [Erich Fried an Anne Duden über die Neuausgabe seiner zyklischen Gedichte »Reich der Steine«.] In: Proben und Berichte. Ein Almanach zum fünfzigjährigen Bestehen des Verlages. Düsseldorf 1984, S. 48–52. – Dasselbe in: GW I/643–645.
■ Eigentlich kein »offener Brief« an Anne Duden. Vielmehr handelt es sich um einen für den Claassen-Verlag geschriebenen Kommentar zu seiner Sammlung »Reich der Steine«, für den Fried die Briefform wählte.

119 *Zur Tagung: Emigration und Exil heute*. In: Aufrisse (Wien), 6. Jg. (1985), Nr. 1, S. 11–12. – Dasselbe in: »Nicht verdrängen«, S. 59–62.
■ Verlesen als Grußbotschaft auf dem Symposion der Grazer Autorenversammlung an der Wiener Universität, November 1984.

120 *Eine Übersetzung aus »Finnegans Wake«*. In: Protokolle (Wien), Heft 1/1985, S. 107–120.

121 *Zu den Gedichten von Zora Keran*. In: Literatur und Kritik (Salzburg), Heft 191/192, Februar/März 1985, S. 6–7.

122 *Er wußte Bescheid*. In: Wochenpresse (Wien), Nr. 41 v. 3. 10. 1986, S. 59 [unter dem Titel: »Er wußte Bescheid«. Ein Nachruf von Erich Fried, der Helmut Qualtinger noch im Spital besuchte]. – Dasselbe in: »Nicht verdrängen«, S. 190–191.

123 *Gespräche mit Heinrich Böll*. In: europäische ideen, Heft 62/1986, S. 21–22.

124 *Bergener Rede 1986*. In: Literatur im technischen Zeitalter, IV/1986, S. 144–149.
■ Rede auf den Schriftsteller Gerhard Köpf als Stadtschreiber von Bergen-Enkheim.

125 *Vorwort*. In: Anne-Marie Salome Brenner, Goldene Uhren? Drei Erzählungen. Rhodt unter Riedburg 1986, S. 5–7.

126 *Ein Menschenopfer.* In: Thema [= Beilage der Arbeiterzeitung (Wien)], Nr. 5 v. 30. 1. 1987, S. XI. – Dasselbe in: »Nicht verdrängen«, S. 133–134.
■ Zu Georg Trakl.

127 *Von Ferne gesehen.* In: Frankfurter Allgemeine Zeitung, Nr. 157 v. 11. 7. 1987 [Wochenendbeilage].
■ Zu Hilde Domins Gedicht »Brennende Stadt (Beirut)«.

128 *Ich wollte dieses Leben doppelt leben!* In: die horen, Ausgabe 145, 1. Quartal 1987, S. 141–145. – Dasselbe u. a. in: »Gedanken«, S. 220–226.
■ Gedenkrede für Ingeborg Drewitz am 1. 1. 1987 in der Berliner Akademie der Künste.

129 *Von der Nachfolge dieses jungen Menschen, der nie mehr alt wird.* In: Darmstädter Echo v. 19. 10. 1987. – Dasselbe u.a. in: »Anfragen«, S. 248–261.
■ Rede anläßlich der Verleihung des Georg-Büchner-Preises in Darmstadt am 17. 10. 1987. Die Rede wurde darüber hinaus noch in zahlreichen Tageszeitungen abgedruckt (dort zum Teil nur in Auszügen).

130 *Vorwort.* In: Peter Paul Wiplinger: Farbenlehre und andere Gedichte 1967–1987. Klagenfurt 1987, S. 7.

131 *Veröffentlichungen und Verheimlichungen.* In: »Nicht verdrängen«, S. 63–74.
■ Rede am 18. 10. 1985 auf dem Symposion »Literatur und Öffentlichkeit« (Universität Wien).

132 *Notwendiges Grauen.* In: »Nicht verdrängen«, S. 200–202.
■ Zu Alfred Hrdlickas »Anna. Fragmente einer Erzählung«.

133 *Versuche dichtend zu denken.* In: Uni Osnabrück, Nr. 2, Juni 1988, S. 11–16. – Dasselbe u.a. in: Versuche dichtend zu denken. Reden anläßlich der Verleihung der Ehrendoktorwürde an Erich Fried durch den Fachbereich Sprach- und Literaturwissenschaft der Universität Osnabrück am 20. Januar 1988. Aachen 1988, S. 39–55.
■ Rede anläßlich der Verleihung der Ehrendoktorwürde durch die Universität Osnabrück im Januar 1988.

134 *Einleitung* [*London, im April 1988*]. In: Claudia Hahm/Karl-Heinz Pröve (Hg.), Was zu sagen ist. Erich Fried stellt vor. Köln 1988, S. 6–7.

135 *Nachwort.* In: Gitta Deutsch: An einem Tag im Februar. Gedichte. Salzburg o.J. [1988], S. 31–37.

136 *Eigenartiges* [Nachwort]. In: Christoph Wilhelm Aigner: Weiterleben. Gedichte. Salzburg 1988, S. 104–107.

137 *Festvortrag: Übersetzen oder Nachdichten?* In: Fritz Nies/Albert-Reiner Glaap/Wilhelm Gössmann (Hg.), Ist Literaturübersetzen lehrbar?. Tübingen 1989, S. 29–44. – Dasselbe in: Kaukoreit/Vahl, S. 79–93.
■ Vortrag anläßlich der Eröffnung des Studiengangs »Literaturübersetzen« an der Universität Düsseldorf am 26. Januar 1988.

Quellen und Anmerkungen

Abkürzungen/Siglen

Werke Erich Frieds

Anfragen – Erich Fried: Anfragen und Nachreden. Politische Texte. Hg. von Volker Kaukoreit. Berlin: Verlag Klaus Wagenbach, 1994.

Gedanken – Erich Fried: Gedanken in und an Deutschland. Hg. von Michael Lewin. Wien: Europaverlag, 1988.

GW – Erich Fried: Gesammelte Werke. Hrsg. von Volker Kaukoreit und Klaus Wagenbach. Berlin: Verlag Klaus Wagenbach, 1993 (4 Bände). [Ein Verweis, wie beispielsweise GW 3/261, bezieht sich auf Band 3, S. 261 der Werkausgabe.]

Nicht verdrängen – Nicht verdrängen / nicht gewöhnen. Hg. von Michael Lewin. Wien: Europaverlag 1987.

Sekundärliteratur

Am Alsergrund – Am Alsergrund. Erich Frieds Jugendjahre in Wien (1921–1938). Texte und Dokumente. Mit einem Wiederabdruck der Londoner Exilbroschüre »They Fight in the Dark. The Story of Austria's Youth«. Herausgegeben von Volker Kaukoreit und Wilhelm Urbanek. Wien: Turia + Kant, 1995 [Vordatiert. Recte: November 1994].

Bib. – Auswahlbibliographie: Erich Frieds Schriften zur Literatur, S. 201–212 im vorliegenden Band.

Erich Fried und Österreich – Erich Fried und Österreich. Bausteine zu einer Beziehung. Katalog von Volker Kaukoreit und Heinz Lunzer. Wien: Dokumentationsstelle für neuere österreichische Literatur im Literaturhaus, 1992 (= Zirkular Sondernr. 33).

Heimann – Angelika Heimann: »BLESS THEE! THOU ART TRANSLATED«. Erich Fried als Übersetzer moderner englischsprachiger Lyrik. Amsterdam 1987 (= Münchner Studien zur neueren englischen Literatur, Band 4).

Kaukoreit/Einblicke – Volker Kaukoreit (Hg.): Einblicke – Durchblicke. Fundstücke und Werkstattberichte aus dem Nachlaß von Erich Fried. Wien: Turia + Kant, 1993.

Kaukoreit/Exil – Volker Kaukoreit: Vom Exil bis zum Protest gegen den Krieg in Vietnam. Frühe Stationen des Lyrikers Erich Fried. Werk und Biographie. Darmstadt: Verlag Jürgen Häusser, 1991.

Kaukoreit/Vahl – Einer singt aus der Zeit gegen die Zeit. Erich Fried 1921–1988. Materialien und Texte zu Leben und Werk. Zusammengestellt und bearbeitet von Volker Kaukoreit und Heidemarie Vahl. Darmstadt: Verlag Jürgen Häusser, 1991.

Lampe – Gerhard Lampe: »Ich will mich erinnern an alles, was man vergißt«. Erich Fried. Biographie und Werk. Köln: Bund-Verlag, 1989.

S. 7–18 *Der Flüchtling und die Furcht vor der Heimkehr.* Rundfunkbeitrag: Hessischer Rundfunk, 10. 9. 1978. Erschien zuerst in: Karl Corino (Hg.), Autoren im Exil. Frankfurt/M. 1981, S. 265–276. Der vorliegende Druck folgt »Gedanken«, S. 150–160. – Zu den allgemeinen Lebensbedingungen im Londoner Exil sowie zu Frieds literarischer und politischer Betätigung in den Flüchtlingsorganisationen »Austrian Centre« (und dessen Jugendverband »Young Austria«), »Freier Deutscher Kulturbund« und »Club 1943« vgl. zusammenfassend Kaukoreit/Exil, S. 33–164; weitere Details aus der Sicht Frieds in einem »Interview mit Anke Winckler« (»Lesen und Schreiben während des Exils«) in: Lutz Winckler (Hg.), Antifaschistische Literatur. Bd. 3. Königstein/Ts. 1979, S. 269–284 (vgl. ergänzend auch Bib. Nr. 119).

Robert Neumann – Aus politischen Gründen (Niederschlagung des Februaraufstandes von 1934) war der österreichische Schriftsteller (1897–1975) bereits 1934 nach England emigriert; dort 1938 Mitbegründer des österreichischen PEN-Clubs im Exil. Aus einem Briefwechsel zwischen Fried und Neumann aus den Jahren 1944–1947, der in Kopien im Wiener »Dokumentationsarchiv des österreichischen Widerstandes« erhalten ist (DÖW 7246 u. 18861/47), geht nicht eindeutig hervor, ob der Kontakt zwischen den beiden England-Emigranten 1944 auf Initiative des älteren und arrivierteren Neumann zustande kam oder ob sich beide tatsächlich schon vorher, wie Fried im vorliegenden Beitrag schreibt, in seiner »ersten Londoner Zeit« begegnet waren (vgl. in diesem Zusammenhang auch Kaukoreit/Einblicke, S. 89–90). Klarer läßt sich aus der Korrespondenz schließen, daß sich Neumann beim österreichischen PEN-Club im Exil für Frieds erste selbständige Lyrik-Sammlung eingesetzt haben muß (vgl. GW 1/641). Nach Erhalt der »Deutschland«-Gedichte schrieb Neumann an seinen Protegé am 17. 10. 1944: »Ich danke Ihnen sehr für Ihr schönes Buch – ein wirklich sehr schönes Buch und, so hoffe ich von Herzen, die erste Stufe einer hohen Treppe zu Erfolg und Ruhm«.
Etwas mißverständlich ist im vorliegenden Text Frieds Angabe, daß Neumann »später kein Buch mehr auf englisch geschrieben« habe. Englisch verfaßte Bücher erschienen von ihm noch bis 1963 (vgl. Sylvia Patsch: Österreichische Schriftsteller im Exil in Großbritannien. Wien 1985, S. 33–35).
Wie Fried hat später auch Neumann vom Ausland aus engagiert am kulturellen und politischen Leben in der Bundesrepublik Deutschland teilgenommen (beide u.a. als Mitarbeiter der linken Zeitschrift »Konkret«). Vgl. ergänzend Bib. Nr. 38 u. 68.

Flüchtlingskomitee – Das »Jewish Refugees Committee«. Zu Frieds dortigem Vorstellungsgespräch im Spätherbst 1938 vgl. S. 188 (ergänzend die Erzählung »Mein Stipendium« aus dem Erinnerungsband »Mitunter sogar Lachen«, GW 4/602).

deutschsprachigen Flüchtlingskleinkunstbühnen – Darunter zum Beispiel »Das Laterndl« des »Austrian Centre«. Erich Fried hatte sich dort kurzfristig als Regisseur versucht (s.u.). Seinen antifaschistischen Einakter »Ring-Rund« führte »Das Laterndl« im Herbst 1941 auf (vgl. »Erich Fried und Österreich«, S. 69–74 u. das in den Katalog eingelegte Faksimile des Londoner Programmzettels).

»feindliche Ausländer« bis *Flüchtlingsinternierung* – Vgl. dazu die fünf Statements von Erich Fried, die unter dem Sammeltitel »England begriff die Emigranten nicht« erschienen, in: Walter Zadek (Hg.), Sie flohen vor dem Hakenkreuz. Reinbek bei Hamburg 1981, S. 203–204; ergänzend zum Beispiel auch eine Passage aus der Erzählung »Hilde« in »Mitunter sogar Lachen« (GW 4/598).

Karel Čapek – Der zivilisationskritische Schriftsteller (1890–1938) gilt als führender kultureller Repräsentant der ersten tschechoslowakischen Republik unter der Präsidentschaft T.G. Masaryks.

Friedrich Wolf – Dramatiker, 1888–1953 (im Exil ab 1933). Von dem Verfasser so bekannter Stücke wie »Cyankali« (1929) wollte Fried das Drama »Florisdorf« (1927/35) mit einer Spielgruppe des Londoner »Laterndls« einstudieren, was jedoch am strengen Arbeitsstil des jungen Regisseurs scheiterte.

Michael Hamburger – Vgl. S. 23/219.

Sidney Keyes – Vgl. S. 22/219.

Heinrich Fraenkel – Jurist, Volkswirtschaftler und Schriftsteller (1897–1986); im englischen Exil 1943 Mitbegründer der »Freien Deutschen Bewegung«, von der er sich bereits 1944 wieder distanzierte. In England bekämpfte Fraenkel den sogenannten »Vansittartismus« (nach dem englischen Politiker Robert G. Vansittart, der ein »Anderes Deutschland« leugnete, d.h. grob gesagt alle Deutschen mit Hitler gleichsetzte).

Helmut Heißenbüttel – Vgl. S. 91/225.

Paul Merker – Deutscher Politiker (KPD, später SED) und Gewerkschaftler (1894–1969); im mexikanischen Exil seit Anfang der vierziger Jahre, dort Mitbegründer der Bewegung Freies Deutschland für Lateinamerika und Leitartikler deren Presseorgans »Freies Deutschland«, in dem der Schriftsteller und (erste Chefredakteur der Zeitschrift) Bruno Frei die »Deutschland«-Gedichte von Erich Fried besprach (Nr. 3/Februar 1945). Merker, 1946 nach Deutschland zurückgekehrt, wurde 1950 aus der SED ausgeschlossen und 1952 in Zusammenhang mit dem Prager Slánsky-Prozeß (vgl. »Anfragen«, S. 61/272) zu mehreren Jahren Zuchthaus verurteilt. 1956 entlassen, wurde er später – halbherzig – in der DDR rehabilitiert.

Jugendgedichten – Vgl. ergänzend Frieds Vorwort zur Neuauflage der »Deutschland«- und »Österreich«- Gedichte von 1986 (GW I/641–642).

viele Exilschriftsteller bis *England beeinflußt wurden* – Vgl. Frieds Nachwort zu seinen »Gedichten« von 1958 (GW I/651–652).

Wilfred Owens – Mehrfach hat Fried darauf hingewiesen, daß er zu seinen Wortspielen mit dem konsonantischen Halbreim insbesondere durch die Lektüre des englischen »war poet» Wilfred Owen (1893–1918) ermutigt worden sei (vgl. auch eine Eintragung in ein Reim-Notizbuch Frieds von 1947 in Kaukoreit/Einblicke, S. 40; zur Vorbildfunktion Kaukoreit/Vahl, S. 69).

Gerald Manley Hopkins – Vgl. S. 19.

Dylan Thomas – Zu Dylan Thomas vgl. auch S. 20–21, 27–28, 126–129.

Eliots – Zu Eliot vgl. S. 217.

James Joyce – Zu Joyce vgl. S. 219.

Virginia Woolf – Vgl. Frieds Wertschätzung der englischen Schriftstellerin (1882–1941) in der Mitte der fünfziger Jahre, S. 24. Bereits vorher hatte er eine Rohübertragung ihres Romans »The Years« (»Die Jahre«) angefertigt, die der 1954 erschienenen Übersetzung von Herberth und Marlys Herlitschka zugrunde liegt (vgl. Konstantin Kaiser, Gespräch mit Erich Fried, in: Zwischenwelt. Jahrbuch I der Theodor Kramer Gesellschaft. Wien 1990, S. 80–90, hier S. 82).

Oskar Maria Graf – Zu Graf vgl. auch S. 183–200.

Aus ähnlichen Gründen bis *Stalinismus* – Vgl. ergänzend »Anfragen«, S. 194–195.

Paul Celans – Zu Celan vgl. auch S. 154–156/230–231.

Ingeborg Bachmanns – Zu Bachmann vgl. auch S. 176–182/233.

Das literarische Leben in der Bundesrepublik bis *Österreich* – Vgl. ergänzend »Anfragen«, S. 197–198.

Reinhard Lettau – Schriftsteller und Literaturwissenschaftler (geb. 1929 in Erfurt); hielt sich zeitweise länger in den USA auf. Fried hat sich öfters mit Lettau solidarisiert, u.a. innerhalb der Gruppe 47, als Lettau sich auf deren (letzter) Tagung von 1967 gegen Günter Grass und dessen Angriffe auf den demonstrierenden Erlanger SDS richtete (vgl. z.B. Bib. Nr. 54). Im gleichen Jahr war der der APO nahestehende Schriftsteller nur knapp der Ausweisung aus der Bundesrepublik Deutschland durch die Westberliner Behörden entgangen (vgl. Vaterland, Muttersprache. Hrsg. v. K. Wagenbach u.a. Berlin [erweiterte Neuauflage] 1994, S. 246).

Lion Feuchtwanger – Zu Feuchtwanger vgl. auch S. 183–200.

Elias Canetti – Fried hatte Canetti (1905–1994), u.a. Verfasser des mittlerweile berühmten Romans »Die Blendung« (1935), im Londoner Exil kennengelernt. Er verdankt ihm wichtige Bekanntschaften (z.B. mit Ingeborg Bachmann, vgl. S. 233) und literarische Anregungen, wie er umgekehrt Canetti behilflich war, indem er dessen großen Essay »Masse und Macht« (1960) an den Claassen Verlag vermittelte. Gegen Ende der fünfziger/Anfang der sechziger Jahre hatten beide sogar eine gemeinsame Sekretärin (vgl. Kaukoreit/Exil, S. 190, 193 u. 248). Das Verhältnis zwischen den österreichischen Schriftstellern blieb jedoch schwierig. Vgl. ergänzend Bib. Nr. 30.

Jesse Thoor – Pseudonym des Schriftstellers Peter Karl Höfler (geb. 1905 in Berlin, gest. 1952 in Lienz / Osttirol); emigrierte 1933, ab 1939 im englischen Exil, wo ihn Fried persönlich kennengelernt hat. Ähnlich wie bei Steiner (s.u.) haben sich Freunde und Bekannte späterhin (mit mäßiger Resonanz) bemüht, Thoors Werk lebendig zu halten (z.B. als Herausgeber Alfred Marnau, »Die Sonette und Lieder«. Heidelberg 1956, sowie Michael Hamburger, »Das Werk«. Frankfurt/M. 1965).

Franz Baermann Steiner – Dem deutschprager Autor (1909–1952) verdankt Erich Fried wichtige Impulse für seine Nachkriegslyrik. Steiner war der führende Kopf einer (durch die Initiative Frieds zusammengehaltenen) Gruppe exilierter, deutschsprachiger Schriftsteller in London, der (zeitweise) ab 1947 angehörten: H.G. Adler, Hans Werner Cohn, Hans Eichner, Georg Rapp (vgl. S. 178/234) und Tuvia Rübner. Fried hat sich zeitlebens (wie andere und so gut wie ohne Erfolg) bemüht, die literarische Qualität Steiners ins Bewußtsein der Öffentlichkeit zu rufen. Vgl. Bib. Nr. 24, Kaukoreit/Exil und Kaukoreit/Einblicke, S. 37 u. 101–102.

Anna Sebastians – Pseudonym der österreichischen England-Exilantin und Schriftstellerin Friedl Benedikt (1916–1953), deren »kafkaeske« Schreibweise Fried um 1944/45 zu dem Gedicht »Alice kommt wieder ins Wunderland« angeregt hat (vgl. GW 3/578–579 u. 623; ergänzend Kaukoreit/Exil, S. 521).

gewaltsam abgebrochenes Studium – Bezieht sich auf Frieds Gymnasialzeit, in der er bereits beachtenswerte Versuche als »Erfinder« und (noch nicht öffentlich) als Schriftsteller unternommen hatte; vgl. »Am Alsergrund«, insbesondere S. 51–78 u. 130–140.

nach dem Krieg bis *jeder Regung des Deutschenhasses* – Vgl. zum Beispiel »Pakete nach Deutschland« von 1948 in »Anfragen«, S. 7–12/264.

Irma Greses – Vgl. Frieds Nachwort zur Neuauflage seines Romans »Ein Soldat und ein Mädchen« zu Beginn der achtziger Jahre (GW 4/208–211) und Kaukoreit/Einblicke, S. 84–85, sowie ergänzend Karl Wagner, Ins Innere des Schrekkens, in: Text + Kritik, Heft 91/1986, S. 65–69.

S. 19–26 *Englische Streiflichter*. Erschien zuerst in: Schweizer Rundschau, 54. Jg. (1954/55), S. 651–656. Der vorliegende Druck danach. – Erich Fried übernahm modifizierte Teile dieses Beitrages in seinen späteren Aufsatz »Neueste englische Literatur« (in: Hier spricht London, Nr. 396 v. 9. 9. 1955, S. 2; ebenfalls in: Frankfurter Allgemeine Zeitung, Nr. 262 v. 10. 11. 1955, S. 8 [dort unter dem Titel »Englische Lyrik heute«]). Aufsätze dieser Art zeugen von Frieds reger Beschäftigung mit der angelsächsischen Literatur und seiner Rolle als kultureller Vermittler insbesondere in den fünfziger Jahren (mit einer Vielzahl von Sendungen für die deutschsprachigen Programme der BBC). Vgl. ergänzend Bib. Nr. 7–14.

Bis zum Erscheinen des vorliegenden Beitrags hatte Fried auch schon mehrere der von ihm angeführten Autoren übersetzt und diese Übersetzungen ab 1945 in zwei »Reeducation«-Zeitschriften der Alliierten, der »Neuen Auslese« und dem »Blick in die Welt«, aber freilich auch in der BBC, deren Programmzeitschrift »Hier spricht London« und (seltener) anderswo vorstellen können. Neben der bekannten Übertragung von Dylan Thomas' »Under Milk Wood« (vgl. insbesondere S. 129/227) betrifft dies übersetzte Einzeltexte (Lyrik, Prosa oder Essays) von: C. Busby-Smith, Alex Comfort, T.S. Eliot, Graham Greene, Sidney Keyes, Louis MacNeice, Stephen Spender und Virginia Woolf (vgl. S. 15 und Anmerkung dazu). Weitere Übersetzungen, die Fried erst später veröffentlichte, betreffen Texte von: W.H. Auden, Michael Hamburger, James Joyce, Edwin Muir, Terence Rattigan, John Millington Synge und John Whiting. Zu einzelnen Veröffentlichungsnachweisen vgl. Kaukoreit/Exil, S. 499–503, resp. ebenda, S. 252–259. Darüber hinaus befinden sich im Fried-Nachlaß weitere Übersetzungen, für die bisher noch kein Druck- oder Sendenachweis vorliegt. Es sind, soweit sie die im vorliegenden Beitrag erwähnten Autoren betreffen, Texte von: Norman Cameron, Charles Causley, David Gascoyne, Laurie Lee, Cecil Day Lewis, Norman Nicholson, George Orwell und Kathleen Raine.

Zu einzelnen der angeführten Autoren hatte Fried (sporadisch) schon früh persönlichen oder schriftlichen Kontakt, andere hat er deutlich als Vorbild oder zumindest als literarische »Wahlverwandte« herausgestellt, wichtig darunter besonders James Joyce und Dylan Thomas (vgl. Kaukoreit/Vahl, S. 69). Beeinflußt hat ihn auch Robert Graves. Eine Bewunderung der (amerikanischen) Dichter Thomas Stearns Eliot und Ezra Pound ist, bei aller politischen Distanz und Detailkritik, unverkennbar.

metaphysischen Barockpoeten – Die »Metaphysical poets«, Sammelbegriff für eine Gruppe englischer Lyriker des 17. Jahrhunderts, der u.a. John Donne (vgl. »Anfragen«, S. 174/278) und Henry Vaughan zugerechnet werden. Beide sind in Frieds Sammlung »Der Stern der tat sie lenken. Alte englische Lieder und Hymnen« (München 1966) vertreten.

Eliot – Literatur-Nobelpreisträger von 1948. Nachweislich hat sich Fried in der unmittelbaren Nachkriegszeit intensiv mit Eliot (1888–1965) beschäftigt (vgl. z.B. seine Übersetzung des Eliot-Porträts von Richard Church in der »Neuen Auslese«, Heft 5/1948). Beeindruckt war er zu dieser Zeit von dem »epochemachenden« Gedicht »The Waste Land« von 1922 (vgl. S. 150/229), aber auch von der »Vollkommenheit seiner reifsten Gedichte, der ›Vier Quartette‹« (1943), wie er sie im vorliegenden Beitrag lobt. Persönlich hat er Eliot erst später kennengelernt, wahrscheinlich als er 1959 dessen Drama »The Elder Statesman« übersetzte (dt. Ein verdienter Staatsmann, Frankfurt/M. 1959; auf ein Gespräch mit Eliot rekurriert er 1972, vgl. S. 150). Dagegen hatten die vorangehenden Eliot-Dramen offenbar nur mit Einschränkung Frieds Gefallen gefunden (vgl. S. 25–26). Eine Übersetzung des melodramatischen Fragments »Sweeney Agonistes« (1932) folgte 1961 (vgl. eine kritische Einschätzung dieser Übersetzung bei Heimann, S. 210–213). Zur Beschäftigung mit dem Lyriker Eliot vgl. ergänzend eine kleinere Eliot-Passage in Bib. Nr. 137 und ein Zitat aus den Versen »Journey of the Magi« (1927), das Fried seinem Gedicht »Amerikanischer Tourist in Tijuana« voranstellte (GW 2/76).

Ezra Pound – Vgl. S. 150–153 und Anmerkungen dazu.

W.H. Auden – Zu Auden (1907–1973) vgl. insbesondere Frieds kurzes Auden-Porträt von 1956 (Bib. Nr. 15), aber auch den späteren Wertungsvergleich mit Ezra Pound im vorliegenden Band, S. 153; ergänzend »Anfragen«, S. 196/280.

– Gegen Ende der zwanziger Jahre hatte sich Auden als Oxforder Student mit linksgerichteten Kommilitonen zusammengeschlossen (den sogenannten »Pylon Poets«, auch »Auden Group«), zu denen die ebenfalls von Fried erwähnten Schriftsteller Cecil Day Lewis, Louis MacNeice und Stephen Spender gehörten.

Louis MacNeice – Von Fried äußerst geschätzter anglo-irischer Lyriker (1907–1963). Im Zeitschriftendruck des vorliegenden Beitrags folgt das Gedicht »Klare Rede« von MacNeice in der Übersetzung Frieds (ebenfalls in Kaukoreit/Vahl, S. 97). Aus dessen »Forderungen an einen Dichter« zitiert Fried im September 1955 in der abweichenden Fassung der BBC-Zeitschrift »Hier spricht London« (s.o.). MacNeices Übersetzung des »Faust« (Teil 1 u. 2, gekürzt) erschien 1951.

der Einfluß Rilkes bis *wie der Kafkas* – Zu Rilke vgl. einen von Fried übersetzten Aufsatz von Stephen Spender (geb. 1909) in der »Neuen Auslese«, 1. Jg. (1945/46), Heft 10, S. 21–55; zu Kafka Michael Hamburgers Ausführungen »Kafka in England«, in: M. Hamburger, Zwischen den Sprachen. Frankfurt/M. 1966, S. 121–136.

Dylan Thomas – Zu Dylan Thomas vgl. auch S. 27–28 u. 126–129.

Kenneth Allott – Englischer Schriftsteller (geb. 1912), veröffentlichte unter anderem in den Literatur-Magazinen »The Criterion«, »New Verse«, »Oxford Poetry« und »Contemporary Poetry and Prose«; Herausgeber von »The Penguin Book of Contemporary Verse« (1950).

»Neue Apokalypse« – Gegen den »Klassizismus« von Auden gerichtete Dichterbewegung, die sich vor allem in drei Anthologien Ausdruck verschaffte: »The New Apocalypse« (1940), »The White Horseman« (1941) und »The Crown and the Sickle« (1945); Mitherausgeber der Sammlungen von 1941 und 1945 ist Henry Treece (1911–1966).

Herbert Read – Englischer Hochschullehrer und Schriftsteller (1893–1968).

Ann Ridler – Anne Barbara Ridler (geb. 1912).

Vernon Watkins – Walisischer Hochschullehrer und Schriftsteller (1906–1967), zeitweilig der »Neuen Apokalypse« (s.o.) verbunden.

Henry Treece – Siehe oben (Anmerkung zur »Neuen Apokalypse«).

Laurie Lee – Englischer Schriftsteller (geb. 1914). In Frieds Nachlaßbibliothek befindet sich Lees Gedichtband »My Many-coated Man« (London 1955) mit der handschriftlichen und englischem Humor entsprechenden Widmung: »For Erich Fried who put me into better German than I English«.

Norman Nicholson – Erich Fried besaß die von dem englischen Schriftsteller (1914–1987) herausgegebene »Anthology of Religious Verse« (Harmondsworth 1942), die unter anderem Gedichte von Eliot, Dylan Thomas, Gascoyne, Anne Ridler und Charles Williams enthält (Nachlaßbibliothek).

Norman Cameron – Schottischer Schriftsteller und Übersetzer (1905–1953). Frieds Nachlaß belegt einen schriftlichen Kontakt zwischen den beiden Autoren mit einem Schreiben Camerons vom 27. 4. 1952, in dem der englische Kollege u.a. Cummings-Übersetzungen von Fried lobt und ihm seinen Gedichtband »The Winter House« (London o.J.) zuschickt. Der handschriftlich gewidmete Lyrikband befindet sich in Frieds Nachlaßbibliothek.

C. Busby-Smith – D.i. John Charles Smith (geb. 1924). Vgl. ergänzend Kaukoreit/Einblicke, S. 98–99 u. 178.

Grigson – Geoffrey Edward Harvey Grigson (geb. 1905), englischer Dichter, Literaturkritiker und Herausgeber, u.a. des kleinen, aber einflußreichen Poesie-Magazins »New Verse« (1933–1939). Erich Fried besaß dessen mit D.K. Roberts zusammengestellte Lyriksammlung »1937. The Year's Poetry« (London 1938), in der viele der im vorliegenden Beitrag genannten Dichter vertreten sind (Nachlaßbibliothek).

Sidney Keyes – Englischer Dichter (1922–1943), u.a. von Rilke beeinflußt. Von Keyes' Kontakt zu deutschsprachigen Exilanten, wozu etwa der junge Michael Hamburger (s.u.) gehört, spricht Fried 1981 (vgl. S. 9).

Michael Hamburger – Lyriker, Übersetzer und Hochschullehrer (geb. 1924 in Berlin). Er emigrierte 1933 mit seiner Familie nach Großbritannien, wo er zu Beginn der vierziger Jahre eine von ihm übersetzte und eingeleitete Auswahl mit Hölderlin-Gedichten vorlegte (Redhill 1943). Hamburger und Fried kannten sich seit Ende der vierziger Jahre (durch die Vermittlung Hans Werner Cohns, vgl. S. 215). Fried zählt ihn im vorliegenden Aufsatz zu den englischen Dichtern, da sein literarisches Werk von Anfang an in englischer Sprache entstanden ist, früh gesammelt in dem Band »Flowering Cactus. Poems 1942–1949« (Aldington 1950). Ein weiterer Band erschien zwei Jahre später (Poems 1950–51, Aldington 1952), sowie eine Auswahl mit Trakl-Übersetzungen, von der sich ein Exemplar in Frieds Nachlaßbibliothek erhalten hat (Decline. Twelve Poems by Georg Trakl (1887–1914). Translated by Michael Hamburger. Crescendo Poetry Series (ohne Ort), No. 8 / Jun 1 1952). Hamburgers deutschsprachige Lyrik-Sammlungen sind Übertragungen, zum Teil von Erich Fried (z.B. in: Gedichte. Berlin 1976, sowie Heimgekommen. Ausgewählte Gedichte. München 1984). Vgl. auch Michael Hamburger, Schreiben ohne Anker, in: Text + Kritik, Heft 91/1986, S. 94–97; ergänzend Heimann, S. 202–205.

Robert Graves – 1895–1985, auch bekannt unter dem Namen »[von] Ranke-Graves«. Frieds Nachkriegslyrik zeigt eindeutige Spuren der Beeinflussung durch Graves (vgl. Kaukoreit/Exil, insbesondere S. 355–357).

Edwin Muir – Schottischer Schriftsteller, Übersetzer und Journalist (1887–1959), bedeutend für die englische Rezeption Kafkas. Seine Übersetzung des »Schloß« erschien 1930 (vgl. ergänzend Michael Hamburger, »Kafka in England«, a.a.O.).

James Joyce – Frieds (schon früh einsetzende und so gut wie uneingeschränkte) Hochschätzung des Dubliner Schriftstellers (1882–1941) ist mehrfach belegt (vgl. z.B. Kaukoreit/Einblicke, S. 43). Über nicht gedruckt vorliegende Übersetzungsproben aus »Finnegans Wake« hat er 1985 Rechenschaft abgelegt (vgl. Bib. Nr. 120). Eine Übersetzung des Joyce-Gedichts »I Hear an Army« ist in Frieds »Liebesgedichte« eingegangen (vgl. GW 2/396; ergänzend Heimann, S. 195–197).

Cary – Arthur Joyce Lunel Cary (1888–1957), anglo-irischer, von Joyce beeinflußter Prosa-Schriftsteller.

Waughs – Evelyn Waugh (1903–1966), Verfasser von (gesellschaftskritischen) Romanen und Biographien.

Charles Williams – Englischer Schriftsteller (1886–1945). Für eine deutsche Übersetzung seines Romans »Descent into Hell« (1937) setzte sich Fried bei Claassen in Hamburg 1957 ein (vgl. Kaukoreit/Exil, S. 194).

Warners – Rex Warner, englischer Schriftsteller (1905–1986), beeinflußt von Kafka, über dessen »mißverstandene« Rezeption auch Michael Hamburger berichtet (»Kafka in England«, a.a.O.).

William Sansom – Wie Michael Hamburger schreibt, war Sansom (1912–1976) durch seine von Kafka beeinflußte Novelle »The Long Sheet« (1941) schlagartig in England berühmt geworden. Der Einfluß Kafkas auf Sansom wurde danach jedoch schwächer (vgl. »Kafka in England«, a.a.O.).

Anna Sebastian – Vgl. S. 17/216.

Denton Welch – Geboren und aufgewachsen in China, später in England. Welch (1915–1948) wollte ursprünglich Maler werden, was ein schwerer Verkehrsunfall verhinderte. Er veröffentlichte u.a. den Roman »In Youth is Pleasure« (1944).

Hartley – L(eslie) P(oles) Hartley, englischer Schriftsteller (1895–1972).
Forrest Reid – Anglo-irischer Schriftsteller (1875–1947).
William Plomer – Südafrikanischer Schriftsteller (1907–1973), seit 1929 in England.
Pritchett – Sir Victor Sawdon Pritchett (geb. 1900), Erzähler, Essayist und Kritiker.
Coward – Noel (Pierce) Coward (1899–1973), Schauspieler, Schriftsteller und Komponist.
Frys – Christopher Fry (geb. 1907). Der Dramatiker gilt (wie auch T.S. Eliot) als einer der wichtigen Erneuerer des englischen Versdramas.
O'Casey – Seán O'Casey, eigentlich John Casey (1880–1964), anglo-irischer Dramatiker.
John Whiting – Englischer Dramatiker (1917–1963), dessen Stück »Die Teufel« (1961) in der Übersetzung Frieds 1962 erschien (vgl. ergänzend »Anfragen«, S. 28–29/267–268). Während der Übersetzungarbeit hat Fried den Dramatiker persönlich kennengelernt; einen Nachruf auf Whiting integrierte er am 17. 6. 1963 in seine »Persönliche Betrachtung« im Ostzonenprogramm der BBC.

S. 27–29 *Zur Form des modernen Romans*. Erschien zuerst in: Proben und Berichte (Hamburg), 14. Folge, Jg. 1960, S. 1–2. Der vorliegende Druck danach. – Mit diesem kurzen Beitrag zur zeitgenössischen Diskussion über den »modernen Roman« unternahm Erich Fried gleichsam den Versuch einer literaturtheoretischen Einbettung seines eigenen Romans »Ein Soldat und ein Mädchen« (1960), an dem er seit 1946 gearbeitet hatte (vgl. GW 4/5–211). Vgl. des weiteren Bib. Nr. 25, 37 u. 44.
Dylan Thomas – Zu Dylan Thomas vgl. auch S. 20–21 u. 126–129.
Romane – Zum Beispiel »La Jalousie« (1957) des »nouveau romancier« Alain Robbe-Grillet, den Fried später persönlich kennengelernt hat (im August 1963 in Edinburgh). Zu Frieds kritischer Auseinandersetzung mit Robbe-Grillet, die von einer prinzipiellen Hochachtung vor dem literarischen Werk des Franzosen zeugt, vgl. z.B. Bib. Nr. 33.
einer Romangestalt bis *zuzuordnen* – Die »Schriften des Soldaten« im zweiten Teil des Fried-Romans (GW 4/61 ff.).

S. 30–32 *Protestgedichte gegen Protestgedichte*. Erschien zuerst in: Die Zeit, Nr. 33 v. 18. 8. 1967, S. 11. Der vorliegende Druck danach. – Kritische Auseinandersetzung mit Günter Grass (geb. 1927) und anderen, die ein redaktioneller Kommentar der »Zeit« einleitete: »Der Gedichtband ›Ausgefragt‹ von Günter Grass hat eine Diskussion ausgelöst, bei der es nicht nur um Lyrik geht«. Zu sehen ist diese Diskussion jedoch vor dem Hintergrund einer schon länger anhaltenden (zeittypischen und nicht immer fruchtbaren) Debatte über die Möglichkeiten politischer Literatur überhaupt, wobei neben dem »Fall Peter Weiss» insbesondere auch Frieds Vietnam-Gedichte kritisch erörtert und etwa von Grass dem Verdikt der »ohnmächtigen Wut« ausgesetzt worden waren (s.u.).

Eine gewisse Distanz gegenüber (dem sozialdemokratisch engagierten) Grass zeigt sich bei Fried spätestens seit 1965. Er selbst spricht von einem »langen Konflikt« mit Grass seit der Princeton-Tagung der Gruppe 47 im Jahr 1966 (vgl. S. 173 und Anmerkungen dazu; ergänzend S. 215).
»Ausgefragt« – »Gedichte und Zeichnungen« (Neuwied u. Berlin 1967). Dort stellte Grass insbesondere in den Gedichten »In Ohnmacht gefallen« und »Irgendwas machen« (S. 58–63) das zeitgenössische Protestgedicht, spezieller die »Antikriegsgedichte«, als poetische Konjunkturware und als »ohnmächtige Wut« in Frage. – Erich Fried hatte den Band bereits im Juli 1967 kritisiert, was eine Widerrede von Hans Mayer provozierte (vgl. Bib. Nr. 51 u. 52).

Marcel Reich-Ranicki – »Neue Gedichte von Günter Grass« (»Die Zeit«, Nr. 20 v. 19. 5. 1967, S. 24).

Peter Härtling – »Gedichte zu Gelegenheiten« (»Der Spiegel« v. 9. 7. 1967).

Rühmkorf bis *Warenhausbrand in Brüssel* – Rühmkorf hatte sich bereits in der Konkret-Ausgabe vom Mai 1967 (gegen Grass) für Fried eingesetzt (»Haben wir zu viele Vietnam-Gedichte?«, S. 34–36) und veröffentlichte anschließend seine bekannte »und Vietnam und«-Rezension »Die Mord- und Brandsache« im »Spiegel« v. 24. 4. 1967. Auf diese Besprechung bezog sich Härtling, der ebenfalls, allerdings scharf ablehnend, bereits im Mai Stellung gegen Fried bezogen (»Der Monat«, Nr. 224, S. 57–61) und dazu Anfang Juli eine »Entgegnung« von Harald Hartung erhalten hatte (»Der Monat«, Nr. 226, S. 76–79), in dem oben genannten Artikel v. 9. 7. 1967 und warf Rühmkorf vor, ein »intellektueller Provo« zu sein. In diesem Zusammenhang greift Härtling die Formel »burn, ware-house, burn« auf. Sie stammt aus dem Flugblatt 8, mit dem die Berliner »Kommune I« ihren Protest gegen die Duldung des Vietnamkriegs durch die (Berliner) Öffentlichkeit fortsetzte und dabei (wie schon in Flugblatt 7) in satirisch-provokativer Absicht auf eine Feuerkatastrophe in der belgischen Hauptstadt zurückgriff (»Warum brennst Du, Konsument?«).

S. 33–52 *Gedichte über das Dichten*. Rundfunkbeitrag unter dem Titel »Worte seit Auschwitz. Gedichte über das Dichten«: Norddeutscher Rundfunk (Hannover, 3. Programm), 20. 4. 1978. Erschien zuerst in: Basler Magazin, Nr. 29 v. 22. 7. 1978, S. 6–7. Der vorliegende Druck danach. – Spätestens seit Beginn der sechziger Jahre legte Erich Fried verstärkten Wert darauf, im Sinne eines nicht elitär-enigmatischen Dichtungsverständnisses gelegentlich erläuternde Einblicke in die eigene Gedichtproduktion zu ermöglichen, im vorliegenden Band etwa auch auf S. 62–64 (vgl. ergänzend z.B. Bib. Nr. 35, 42, 90 u. 133). Im vorliegenden Beitrag gibt er Auskunft über einige »poetologische« Gedichte aus den Jahren 1977–78, die er später weitgehend (in partiell überarbeiteter Form) in seine Sammlungen integriert hat. Unberücksichtigt blieben dabei »Kleines Gebet« und »Kitsch« (nicht in GW), sowie »Neuer Anfang« (vgl. Anhang GW 3/600–601).

Gefährliches Thema – Bei der späteren Aufnahme in den Band »Lebensschatten« mit dem endgültigen Titel »Dann wieder« (vgl. GW 2/487).

KZ-Wärterin – Irma Grese, vgl. S. 18/216.

er selbst oder er selbst – In Nestroys 1849 uraufgeführter Hebbel-Parodie »Judith und Holofernes« heißt es wörtlich: »Ich möcht' mich einmal mit mir selbst zusammenhetzen, nur um zu sehen, wer der Stärkere is, ich oder ich« (3. Szene).

archaischen Torsos Apollos – Die bekannten Eingangsverse aus »Der Neuen Gedichte anderer Teil« (1908). Zu Rilke vgl. S. 130–139 und Anmerkungen dazu.

S. 53–68 *Nonsensdichtung und Montage. Ein Versuch*. Rundfunkbeitrag: Norddeutscher Rundfunk (Hannover, 3. Programm), 3. 4. 1980. Der vorliegende Druck folgt dem Rundfunk-Manuskript. – Frieds oft übersehene Vorliebe für Nonsens- Verse, Kinderreime und (religiöse) Volksdichtung geht weit zurück: Schon in seinen Exilgedichten rekurrierte er auf Kinder- und Abzählreime (vgl. z.B. GW 1/12). Mehrfach finden sich bei ihm Anspielungen auf Texte aus der von den Romantikern Achim von Arnim und Clemens Brentano zu Beginn des 19. Jahrhunderts herausgegebenen Sammlung lyrischer Volksdichtung »Des Knaben Wunderhorn«, auf die er z.B. explizit in seinem Zyklus »Die letzte Hand« eingeht (GW 1/231). Nachweislich hat sich Fried insbesondere in den fünfziger Jahren verstärkt mit den entsprechenden Traditionen (und christlichen wie heidnischen Brauchtümern) in Großbritannien und Nordamerika beschäftigt (vgl. z.B. Bib. Nr. 11 u. 12; ergänzend Kaukoreit/Exil, S. 211, 327–334 u. 390–391; sowie im vorliegenden Band zu einem weiteren englischen Kinderreim S. 99–100 und zu weiteren Quellen Bib. Nr. 47).

»Die Meisengeige« – München 1964; darin auch drei Gedichte von Erich Fried, eines davon wiederabgedruckt im Anhang von GW 3/581 (»Gegen Schlechtes«).

Spiritus asper – Diakritisches Zeichen im Altgriechischen (u.a. für anlautendes »h« vor Vokalen), das erst um 900 n. Chr. in byzantinischen Handschriften auftaucht. Da Frieds Darstellung in der vorliegenden Textpassage mißverständlich war, wurde diese vom Herausgeber leicht modifiziert, wozu hinzuzufügen ist, daß mit den »griechischen Dialekten« (Fried) byzantinische Dialekte gemeint sind. Neueren Forschungen zufolge kommt »Eia popeia« aus dem Slawischen (freundlicher Hinweis von Werner Rotter, Wien).

alten englischen Weihnachtsreim – Der »Robin-Hood-Reim«, den Fried bereits in seine Anthologie »Der Stern der tat sie lenken. Alte englische Lieder und Hymnen« aufgenommen hatte (München 1966), und dessen Übersetzung er für das vorliegende Feature offenbar überarbeitet hat.

»Abzählreimen« – In der »Meisengeige« von G.B. Fuchs (s.o.), vorher in »Streit-Zeit-Schrift« 1/1958.

wenn er ein Gedicht anfängt: – »Bim, Bam, Bum« aus den »Galgenliedern« (1905) des von Fried sehr geschätzten Christian Morgenstern (1871–1914).

»Niegereimten Reime« – In der »Meisengeige« von G.B. Fuchs (s.o.).

ein Gedicht von Mörike – Mit dem Titel »Denk es, o Seele!«.

nur noch Sand – Vgl. einige wenige ergänzende Details in einer anderen Selbstinterpretation des Gedichts in GW 3/624.

Gesamtwerk – Genauer: Aus dem 1961 erschienenen Sammelband »Fahrt ins Staublose«, auf dessen Seiten sich die Zahlen beziehen, die den einzelnen Zeilen des Montage-Gedichts von 1966 vorangestellt sind (vgl. Frieds Anmerkung in GW 2/606).

S. 69–85 *Was soll und kann Literatur verändern?* Erschien zuerst in: Wespennest (Wien), Nr. 52/1983, S. 76–83. Der vorliegende Druck folgt »Nicht verdrängen«, S. 28–42 (gekürzt). – Vortrag auf dem Symposion »Literatur und Macht« (vom 4.–8. 5. 1983 an der Universität Wien und am 10. Mai im Wiener Konzerthaus anläßlich des 50. Jahrestages der Bücherverbrennung). In den hier nicht übernommenen Eingangsbemerkungen der Rede reagierte Fried zustimmend auf das Referat über den österreichischen Schriftsteller Hugo Sonnenschein (1889–1953; Pseudonym Sonka) von Josef Haslinger (»Einleitender Bericht über einen besiegten Autor«, in: Wespennest 52/1983, S. 2–11) und äußerte sich über frühe Erinnerungen an Ottokar Kernstock, die er später ausführlicher in »Mitunter sogar Lachen« beschrieb (vgl. GW 4/609–611).

Lenz – Jakob Michael Reinhold Lenz (1751–1792), bedeutender Sturm und Drang-Dramatiker, auf den sich Georg Büchner in seiner berühmten Erzählung »Lenz« bezieht.

Hölderlin – Spätestens seit Ende der vierziger/Anfang der fünfziger Jahre, als auch die englische Hölderlin-Rezeption neue Impulse erhält (vgl. Michael Hamburger, »Hölderlin in England«, in: Zwischen den Sprachen, a.a.O., S. 63–101), zählt Friedrich Hölderlin (1770–1843) zum Kanon der dichterischen Vorbilder Frieds (vgl. Kaukoreit/Vahl, S. 69). 1952 nennt er ihn »den Vater der modernen deutschen Lyrik« (Quelle: Bib. Nr. 9). Vor allem in späteren Gedichten Frieds häufen sich versteckte und offene Bezüge auf Hölderlin, auf den auch die Titel zweier Lyriksammlungen zurückgehen (»So kam ich unter die

Deutschen« (1977) und »Wächst das Rettende auch?« (1986); vgl. ergänzend z.B. GW 2/61–62, 327–330, 410–412, 685–686 u. 3/607.

ein Gedicht – »Fügungen«, der Text folgt GW 2/517.

Jura Soyfer – Das Werk des linken österreichischen Schriftstellers (1912–1939) genoß eine hohe Anerkennung unter den österreichischen England-Exilanten im Umkreis des »Austrian Centre« und hat auch frühe Theaterarbeiten Frieds beeinflußt (vgl. Kaukoreit/Exil, S. 68). Die Veröffentlichung einer »Vineta«-Bearbeitung Frieds (vgl. Kaukoreit/Einblicke, S. 78–79) scheiterte in den achtziger Jahren an Urheberrechtsstreitigkeiten.

Gabriele D'Annunzio – Dichter (1863–1938), virtuoser Hauptvertreter der italienischen Neoromantik und ›Décadence‹-Literatur; faschismusnahe.

Günter Eich – Vgl. S. 145–147.

Theodor Kramer – Fried erwähnt und zitiert Kramer, der mit der Vagabundenlyrik der »Gaunerzinke« (Frankfurt/M. 1928) bekannt wurde, u.a. noch in seinen Ausführungen über Feuchtwanger und Graf, vgl. S. 183–200; ergänzend »Anfragen«, S. 196/280.

die Sprache selbst sollte das einzige Thema sein – Vgl. Frieds »solidarische Kritik und Erörterung größerer Möglichkeiten« in seinem Gedichtzyklus »Zweifel an der Sprache« von 1973 (GW 2/239–249).

Eugen Gomringer – Geb. 1925, Schriftsteller und Hochschullehrer, in den fünfziger und sechziger Jahren konsequentester Vertreter der »Konkreten Poesie« (u.a. »konstellationen«, 1953).

Ernst Jandl – Geb. 1925 in Wien, im strengen Sinne eher ein bedeutender Vertreter einer radikal experimentierfreudigen (sozialen) Dichtung als einer abstrakt-theoriebeladenen Konkreten Poesie, dessen frühestes Werk u.a. auch von Wortspielen Erich Frieds beeinflußt war. Beide Dichter, die sich 1952/53 in London kennengelernt hatten, pflegten einen locker-freundlichen Kontakt (vgl. z.B. Frieds Widmungsgedichte in GW 3/214 u. 537).

»Bitterfelder Weg« – In zwei Bitterfelder Konferenzen (1959 u. 1964) festgelegtes DDR-Kulturprogramm, das die Schriftsteller zu einem »sozialistischen Realismus« verpflichtete.

Sylvia Plath – Von der amerikanischen Dichterin (1932–1963) übertrug Fried u.a. die Gedichtsammlung »Ariel« (Frankfurt/M. 1974). Vgl. die kritische Untersuchung dieser Übersetzung bei Heimann, S. 137–193; ergänzend Kaukoreit/Vahl, S. 98.

Schillerpreise – 1965; vgl. GW 4/668–669.

aus Schulbüchern rausgeworfen – 1977; vgl. S. 197 u. Bib. Nr. 84 u. 85.

»Märchenstunde« – Zuerst veröffentlicht in der »Frankfurter Rundschau« v. 27. 7. 1974 (vgl. GW 2/297–298).

S. 86–94 *Einige Worte zu Österreichs kultureller Eigenart.* Erschien zuerst in: »Nationalfeiertag 1984. Jahr der österreichischen Zeitgeschichte 1985«. Wien: Bundesministerium für Unterricht und Kunst 1984, S. 14–29; dann unter dem Titel »Einige Worte zu Österreichs Eigenart« in: Aufrisse (Wien), 6. Jg. (1985), Nr. 1, S. 5–7 u. 9. Der vorliegende Druck folgt »Nicht verdrängen«, S. 43–54 (gekürzt). – Rede gehalten am 26. 10. 1984 (Österreichischer Nationalfeiertag) im Wiener Volkstheater. Gegenüber der Broschüren-Vorveröffentlichung des Bundesministeriums für Unterricht und Kunst (s.o.) ist die »Aufrisse«-Fassung, die dem Druck in »Nicht verdrängen« zugrunde liegt, erweitert. Sie reagiert u.a. auf einen Angriff gegen den Vorabdruck der Fried-Rede von Kurt Kahl im Wiener »Kurier« und auf eine Polemik von Franz Endler gegen Herbert Achternbuschs Film »Das Gespenst« in der Wiener »Presse«. Die erweiterte Version dokumentiert beide Zeitungsartikel, die hier in die Anmerkungen verwiesen wurden (s.u.).

Die Rede vermittelt einen Eindruck von Frieds Haltung gegenüber der österreichischen Kultur, insbesondere der Literatur, in der Mitte der achtziger Jahre (zu früheren Äußerungen vgl. Kaukoreit/Exil, S. 465–466 u. Bib. Nr. 31). Sie ist darüber hinaus von Interesse, weil es an keiner anderen Stelle in Frieds Werk eine so explizite Bezugnahme auf Heimito von Doderer gibt, dessen Verteidigung in der »Presse« auch die Angriffe verdeutlicht, die Fried als ›Literaturkritiker‹ zuweilen in Österreich provozierte. Zu diesem Themenkomplex vgl. Bib. Nr. 102 u. 108 sowie »Die Vertreibung des Geistigen aus Österreich« von 1986 (»Nicht verdrängen«, S. 76–87) und »Klarheit oder Gewöhnung« von 1987 (»Anfragen«, S. 230–247); zu übergreifenden Aspekten »Erich Fried und Österreich« (1992).

Dollfuß-Schuschnigg-Politik – Die autoritäre, klerikal-ständisch ausgerichtete und am Mussolinischen Machtblock orientierte Politik von 1934–1938 (auch als Austrofaschismus bezeichnet), gegen deren Etablierung durch den christlichsozialen Kanzler Engelbert Dollfuß (seit 1932) sich im Februar 1934 die Sozialdemokraten erfolglos zur Wehr setzten (Februarkämpfe, vgl. Frieds Texte in GW 3/472 u. 4/540–542). Von der anderen Seite kam es nach der Einführung der Ständestaat-Verfassung (1. 5. 1934) im Juli 1934 zu einem Putschversuch der verbotenen Nationalsozialisten, bei dem Dollfuß ermordet wurde. Sein Nachfolger Kurt Schuschnigg (1897–1977) setzte die Linie der Dollfußschen Politik fort, die sich nachträglich als ungeeignetes Mittel herausstellte, den Nationalsozialismus des Deutschen Reiches abzuwehren.

Otto Bauer – Österreichischer, sozialdemokratischer Politiker und Publizist (1881–1938), führender »Austromarxist« zwischen 1919–1934.

Doderers – Heimito von Doderer (1896–1966), bedeutender österreichischer Romancier und berühmt für seine eindringliche Darstellungen der Wiener Gesellschaft, dessen literarisches Programm »Gesinnungen« und tagespolitische Aktualität (»Zeitung zwischen Buchdeckeln«) ausschloß. Stilistisch eher konservativ, war er der erste große österreichische Schriftsteller, der sich den avantgardistischen Aktivitäten der »Wiener Gruppe« aufgeschlossen zeigte.

Brand des Justizpalastes – Am 15. Juli 1927 (s.u.); ein einschneidendes Erlebnis für das Kind Erich Fried (vgl. »Am Alsergrund«, S. 41–48).

»Kurier« vom 25. Oktober – Dort heißt es unter der Überschrift »Erich Fried gegen Doderer« (Auszug): »Erich Fried leidet an einem für einen Autor bemerkenswerten Gebrechen: Er kann nicht lesen. Anders ist es nicht zu erklären, daß er in seiner Rede (...) einen anderen österreichischen Autor, nämlich Heimito von Doderer, heruntermacht. (...) ›Wenn er in seinem Roman ›Die Dämonen‹ den Blutigen Freitag, den Brand des Justizpalastes am 15. Juli 1927 beschreibt, erhebt er die rechtsradikalen Mörder von Schattendorf zu ›Revolutionären‹ und verunglimpft alle Menschen, die sich dagegen gewehrt haben‹, heißt es bei Fried. Abgesehen davon, daß das ein verhatschter Satz ist (Wer wehrt sich wogegen? Daß Doderer die Mörder zu ›Revolutionären‹ erhebt?), stimmt es in keiner Weise. – Die Arbeiterschaft protestierte am 15. Juli 1927 dagegen, daß die Mörder von einem Geschworenengericht freigesprochen wurden. Die Mörder sind auch bei Doderer Mörder, er hält fest, daß die Opfer von Schattendorf, ein Invalide und ein Kind, von hinten erschossen wurden. Er zeigt auch Verständnis dafür, daß der Freispruch der Mörder Erregung auslöste – gegen das Urteil eines Geschworenengerichts zu demonstrieren, dazu wollte nicht einmal die sozialdemokratische Parteiführung aufrufen (...)« (siehe auch »Nicht verdrängen«, S. 55–56).

»Große Landschaft bei Wien« – In »Nicht verdrängen« wurde das Gedicht in dokumentarischer Begleitung auf S. 51–52 mitabgedruckt. Zu Bachmann vgl. S. 176–182.

Celans – In »Nicht verdrängen« wurde in dokumentarischer Begleitung auf S. 49–50 das Celan-Gedicht »Todesfuge« abgedruckt. Zu Celan vgl. S. 154–156.

Andreas Okopenko – Vgl. ergänzend die ebenfalls positive Erwähnung des österreichischen Schriftstellers (geb. 1930) in »Anfragen«, S. 244/282.

Jandl – In »Nicht verdrängen« wurde in dokumentarischer Begleitung auf S. 49 das Jandl-Gedicht »falamaleikum« abgedruckt. Zu Jandl vgl. S. 75 und Anmerkung dazu.

Konkreten Poesie – Vgl. S. 75/223.

Heißenbüttel – Heißenbüttel (geb. 1921) und Fried lernten sich persönlich in der ersten Hälfte der sechziger Jahre kennen. Die zuweilen scharf klingende Auseinandersetzung mit dem Werk des anderen gründete auf prinzipieller gegenseitiger Wertschätzung, die vor allem in späteren Texten zum Ausdruck kommt; vgl. GW 1/412–413, 2/508–509 u. 594–595 sowie Heißenbüttels Beiträge in: Dieter Lattmann (Hg.), Das kleine Buch der 100 Bücher (München), 13. Jg. (1965/66), S. 44 (»Erich Fried. Kinder und Narren«) und Freibeuter 7/1981, S. 2–4 (»Gruß für Erich Fried«).

Wotruba – Fritz Wotruba (1907–1975), nach seiner Rückkehr aus der Emigration bedeutendster und einflußreichster österreichischer Bildhauer der Nachkriegsjahrzehnte.

Hrdlicka – Wotruba-Schüler (s.o.), vgl. ergänzend »Anfragen«, S. 243/282, Bib. Nr. 132 u. »Erich Fried und Österreich«, S. 34 u. 37.

Qualtinger – Vgl. »Anfragen«, S. 243–244/282 u. Bib. Nr. 122.

Ernst Fischer – Zu dem 1969 aus der KPÖ ausgeschlossenen Politiker, Literaturwissenschaftler und Schriftsteller vgl. »Anfragen«, S. 196/280.

Christian Ide Hintze – Österreichischer Schriftsteller (geb. 1953), seit 1992 Leiter der Schule für Dichtung in Wien. Auf Hintzes ersten größeren Lyrik-Band »Die Goldene Flut« (Köln 1987) machte Fried später in seiner Linzer Brucknerfestrede aufmerksam, vgl. »Anfragen«, S. 244.

Justizminister – Harald Ofner von der FPÖ.

Alice Miller – Auf die Schriften der Zürcher Psychoanalytikerin, besonders auf ihre Bücher »Das Drama des begabten Kindes« (1979), »Am Anfang war Erziehung« (1980) und »Du sollst nicht merken« (1981) hat sich Fried mehrfach, auch kritisch, berufen (vgl. z.B. Bib. Nr. 114 und Erich Fried/Joern Schlund: Weltbausteine, Möglichkeiten des Weiterlebens. Bilder, Texte, Gespräche. Münster 1994, S. 27).

Ruiss – Gerhard Ruiss (geb. 1951). Autor, Musiker und Geschäftsführer der österreichischen IG Autoren in Wien. Seinen Einsatz für Achternbuschs 1983 in Graz beschlagnahmten Film »Das Gespenst« und die anschließende gerichtliche Verfolgung (Prozeß in zwei Instanzen von 1984–1986) dokumentiert detailliert der Band »Der Freiheit ihre Kunst (...). Zensurversuche und -modelle der Gegenwart«, Wien 1990, S. 9–54.

in der »Presse« – Dort heißt es in der Ausgabe vom 18. 1. 1984 unter dem Titel »Ferkel unter sich« (Auszug): »Herbert Achternbuschs Film ›Das Gespenst‹ steht längst nicht mehr zur Debatte (...). Zur Debatte steht (...), und das Wort scheint doch falsch gewählt, denn eigentlich dürfte es darüber keine Debatte geben, bekämpft also muß (...) werden, daß um der Sensation und des Skandals willen die Interessensgemeinschaft österreichischer Autoren in Komplizenschaft mit der Österreichischen Hochschülerschaft erst eine bedrohliche Diskussion abhalten und dann mehrfachen Rechtsbruch begehen konnte und insgesamt ein Feuer schürte, an dem allen einmal mehr als warm werden konnte. (...)

Den von der IG Autoren und der Hochschülerschaft unterstützten Schreiern aber ist der Mund zu stopfen. Die einschlägigen Gesetze dafür gibt es ohne Zweifel, und keines von Ihnen verstößt gegen die Freiheit der Kunst« (zitiert nach »Nicht verdrängen«, S. 56–58; dort auf S. 58 auch ein »Ungelegenheitsgedicht« über Franz Endler, ebenfalls in GW 3/535). In der gleichen Ausgabe der »Presse« regte Endler auch an, die Betreiber der Achternbusch-Initiative »privat« anzuzeigen, um ein schnelleres Eingreifen der Staatsanwaltschaft Wien zu erreichen.

Thomas Bernhard – Auf frühe Werke von Bernhard (1931–1989) hat der Literaturkritiker Fried (nachdrücklich und gleichsam sehr neutral) bereits 1964 aufmerksam gemacht (vgl. Bib. Nr. 31). Eingeschränkt negative Kritik äußert er im vorliegenden Beitrag zu dem »Skandal«-Roman »Holzfällen« (1984), Mißbehagen gegenüber Bernhards Kreisky-Schelte hatte er ein Jahr vorher bekundet (vgl. Bib. Nr. 114). In allen (insgesamt seltenen) Äußerungen und Einwänden Frieds schwingt aber immer auch kollegialer Respekt vor dem Literaten Bernhard mit und »entschiedene« Solidarität mit Bernhards »vorbildlichem«, »unbändigem Willen zur Unabhängigkeit« und seinem »tiefen Mißtrauen« gegenüber den »Kulturfunktionären« und dem »Kulturestablishment« in Österreich (vgl. »Anfragen«, S. 244–245).

S. 95–107 *Weltliteratur oder Die unauffällige Weltpolitik des Übersetzens: Das Beispiel Shakespeare*. Erschien zuerst in: Bettina und Lars Clausen (Hg.), Spektrum der Literatur. Gütersloh 1984, S. 8–11. Der vorliegende Druck danach. – Insgesamt hat Erich Fried 27 Shakespeare-Stücke übersetzt, als erstes den »Sommernachtstraum« (Uraufführung in der Inszenierung von Peter Zadek im Mai 1963 in Bremen), zuletzt den »König Lear« (zusammen mit Claudia Hahm); vgl. Erich Fried: Shakespeare. Hrsg. v. Friedmar Apel. Berlin 1989 (3 Bde. und ein Begleitbuch). Darüber hinaus existiert als Bühnenmanuskript ein Stück über »Falstaff« (in der Übersetzung und Bearbeitung von Erich Fried nach »König Heinrich IV« und »König Heinrich V« von William Shakespeare. Berlin 1986). Zu weiteren Äußerungen Frieds über seine Shakespeare-Übersetzungen vgl. Bib. Nr. 34, 39, 55, 60, 63, 64, 78, 88 u. 137; ergänzend auch Bib. Nr. 103 und die Beiträge von Ingrid Schramm in Kaukoreit/Einblicke, S. 145–154. Eine kritische Untersuchung der »Lieder aus ›Twelfth Night‹« findet sich bei Heimann, S. 205–210.

Jessenin-Gedichten bis *Alexander Blok* – Sergei A. Jessenin, russisch-sowjetischer Lyriker (geb. 1895, Selbstmord 1925), ein Bekannter des avantgardistischen (symbolistischen) Dichters Alexander A. Blok (1880–1921). Fried kannte Bloks berühmtes Revolutionspoem »Die Zwölf« (1918) unter anderem in der Übersetzung von Paul Celan, was Anstreichungen in dem Band »Drei russische Dichter. Alexander Blok. Ossip Mandelstamm. Sergej Jessenin« (Frankfurt/M. 1963) in der Nachlaßbibliothek belegen.

John Dryden – Englischer Dramatiker (40 Dramen) und Verfasser von Epen und Lyrik mit stark gesellschaftskritischer Note (1631–1700).

S. 109–122 *E.E. Cummings oder Die Sprache, in der man nicht lügen kann.* Erschien zuerst in: Texte und Zeichen, 3. Jg. (1957), S. 496–511. Der vorliegende Druck danach (gekürzt).

geboren vor 60 Jahren – Zum Zeitpunkt der Veröffentlichung nicht ganz exakte Angabe: Cummings lebte von 1894–1962.

Tate – Amerikanischer Dichter und Literaturkritiker (1899–1979).

Aragon – Der surrealistische Schriftsteller Louis Aragon (1897–1982) reiste zum ersten Mal 1930 in die UdSSR. Seiner Abkehr vom Surrealismus 1932 folgten weitere Besuche der Sowjetunion, über die sich das KPF-Mitglied eine Zeitlang begeistert äußerte.

S. 123–125 *Ernest Hemingway ist tot.* Rundfunkbeitrag: »Persönliche Betrachtung« vom 3. 7. 1961 innerhalb des »German Soviet Zone Programme« der

BBC (vgl. »Anfragen«, S. 264). Der vorliegende Druck folgt einer Fassung mit Korrekturen von fremder Hand (Matrizenabzug) aus dem Nachlaß. Titel vom Herausgeber.

Hemingway-Zitat – Vielmehr ein Zitat aus »The Jew of Malta« von Christopher Marlowe, das Hemingway seinem Roman »A Farewell to Arms« (1929) vorangestellt hat. Vgl. Frieds »Ein Soldat und ein Mädchen« von 1960 (GW 4/10–11).

»The Killers« – Erschienen 1927 (als Zeitschriftenveröffentlichung und in der Sammlung »Men Without Women«).

der Dschungel – Texteingriff des Herausgebers: Fried verwendete die seltenere Form »das Dschungel«.

S. 126–129 *Über Dylan Thomas*. Erschien wahrscheinlich zuerst in: Städtische Bühnen Augsburg [Programmheft 7]. Spielzeit 1959/60. Augsburg 1959, S. 98–101; später als »Vorwort« auch in: Unter dem Milchwald. Ein Spiel in zwei Teilen [nach der szenischen Bühneneinrichtung von Henry Sterek und der Übersetzung Erich Frieds]. Wien/München/Basel 1964, S. 5–9. Der vorliegende Druck folgt (bis auf den Titel) der Buchveröffentlichung von 1964. – Mit seiner Übertragung von Dylan Thomas' »Under Milk Wood« hatte sich Fried in der Mitte der fünfziger Jahre beim deutschsprachigen Literaturpublikum einen herausragenden Ruf als Übersetzer geschaffen. Die Übersetzung war eine Auftragsarbeit der BBC (s.u.), in deren deutschsprachigen Programmen Fried zahlreiche Sendungen über Dylan Thomas (1914–1953) gestaltet hat. In einer überarbeiteten Version erschien der Großteil seiner Thomas-Übersetzungen in dem Sammelband: Dylan Thomas: Unter dem Milchwald/ Ganz früh eines Morgens/Ein Blick aufs Meer. München 1973. Vgl. ergänzend S. 20–21 im vorliegenden Band und Bib. Nr. 16, 19, 21–23 u. 56, sowie eine kritische Untersuchung der Thomas-Übersetzungen bei Heimann, S. 75–120.

»Unter dem Milchwald« – Das »Spiel für Stimmen« wurde in Frieds Übersetzung zuerst am 10. 3. 1954 im German Service der BBC ausgestrahlt, danach in Deutschland z.B. vom NWDR (20. 9. 1954) und vom Südwestfunk (21. 9. 1954). Im gleichen Jahr erschien es in Buchform (Heidelberg 1954).

Cummings – Vgl. S. 109–122.

einen bewußten Verzicht auf bis *Handlung* – Vgl. Frieds parallele Ausführungen auf S. 27–28.

S. 130–139 *Rilke – Zauber, Täuschung, Enttäuschung*. Erschien zuerst in: Sprache im technischen Zeitalter, Heft 17–18, (Januar–Juni) 1966, S. 11–19. Der vorliegende Druck folgt »Nicht verdrängen«, S. 123–132. – Vortrag auf einem Berliner Kritiker-Colloquium über Rilke und Thomas Mann 1965. Zur weiteren Rilke-Einschätzung und zu seiner Bedeutung für Frieds eigenes Werk vgl. Kaukoreit/Exil, S. 242–252.

keine zwei Jahre alt war – Vgl. Frieds Erinnerungsgeschichte »Der Klapperstorch« (GW 4/523–525).

Holthusen bis *»Der unbehauste Mensch«* – Erich Fried besaß von diesem Buch (zuerst München 1951) die dritte, erweiterte und neubearbeitete Auflage von 1955 (Nachlaßbibliothek). Sie enthält auf den S. 40–67 den Aufsatz »Rilkes letzte Jahre«, auf den Fried sich bezieht.

»Metaphysical poets« – Vgl. S. 217.

Schlegel bis *Shakespeare* – Vgl. S. 95–107.

Gerd Gaiser – Deutscher Schriftsteller und Hochschullehrer (1908–1976), besonders erfolgreich in den fünfziger Jahren, u.a. mit seinem zeitkritischen Roman »Schlußball« (1958).

»Gang nach dem Eisenhammer« – Pathetisches Schillergedicht mit dem Beginn »Ein frommer Knecht war Fridolin« und so unfreiwillig komischen Reimen wie: »›Wer hebt das Aug zu Kunigonden?‹/›Nun ja, ich spreche von dem Blonden‹«.

S. 140–143 *Stanislav Jerzy Lec.* Rundfunkbeitrag: »Persönliche Betrachtung« vom 16. 5. 1966 innerhalb des »German Soviet Zone Programme« der BBC (vgl. »Anfragen«, S. 264). Der vorliegende Druck folgt einer von Fried handschriftlich korrigierten Fassung (Matrizenabzug/Kopie) aus dem Nachlaß (vgl. die photographische Wiedergabe des Matrizenabzugs bei Lampe, S. 94–98). Titel vom Herausgeber. – Eine Fortsetzung der Lec-Sendung erfolgte am 30. 5. 1966. Bereits am 22. 6. 1964 hatte Fried in der BBC Lecs »Unfrisierte Gedanken« besprochen.

vor einigen Jahren in Wien – Im Juni 1962. »Erich Fried diese Gedichte aus bitteren aber jungen Jahren zur Erinnerung an unsere Wiener Begegnung« heißt es in der auf den 29. 6. 1962 datierten Widmung eines Exemplars von Lecs Gedichtsammlung »Über Brücken schreitend« (Wien 1950) in Frieds Nachlaßbibliothek.

Robert Havemann – Zu dem ostdeutschen Regime-Kritiker vgl. z.B. »Anfragen«, S. 40–43/269–270.

Giordano Bruno – Der italienische Philosoph (geb. 1548), der die Philosophie von der Theologie trennte, wurde als Kirchenabtrünniger 1600 in Rom verbrannt.

S. 145–147 *Engagiertes Spiel.* Rundfunkbeitrag: Studio Zürich, 1. 2. 1967. Erschien zuerst in: Merkur, 21. Jg. (1967), Heft 6/Juni 1967, S. 560–562 (innerhalb des Beitrags »Drei Begegnungen mit Günter Eich« zusammen mit Max Frisch und Wolfgang Hildesheimer; S. 556–562); später (in leicht abweichender Form) in: Über Günter Eich. Hrsg. v. Susanne Müller-Hanpft. Frankfurt/M. 1970, S. 53–55. Der vorliegende Druck folgt der Buchfassung von 1970.

eine Mutter ihr Kind – Im »Zweiten Traum« des Hörspiels von Günter Eich (1907–1972), das gedruckt seit 1953 in dem Sammelband »Träume« vorlag.

Swifts Aufforderung – In der Satire »A Modest Proposal (...)« (1729) des irisch-englischen Schriftstellers Jonathan Swift (1667–1745).

Chef der Hörspielabteilung – Heinz Schwitzke, der im NDR auch Hörspiele von Erich Fried gesendet hat.

»Festianus Märtyrer« – Hörspiel von 1958, im gleichen Jahr in dem Sammelband »Stimmen« erschienen.

S. 148–149 *Bemerkungen zu einem Kult.* Erschien zuerst in: Streit-Zeit-Schrift (München), Heft VI/2, September 1968, S. 65–66. Der vorliegende Druck folgt »Gedanken«, S. 47–48. – Auch in seinem Artikel zum 70. Geburtstag (»Ein Feind, der leicht zu lieben ist«, in: »Die Welt« 27. 3. 1965) hatte Fried schon versucht, Jünger aus betont subjektiver Sicht gerecht zu werden. Vgl. ergänzend auch S. 152 im vorliegenden Band.

zu Militärs des 20. Juli – Wegen seiner Verbindungen zu der Gruppe um Karl-Heinrich Stülpnagel, Zentrum des militärischen Widerstands in Frankreich und Mitverschwörer der Bewegung um Claus Graf Schenk von Stauffenberg (gescheitertes Attentat auf Adolf Hitler am 20. Juli 1944), war Jünger, der als Hauptmann zu den deutschen Besatzern von Paris gehörte, 1944 aus der Wehrmacht ausgeschlossen worden und mußte bis zum Kriegsende darum fürchten, vom »Volksgerichtshof« verurteilt zu werden.

hohe Ehren bis *Heinrich Lübke* – Jünger erhielt 1959 das Großkreuz des Verdienstordens der Bundesrepublik Deutschland, allerdings noch von Theodor Heuss

(FDP). Von dem Heuss als Bundespräsident 1959 folgenden Heinrich Lübke (CDU) ist ein längeres Telegramm an Jünger anläßlich dessen 70. Geburtstag bekannt (veröffentlicht im »Bulletin der Bundesregierung«, Nr. 57/1965; Wiederabdruck in der oben angegebenen Nummer der »Streit-Zeit-Schrift«, S. 45). Zu Lübke vgl. z.B. »Anfragen«, S. 80/274.

»Auf den Marmorklippen« – Roman (1939). Als »tapferen« Beitrag gegen die Nazi-Gewaltherrschaft hat Fried das symbolisch verschlüsselte Werk auch später immer wieder gegen (linke) Kritik verteidigt, z.B. 1987 gegenüber Gerhard Zwerenz (vgl. M. Wittmann, An Jüngers »Marmorklippen« erhitzten sich die Gemüter, in: Westdeutsche Allgemeine Zeitung v. 26. 11. 1987).

Kriegstagebüchern – In Betracht kommen: »In Stahlgewittern« (mit dem Untertitel »Aus dem Tagebuch eines Stoßtruppführers« aus den Jahren 1914–1918; erschienen 1920) und »Gärten und Straßen« (mit dem Untertitel »Aus den Tagebüchern von 1939 und 1949«; erschienen 1942) sowie möglicherweise auch noch deren Fortsetzung in den »Strahlungen« (erschienen 1949).

»Heliopolis« – Phantastisch-utopischer Roman (1949) mit dem Untertitel: »Rückblick auf eine Stadt«, auf den Fried genauer in dem oben erwähnten Jünger-Artikel in der »Welt« eingeht.

keine Publikationserlaubnis – Von 1945–1949.

Walter Benjamins Worte – Vgl. S. 152/230.

S. 150–153 *Konflikte und Widersprüche. Überlegungen zum Antisemitismus Ezra Pounds*. Erschien zuerst in: Frankfurter Rundschau v. 18. 11. 1972. Der vorliegende Druck folgt »Gedanken«, S. 53–56. – Der von Fried politisch kritisierte, aber als Dichter hochgeschätzte Anglo-Amerikaner Ezra Pound (vgl. S. 19) verbrachte die meiste Zeit seines Lebens in Europa. In England war er Mitbegründer und der zeitweilige Kopf des »Imagismus«, einer antikonventionellen, u. a. auf Präzision und Knappheit bedachten Dichterbewegung, von der zwischen 1912–1917 entscheidende Impulse für die Entwicklung der englischen und amerikanischen Lyrik ausgingen. Weitere Stationen: Frankreich (Beginn der zwanziger Jahre) und Italien (ab 1924), wo Radio Rom im Zweiten Weltkrieg seine antiamerikanischen Reden zugunsten des Mussolini-Regimes ausstrahlte. Daraufhin wurde er 1945 von den Amerikanern festgenommen und in Pisa in einem eigens für ihn angefertigten Stahlkäfig auf dem Gefängnishof isoliert, später in einer Washingtoner psychiatrischen Anstalt interniert (bis 1958). Pound ging anschließend nach Meran. Er starb im November 1972 in Venedig, Anlaß für Frieds vorliegende »Überlegungen«.

»Pisan Cantos« – Erschienen 1948 (dt. zuerst 1956); gefeiertes und zugleich politisch umstrittenes Teilstück (Nr. 74–84) von Pounds wichtigstem Werk, den seit 1915 entstandenen »Cantos«. Die Lücke zwischen Canto 71 und 74 wurde erst in Ausgaben seit 1987 geschlossen und betrifft zwei auf italienisch verfaßte Cantos mit explizit faschistischen Gedanken.

Lewis – Wyndham (Percy) Lewis, in Kanada geborener, englischer Dichter (1894–1957).

Frost – Robert Lee Frost (1874–1963), amerikanischer Lyriker (mit Neigung zu konventionellen und einfachen Formen), der 1912–1915 in Großbritannien vom Imagismus (s. o.) beeinflußt wurde. Zusammen mit weiteren literarischen Freunden Pounds setzte er sich später für dessen Freilassung aus der Washingtoner Heilanstalt (s. o.) ein.

»Waste Land« – Nach einer quasi redaktionellen Vollbearbeitung durch Ezra Pound veröffentlichte Eliot 1922 sein großes Gedicht mit der Widmung »For Ezra Pound/›il miglior fabbro‹«. Die Freigabe von Eliots Ursprungstext aus dem Nachlaß löste eine breite Interpretationsdebatte aus (vgl. z. B. den Beitrag von Barbara Rupp in: Zur Aktualität T.S. Eliots, a. a. O., S. 163–189).

Kenner – William Hugh Kenner, Literaturwissenschaftler (geb. 1923), Pound- und Eliot-Spezialist.

Davie – Englischer Schriftsteller und Hochschullehrer (geb. 1922), Pound- und Eliot-Kenner. Seine Studie »Ezra Pound: Poet as Sculptor« erschien 1964 in New York (1965 in London).

Gerhard – Nicht ermittelt. In internationalen Pound-Bibliographien fehlt dieser Name.

Benjamin – Im »Nachwort« des Essays »Das Kunstwerk im Zeitalter seiner technischen Reproduzierbarkeit«.

Ernst Jüngers – Vgl. S. 148–149 und Anmerkungen dazu.

»Hugh Selwyn Mauberley« – Künstlergedicht, Folge aus 17 Einzeltexten in zwei Teilen (1920); literarische Anspielungen darauf in Frieds Zyklus »Vexierbild« von 1979 (vgl. GW 2/457).

Douglas' – C.H. Douglas' »Social Credit«, ein zeitgenössisch vieldiskutierter Reformvorschlag für das Geld- und Kreditwesen, erschien in London 1933.

S. 154 *Paul Celan, Das Fremde.* Aus: »Zeitgehöft«. © Suhrkamp Verlag, Frankfurt am Main 1976.

S. 155–156 *Auch ein Liebesgedicht.* Erschien zuerst in: Frankfurter Allgemeine Zeitung, Nr. 280 v. 11. 12. 1976. Der vorliegende Druck folgt Marcel Reich-Ranicki (Hg.), Frankfurter Anthologie. Gedichte und Interpretationen. Dritter Band. Frankfurt/M. 1978, S. 216–217.

Erich Fried und Paul Celan (1920–1970) hatten sich in den frühen Nachkriegsjahren in London kennengelernt, wo Celan das Haus Frieds auch zu Gedichtlesungen besuchte. Zu dieser Zeit entsteht ebenfalls ein Celan gewidmetes Gedicht Erich Frieds (vgl. GW 1/107).

Anläßlich des Erscheinens der Sammlung »Mohn und Gedächtnis« (1954) stellte Fried Celans Dichtung in einer BBC-Sendung seinen Hörern in der DDR als Gegenmodell zu einer »sozialistisch-realistischen« Dichtung so vor: »Bedeutende Dichtung ist auch im Westen selten. Wirklich gute Dichter hat es nie viele gegeben. Aber ab und zu taucht doch einer auf. Zum Beispiel der vor wenigen Monaten verstorbene englische Dichter Dylan Thomas (...). Und so auch der Dichter, von dem ich heute spreche, einer der deutsch schreibt, wenn er auch zur Zeit in Frankreich lebt (...).

Die Kraft dieser Gedichte kommt unmittelbar aus den starken Bildern, die manchmal schwer sind wie Albträume, so wenn Celan ein Gedicht ›Die Krüge‹ mit den Worten anfängt: ›An den langen Tischen der Zeit / zechen die Krüge Gottes. / Sie trinken die Augen der Sehenden leer und die Augen der Blinden.‹, oder wenn er in ›Wasser und Feuer‹, vielleicht dem schönsten modernen deutschen Gedicht, sagt: ›Der Tisch wogt nachtaus und nachtein, / und über mir fluten die Fahnen der Völker, / und neben mir rudern die Menschen die Särge an Land, / und unter mir himmelts und sternts wie daheim um Johanni!‹. (...) Sie sehen, es ist dem Dichter nicht um einen ›Ausweg um jeden Preis‹ zu tun, auch nicht um getreue Milieu-Schilderungen. Es sind zum großen Teil traurige Gedichte, von der Klage bis zur Beschwörung, feierlich, träumend, aber ohne billige Verträumtheit. – Und was solche Gedichte zu sagen haben? Das läßt sich wie bei jeder wirklichen Dichtung nicht anders als einzig und allein mit den Worten des Dichters selbst sagen. Nur soviel kann ich Ihnen versichern: Diese Gedichte stimmen ernst, aber die Klagen sind niemals plattes Jammern (...). Man kann mit solchen Gedichten auch durch die Schatten der Welt gehen, ohne zu verzweifeln. Und das ist schließlich wichtiger als eine nur allzu bekannte Art von obrigkeitlich befohlenem Optimismus.

Ich möchte mit einer Stelle aus ›Wasser und Feuer‹ schließen, die zwar von Celan nicht bewußt als Definition des Dichters gemeint ist, aber dennoch hof-

fentlich als solche noch gelten wird, wenn aller Zank zwischen den verschiedenen Ismen in der Kunst längst vergessen ist: ›Denk, daß ich war, was ich bin: / ein Meister der Kerker und Türme, ein Hauch in den Eiben, ein Zecher im Meer, / ein Wort, zu dem du herabbrennst‹« (Intimus v. 12. 3. 1954, gekürzt; zitiert nach einem unkorrigierten Typoskript aus dem Nachlaß).
Über den weiteren persönlichen Kontakt zwischen den beiden Dichtern ist bisher nur wenig bekannt, Widmungen Celanscher Übersetzungen in Frieds Nachlaßbibliothek lassen auf eine weitere Begegnung 1959 schließen.
Frieds durchgängige Verehrung Celans, den er Fried 1981 als »einen schwierigen Dichter, aber gleichzeitig mit Abstand (als) den größten Lyriker unserer letzten Jahrzehnte, also seit dem Zweiten Weltkrieg« bezeichnet (»Forum Mainzer Texte«, Nr. 6/1981, S. 34), wird nicht nur in solchen verstreuten Äußerungen, sondern auch in vielen Fried-Gedichten deutlich (vgl. z.B. GW 3/270). Celans Namen schließt die Befreiungs-Vision der Verse »Landnahme« ein (vgl. GW 3/221; ergänzend den Celan-Bezug in 2/685–686). Dennoch weisen andere Gedichte Aspekte auf, die Frieds Verhältnis zu Celan mehrschichtig, zum Teil auch problematisch erscheinen lassen. Dies betrifft den Text »Beim Wiederlesen eines Gedichtes von Paul Celan« (GW 2/65), das jedoch weniger, wie Johann Holzner gezeigt hat, eine Kritik an Celans Versen »Fadensonnen« als an dessen allgemeiner Rezeption ist (vgl. »Die Worte sind gefallen«, in: Text + Kritik, Heft 91/1986, 33–42; gegen eine unpolitische Rezeption Celans hat Fried auch öfters die 1976 erschienene Studie »Vom Engagement absoluter Poesie. Zur Lyrik und Ästhetik Paul Celans« von Marlies Janz angeführt). Komplexer noch ist Frieds, auf den ersten Blick so eingängiges Gedicht »Nachzügler« (GW 2/321). Celans »großer Fehler«, sagt Fried (und zwar pointierter als auf S. 77 des vorliegenden Bandes) 1978, »war im wesentlichen ein sehr häufiger jüdischer Fehler (ich habe mich deswegen mit ihm auch persönlich immer wieder auseinandergesetzt), daß er geglaubt hat, seine Hauptaufgabe besteht darin, die Konturen dessen, was erlitten wurde, nachzuziehen. Und ich habe gesagt: ›Das ist als Lebensgrundlage zu wenig, dadurch *muß* man verzweifeln und zugrunde gehen‹« (»Lesen und Schreiben während des Exils. Interview mit Anke Winckler«, a.a.O., S. 282). Nicht ohne Skrupel gegenüber ästhetischen Fragen hat Fried sich im Lauf der Zeit (gegenläufig zu Celans zunehmender, von sprachlicher Verknappung begleiteter Hermetisierung) für einen anderen, ›kämpferischeren‹ und sprachlich ›kommunikativeren‹ Weg entschieden.

S. 157–169 *Über Gedichte Ilse Aichingers.* Erschien zuerst in: Neue Rundschau, 92. Jg. (1981), Heft 4, S. 23–38. Der vorliegende Druck folgt »Nicht verdrängen«, S. 156–168. – Erich Fried hatte die österreichische Schriftstellerin Ilse Aichinger (geb. 1921) im London der Nachkriegszeit (über deren exilierte Schwester Helga) kennengelernt. In Döblins »Goldenem Tor« besprach er 1949 mit großer Zustimmung ihren 1948 erschienenen Roman »Die größere Hoffnung« (vgl. Bib. Nr. 6; ergänzend »Erich Fried und Österreich«, S. 20). Ein unveröffentlichtes Gedicht »Gedanken an Ilse Aichinger (und an Rilke, Eichner, Eliot, Steiner…)« stammt ebenfalls aus dieser Zeit (Nachlaß Erich Fried). Der persönliche Kontakt zwischen Fried und Aichinger war später eher sporadisch, von seiten Frieds mit großem Respekt vor der Lyrikerin, wie der vorliegende Beitrag für ein Aichinger-Symposion in Wien 1980 zeigt.

»Verschenkter Rat« – Gedichte. Frankfurt/M. 1978.

Grabbes – Wörtlich heißt es im »Hannibal«-Stück des genialisch-»zerrissenen« Dramatikers Christian Dietrich Grabbe (1801–1836): »Ja, aus der Welt werden wir nicht fallen. Wir sind einmal darin« (5. Akt).

unaufgeklärt aufklärerischen – Vgl. Frieds frühes (an Bloch orientiertes) Plädoyer für eine »aufgeklärte Aufklärung« in seinem Roman »Ein Soldat und ein Mädchen« (GW 4/154–155).

in einem ihrer Prosatexte? – »Dover« in dem Band »Schlechte Wörter« (Frankfurt/M. 1976).

Gisela Lindemann – Literaturkritikerin (1936–1989), seit 1966 Redakteurin des Norddeutschen Rundfunks (Hannover), wo sie auch zahlreiche Radio-Sendungen Frieds betreut hat (z.B. den Beitrag »Nonsensdichtung und Montage« im vorliegenden Band). Ihre von Fried erwähnte Aichinger-Besprechung im »Zeit«-Feuilleton erschien unter dem Titel »Poetische Phantasie«. Sie verfaßte später auch eine Monographie über die Schriftstellerin (»Ilse Aichinger«, München 1988; deren Lektüre Frieds die Nachlaßbibliothek bezeugt).

S. 170 *Georg Trakl, De profundis*. Aus: »Dichtungen und Briefe HK«. © Otto Müller Verlag, Salzburg 2. Aufl. 1987.

S. 171–172 *Ein Verlorener in welcher Welt?* Erschien zuerst in: Frankfurter Allgemeine Zeitung, Nr. 62 v. 14. 3. 1981. Der vorliegende Druck folgt Marcel Reich-Ranicki (Hg.), Frankfurter Anthologie. Gedichte und Interpretationen. Sechster Band. Frankfurt/M. 1982, S. 179–182. – Der kurze Text zeigt deutlich Frieds Affinität zur Lyrik des Österreichers Georg Trakl (1887–1914), die auch in einem Trakl-Kommentar von 1987 zum Ausdruck kommt (vgl. Bib. Nr. 126). Es ist fraglich, wie weit die Beschäftigung mit Trakl in Frieds Wiener Jugendjahre zurückreicht. Auffälligerweise fehlt Trakls Name in einem komprimierten Referat über österreichische Literatur, das Fried als Einundzwanzigjähriger auf einer Veranstaltung des »Young Austria« hielt (vgl. Kaukoreit/ Exil, S. 464–465). Eine erhöhte Aufmerksamkeit gegenüber Trakl hat möglicherweise erst später eingesetzt, als sich Fried im Exil mit dem Expressionismus zu beschäftigen begann und Pinthus' Anthologie »Menschheitsdämmerung« (1920) studierte, in der auch das Gedicht »De Profundis« enthalten ist. In Frieds Nachlaßbibliothek befindet sich eine Trakl-Ausgabe, die er 1947 von Hans Eichner (vgl. S. 216) geschenkt bekam (»Die Dichtungen«. Fünfte Auflage der Gesamtausgabe. Berlin 1938). Während direkte Trakl-Anklänge in Frieds (expressionistisch beeinflußter) Lyrik der Nachkriegszeit zu untersuchen bleiben, ist die Trakl-Wertschätzung für das Jahr 1952 klar belegt, und zwar in einem Aufsatz, in dem Fried u.a. eine englische Übersetzung des Gedichts »Ein Winterabend« kritisiert (Bib. Nr. 9). Auch sind ihm zu dieser Zeit einige Trakl- Übersetzungen von Michael Hamburger vertraut (vgl. S. 219). Anspielungen auf »De Profundis« enthalten Frieds Verse »Trakl-Haus, Salzburg« vom Beginn der achtziger Jahre (vgl. GW 2/662–663; ergänzend auch 3/367).

»De profundis« – »Aus der Tiefe«, Beginn (und von der lateinischen Bibelübersetzung her Bezeichnung) des 130. Psalms, der fortfährt: »rufe ich, Herr, zu dir«.

König Lear – Im dritten Akt des Shakespeare-Dramas, wo Lears Wahnsinn ausbricht.

S. 173–175 *Persönliche Erinnerungen an Peter Weiss*. Erschien zuerst in: Das Argument (Berlin), 24. Jg. (1982), Folge 134, S. 481–482. Der vorliegende Druck folgt »Gedanken«, S. 169–170. – Nach dem Tod von Peter Weiss wurde dieser, auf den 12. 5. 1982 datierte Text (des aus gesundheitlichen Gründen in London verhinderten Erich Fried) u.a. auf einem Peter-Weiss-Memorial des Tübinger Theaters am 16. 5. 1982 verlesen.

Erich Fried hat Weiss wahrscheinlich erst im Oktober 1963 auf der Saulgauer Tagung der Gruppe 47 persönlich kennengelernt. »Uns verband keine intime Freundschaft. Es war eher eine große Sympathie und gute Bekanntschaft (...). Die ›Notizbücher‹ bedeuten mir persönlich viel mehr als die ›Ästhetik‹, obwohl es darin großartige Stellen gibt« (Die WochenZeitung, Nr. 16 v. 22. 4. 1983. S. 9). Fried widmete Weiss 1983 das Gedicht »Ça ira?« (vgl. GW 3/62; ergänzend den Weiss-Bezug in dem Gedicht »Landnahme«, GW 3/221).

Drottningholm – Schwedisches Königshaus auf der Insel Lovö im Mälarsee (westlich von Stockholm). Während ihres Schweden-Aufenthalts 1964 besuchte die Gruppe 47 das bekannte, um 1750 erbaute Rokokotheater des Schlosses.

Princeton – Die 28. Tagung der Gruppe 47, auf der Fried im April 1966 den Vortrag »Schriftsteller, Erfolg und Wohlstandsgesellschaft« hielt (vgl. »Anfragen«, S. 44–54) und Günter Grass den Kollegen Peter Weiss als »schreibenden Hofnarren« darstellte (s.u.).

ein Gedicht – »Grass-Grässlichkeiten oder Man kann den Grass wachsen hören«, in: kürbiskern (München), 4/1966, S. 98; mit der Titelerläuterung »Zum Angriff auf Peter Weiss in der Princeton-Rede von Günter Grass ›Vom mangelnden Selbstvertrauen der schreibenden Hofnarren‹ – ›Akzente‹, Heft 3, Juni 1966«. Kritik an Peter Weiss abwehrend, hatte Fried bereits am 5. November 1965 in der Hamburger »Zeit« das Gedicht »Quo vadis« veröffentlicht (Nr. 45, S. 26; vgl. ergänzend eine spätere Verteidigung in einem Leserbrief anläßlich eines »Offenen Briefs an Peter Weiss über den Nahost-Konflikt« von Wolfgang Hildesheimer, in: Die Zeit, Nr. 33 v. 18. 8. 1967).

Marat-Sade-Stückes – »Die Verfolgung und Ermordung Jean Paul Marats dargestellt durch die Schauspielgruppe des Hospizes zu Charenton unter Anleitung des Herrn de Sade« (Uraufführung in Berlin, 1964). Unter der Regie Peter Brooks fand die englischsprachige Erstaufführung im Londoner Aldwych-Theater am 20. 8. 1964 statt. Auf diesen Tag ist die Widmung »Für Fried von Weiss« datiert, die sich in einem Exemplar des Marat-Schauspiels in Frieds Nachlaß-Bibliothek befindet (vgl. Kaukoreit/Einblicke, S. 167).

in Schweden – 1964 (s.o.).

eine gemeinsame Erklärung – Gemeint ist offenbar das Zwiegespräch vom 25. August 1968 in Stockholm – vier Tage nach dem Einmarsch in die CSSR (vgl. »Anfragen«, S. 70, 105 f./273) –, das unter dem Titel »Die Entwicklung hat auch ihr Gutes« im September 1968 in »Konkret« erschien (Nr. 10, S. 12–14; vgl. ergänzend dazu Frieds Leserbrief-»Nachtrag« in Nr. 15/1968, S. 54).

Uraufführung des Trotzki-Dramas – Am 20. 1. 1970 im Rahmen der Eröffnung des neuen Düsseldorfer Schauspielhauses. In diesen Tagen ist auch Erich Fried in Düsseldorf, dessen Übersetzung der »Bacchantinnen« von Euripides einen Tag vorher Premiere hatte, und erlebt die Studenten-Diskussion um »Trotzki im Exil« mit, die auch in Peter Weiss' »Notizbüchern« erwähnt wird (1960–71, Bd. 2).

Karin Struck – Geboren 1947. Sie wurde 1973 schlagartig mit ihrem Roman »Klassenliebe« bekannt.

Vietnam-Demonstration – Im Februar 1968 (vgl. Frieds Rede in »Anfragen«, S. 64–69 u. die »Notizbücher« von Peter Weiss, 1960–1971, Bd. 2).

S. 176–182 *Ich grenz noch an ein Wort und an ein andres Land*. Erschien zuerst in: Erich Fried: Ich grenz noch an ein Wort und an ein andres Land. Über Ingeborg Bachmann – Erinnerung, einige Anmerkungen zu ihrem Gedicht »Böhmen liegt am Meer« und ein Nachruf. Berlin: Friedenauer Presse 1983, S. 5–10; dort nach einem kurzen Verbindungstext anschließend Frieds Nachruf von 1973 (s.u.) und das Gedicht »Nachruf« (vgl. GW 2/685–686). Der vorliegende Druck folgt »Nicht verdrängen«, S. 143–149. Abdruck mit freundlicher Genehmigung von Katharina Wagenbach, © Friedenauer Presse, Berlin. – Erich Fried und Ingeborg Bachmann hatten sich (über die Vermittlung Canettis) im Spätherbst 1950 in London kennengelernt. Dort traten sie bereits wenige Monate später, im Februar 1951, bei einer gemeinsamen Lesung auf (vgl. »Erich Fried und

Österreich«, S. 19). Zu weiteren (wahrscheinlich nicht sehr häufigen) Begegnungen zählen eine Zusammenkunft in London 1967, wovon Fried in der vorliegenden Interpretation des Gedichtes »Böhmen liegt am Meer« berichtet, und ein Treffen zu Beginn der siebziger Jahre. Die Dichterin (geb. 1926) starb 1973 in Rom. Fried veröffentlichte einen Nachruf in der Hamburger »Zeit« (Bib. Nr. 73). Vgl. ergänzend seine Gedichte »Üble Nachrufe« und »Wo immer gelöscht wird« (GW 2/227 u. 405) sowie die Bachmann-Bezüge in dem Gedicht »Landnahme« (GW 3/221).

Georg Rapp – Schriftsteller, Journalist und Geschäftsmann (geb. 1921 in Düsseldorf, gestorben 1981 in England, wo er seit 1934 lebte). Nach einem Sprachenstudium in Oxford arbeitete er im journalistischen Bereich (u. a. bei Reuters Ltd.) und ging anschließend in die Privatwirtschaft (Altmetallverwertung und Verlagsinhaber). Kritisch rezensierte Fried im Londoner Exil ein Jugendwerk Rapps (vgl. Bib. Nr. 4). Nach dem Krieg arbeiteten beide literarisch zusammen (vgl. S. 216) und blieben zeitlebens gute Freunde. Bei »Rapp & Whiting« (London) erschien 1969 Frieds von Rapp übertragene Gedichtauswahl »On Pain of Seeing« (Nr. 11 der Reihe »Poetry Europe Series«, für deren ersten Band Fried bei Rapp die Veröffentlichung von Gedichten Johannes Bobrowskis angeregt hatte).

Prospero bis *magisches Buch verzichtet* – In Shakespeares »Der Sturm« (V/1).

Rilkes Verse – Beginn des Gedichts »Volksweise« aus der frühen Sammlung »Larenopfer« (1895).

S. 183–200 *Lion Feuchtwanger und Oskar Maria Graf. Begegnungen mit dem Werk von Schicksalsgenossen.* Erschien zuerst in: Wolfgang Müller-Funk (Hg.), Jahrmarkt der Gerechtigkeit. Studien zu Lion Feuchtwangers zeitgeschichtlichem Werk. Tübingen 1987, S. 19–31. Der vorliegende Druck folgt »Gedanken«, S. 244–260.

Max Hölz – Anarcho-Kommunist (geb. 1889), 1920 aus der KPD ausgeschlossen und wieder aufgenommen. Er wurde 1921 zu lebenslänglicher Haft verurteilt, konnte aber 1929 in die UdSSR übersiedeln, wo er 1933 ertrank (oder ertränkt wurde).

mein Tagebuch – Feuchtwanger wird auch noch in einem Exil-Tagebuch erwähnt, in dem ihn der junge Fried am 13. 1. 1944 zu denjenigen »großen« Autoren rechnet, mit denen er sich einen schriftlichen Austausch wünscht (vgl. Kaukoreit/Einblicke, S. 88–89).

Bibliothekar – Vgl. Frieds Erzählung »Drei Bibliotheksbenutzer« aus dem Erinnerungsband »Mitunter sogar Lachen«, GW 4/590–594.

Johnny Heartfield – Eigentlich Helmut Herzfeld (1891–1968), Mitbegründer der Berliner Dada-Gruppe (1919), führender Künstler der politisch engagierten Fotomontage. Ihm widmete Fried später das Gedicht »Johnny Heartfield« (in: Mitteilungen der Deutschen Akademie der Künste zu Berlin, Nr. 3, Mai/Juni 1971, S. 12).

Otto Bauers – Vgl. S. 88 u. Anmerkung dazu.

Jean Améry – Fried bezieht sich auf das Nachwort des Graf-Romans »Der Abgrund« in der Neuausgabe unter dem Titel »Die gezählten Jahre« (München 1976). – Zu Améry (1912–1978) vgl. ergänzend GW 3/551–552 u. 602.

Gide – Französischer Schriftsteller (1869–1951), Nobelpreisträger von 1947, der 1936 die Schrift »Retour de l'U.R.S.S.« veröffentlichte, einen kritischen, eher psychologisierenden, aber nicht ausdrücklich antikommunistischen Reisebericht. »Der Ästhet in der Sowjetunion« überschrieb Feuchtwanger 1937 eine polemische Entgegnung auf Gides Darstellungen.

aus einem Schulbuchwerk entfernt – Vgl. S. 79/223.

Hubertus Prinz zu Löwenstein bis *»Weißbuch zur Rettung der Sprache«* – H. Prinz zu Löwenstein-Wertheim-Freudenberg (geb. 1906), Historiker, Publizist und Politiker; vor seiner Emigration 1933 (Stationen: Österreich, England, USA) Mitglied der Zentrums-Partei, später der FDP (MDB seit 1953). Im amerikanischen Exil war er von 1937–1941 Generalsekretär der »Guild for German Cultural Freedom« (»Deutsche Akademie im Exil« unter Vorsitz von Thomas Mann und Sigmund Freud) und beteiligte sich 1940–41 engagiert an der Rettung von Exilanten in Westeuropa. In dem genannten »Weißbuch« (hrsg. im Auftrag des Deutschen Autorenrates und des Freien Deutschen Autorenverbandes von Otto Zierer, München 1976) veröffentlichte er als Präsident des Freien Deutschen Autorenverbandes den Beitrag »Vom Wesen der Sprache und der Mut zu Goethe!«. Frieds Rundfunkbesprechung des »Weißbuchs« war mit ausschlaggebend für einen Angriff der CDU gegen den NDR im Kieler Landtag 1977 (vgl. GW 4/676–677).

Bildnachweis:
Frontispiz: Bleistiftzeichnung von Georg Eisler in ein Wagenbach Taschenbuch (Bezirksmuseum Alsergrund, Wien). Abdruck mit freundlicher Genehmigung des Künstlers; S. 23: Foto: Kurt Benning; S. 52, 212: Fotos: Günter Zint (PAN-Foto, Hamburg); S. 80: Bilderdienst Süddeutscher Verlag (UPI); S. 108: Foto: Hanneli Plemmons; S. 143, 144: Fotos: Toni Richter (Stiftung Archiv der Akademie der Künste, Berlin); S. 174: Foto: Renate von Mangoldt; S. 239: Foto: Klaus Morgenstern.

Nachbemerkung

Die vorliegende Auswahl entstand mit dem Ziel, einen repräsentativen Überblick über Erich Frieds (bisher zum Teil nur schwer zugängliche oder noch unveröffentlichte) Texte zur Literatur aus einem Zeitraum von über dreißig Jahren zu vermitteln. Dabei sollte Fried nicht nur als Kenner, Interpret und Vermittler ausländischer (vor allem der angelsächsischen) Literatur und als gewissenhafter Meister des Übersetzens, dessen Probleme er am Beispiel Shakespeares beleuchtet, vorgestellt werden, sondern auch als Essayist mit Überlegungen zum modernen Roman (in den sechziger Jahren) und als geheimer Liebhaber von Gattungen wie »Nonsens«-Dichtung und Kinderreim. Nicht fehlen durften freilich Frieds engagierte Statements zur Aufgabe der Literatur und zur Frage ihrer Wirkungsmöglichkeiten und Entstehungsbedingungen. Daneben stehen Einblicke in die eigene Literaturwerkstatt des Dichters, aus der er schon 1974 berichtet hatte, seine Muse habe Kanten (und sich somit der Titel des Bandes in Anlehnung an ein Kapitel der Sammlung »Gegengift« erklärt). Bei Porträts einzelner Kollegen oder Analysen ihrer Arbeiten überrascht vielleicht weniger Frieds Affinität zu Texten von Ilse Aichinger, Ingeborg Bachmann oder Paul Celan, als vielmehr seine alles in allem differenzierte, von Fried-Kritikern oft übersehene Auseinandersetzung mit Schriftstellern wie Ernst Jünger und Ezra Pound.

Soweit einzelne dieser Autoren in Frieds eigene Dichtung hineingewirkt haben, wird dies in den Anmerkungen mit Verweis auf die entsprechenden Texte vertieft. Die Anmerkungen erheben keinen Anspruch auf Vollständigkeit. An Stellen, wo es sinnvoll erschien, dienen sie einem raschen, ersten Informationszugriff und geraten in anderen Fällen dann doch recht komprimiert und speziell auf Fried bezogen – ein Resultat der bewußt angestrebten Einbeziehung wichtiger Ergebnisse aus der bisherigen Fried-Literatur und der neuesten Erkenntnisse aus der Nachlaßbearbeitung.

Innerhalb ihrer zwei großen Gruppen ist die Auswahl mit Ausnahme des Eröffnungsbeitrages zum literarischen Exil chronologisch geordnet, wobei sich in Zusammenspiel mit dem letzten

Text über die Exilschriftsteller Feuchtwanger und Graf eine glückliche Fügung einstellte. Es ist die große Klammer um Literaturbetrachtungen aus der Sicht eines siebzehnjährig nach England vertriebenen österreichischen Juden, der im Exil zum Schriftsteller und später einer der engagiertesten deutschsprachigen Lyriker und angesehendsten Übersetzer seiner Zeit wurde.

Um die Auswahlentscheidungen des Herausgebers für den Leser transparent zu machen, wurde der Band um eine am Thema ausgerichtete Bibliographie ergänzt, die den Kernbestand von Erich Frieds Schriften zur Literatur verzeichnet, jedoch nicht seine zahlreichen Rundfunksendungen, die insgesamt nur sehr schwer bibliographisch zu recherchieren und auch im Nachlaß noch nicht vollständig erfaßt sind. Zugleich wird die Bibliographie für ein verkürzendes Verfahren der Quellenzitierung innerhalb der Anmerkungen benutzt.

Als Druckvorlagen, deren offensichtliche Druckfehler und unterschiedlichen Zitierverfahren stillschweigend korrigiert bzw. vereinheitlicht wurden, dienten nach Möglichkeit die von Fried zuletzt autorisierten Fassungen.

Bleibt die Hoffnung des Herausgebers, daß mit dankenswerter Hilfe einzelner Kommentarrecherchen von Werner Rotter (Wien), der liebenswürdigen Unterstützung von Christiane Jessen vom Verlag und des konstruktiven Rats von Klaus Wagenbach gelungen ist, wozu bereits die Sammlung politischer Texte »Anfragen und Nachreden« (1994) Vorarbeit geleistet hat: Den Vorwurf des linken Dogmatikers und »Gesinnungsästheten« Fried auch im Rahmen seiner Arbeiten zur Literatur zu entkräften. Starre Poetiken und sture (linke) Manifeste waren ihm, dem unorthodoxen Sozialisten, ein Greuel. Literatur kann und soll vielfältig sein, widersprechend und widersprüchlich, gerade unter dem Gesichtspunkt, daß ihre »Hauptaufgabe Kampf gegen Entfremdung« sei, und Dichten, wie es Fried gerne zitiert hat, »Gerichtstaghalten über das eigene Ich« (Ibsen).

Volker Kaukoreit *Wien, im April 1995*

Erich Fried, geboren 1921 in Wien und dort aufgewachsen. 1938 Flucht vor den Nazis nach London, mit Gelegenheitsarbeiten hält er sich über Wasser. 1944 erscheint im Exilverlag des österreichischen PEN sein erster Gedichtband, »Deutschland«. Nach dem Krieg bis 1968 Kommentator im deutschen BBC-Programm. 1960 erscheint sein einziger Roman »Ein Soldat und ein Mädchen«, ab 1963 Mitglied der »Gruppe 47«; die ersten Shakespeare-Übersetzungen entstehen. 1966 löst der Band »und Vietnam und« eine lang andauernde Diskussion über das politische Gedicht aus. In den folgenden Jahren ist Fried viel unterwegs, ergreift in vielen politischen Fragen Partei und wird in der Folge mit Verleumdungen, Zensur und gerichtlichen Klagen überzogen. Erst als über Sechzigjährigen erreichen ihn der Ruhm und die großen Literaturpreise. Schon lange schwer krank, stirbt er 1988 während einer Lesereise.

Erich Fried

Gesammelte Werke
Gedichte und Prosa
Herausgegeben von Volker Kaukoreit und Klaus Wagenbach
Die erste Werkausgabe, mit sämtlichen veröffentlichten Gedichten und der erzählenden Prosa, in chronologischer Folge.
»Diese Ausgabe ruft einen Dichter in Erinnerung, der Dichtung trefflich nutzte im Kampf für Menschlichkeit.«
C. Bernd Sucher, Süddeutsche Zeitung
Mit Anmerkungen, einem Gesamtregister und bebilderten Lebensdaten. 2.752 Seiten in vier Halbleinenbänden, Fadenheftung

Gründe
Gesammelte Gedichte
Herausgegeben von Klaus Wagenbach
Dieser Band sammelt die politisch argumentierenden und die Liebesgedichte, die sprachschöpferischen und die sprachspielerischen Gedichte, die Naturgedichte und die Protestgedichte, die erzählenden, die zornigen, die ermutigenden Gedichte: ein Wegweiser durch das lyrische Werk.
SVLTO. Rotes Leinen, 168 Seiten

Als ich mich nach dir verzehrte
Gedichte von der Liebe
Die schönsten Gedichte von der Liebe aus dem Gesamtwerk Erich Frieds. Diese Gedichte suchen die heutigen Orte der Liebenden auf, auch wenn sie vom Beton der inneren und äußeren Landschaften manchmal ganz zugeschüttet zu sein scheinen. Freundlich, oft heiter beschreiben sie die Gefühle und behutsamen Gespräche außerhalb von Konsum und Medienwirrwarr.
SVLTO. Rotes Leinen, 96 Seiten

Anfragen und Nachreden
Politische Texte
Herausgegeben von Volker Kaukoreit
Die wichtigsten politischen Texte Erich Frieds, darunter zahlreiche unbekannte oder verschollene.
»Ein brisantes, hoch interessantes, ungemein informatives Werk, dem man viele Leser wünscht.« Neue Zeit
Wagenbachs Taschenbuch 231, 288 Seiten

Verlag Klaus Wagenbach Berlin